香草之吻

VANILLA KISS

下

十七歲的喜歡，真的好簡單，不必一定要得到回應，就可以惦記一整段青春。

琉影 著

出·版·緣·起

三百六十度全媒體出版

城邦原創創辦人　何飛鵬

當數位變革浪潮風起雲湧之際，做爲一個紙本出版人，我就開始預想會不會有數位原生內容出版社出現？如果會的話，數位原生出版會以什麼樣貌出現？而我又將如何面對這種數位原生出版行爲？

就在這個時候，我看到了大陸的起點網，這個線上創作平台，聚集了無數的寫手，形成數量龐大的創作內容，無數的素人作家在此找到了夢許之地，也成就了一個創作與閱讀的交流平台，而手機付費閱讀的習慣養成，更讓起點網成爲全世界獨一無二、有生意模式的創作閱讀平台。

基於這樣的想像，我們決定在繁體中文世界打造另一個線上創作平台，這就是POPO原創網誕生的背景。

做爲一個後進者，再加上我們源自紙本出版工作者，因此我們在POPO上增加了許多的新功能，除了必備的創作機制之外，專業編輯的協助必不可少，因此我們保留了實體出版的編輯角色，讓有心成爲專業作家的人，能夠得到編輯的協助，我們會觀察寫作者的內容、進度，選擇有潛力的創作者，給予意見，並在正式收費出版之前，進行最終的包裝，並適當的加入行銷概念，讓讀者能快速認識作者與作品。

這就是POPO原創平台，一個集全素人創作、編輯、公開發行、閱讀、收費與互動的一條龍全數位的價值鏈。

經過這些年的實驗之後，POPO已成功的培養出一些線上原創作者，也擁有部分對新生事物好奇的讀者，不過我們也看到其中的不足——我們並未提供紙本出版服務。

眞實世界中，仍有許多作家用紙寫作，還有更多讀者習慣紙本閱讀，如果我們只提供線上服務，似乎仍有缺憾。

爲此我們決定拼上最後一塊全媒體出版的拼圖，爲創作者再提供紙本出版的服務，讓所有在線上創作的作家、作品，有機會用紙本媒介與讀者溝通，這是POPO原創紙本出版品的由來。

如果說線上創作是無門檻的出版行爲，而紙本則有門檻的限制，線上世界寫作只要有心，就能上網、就可露出，就有人會閱讀，沒有印刷成本的門檻限制。可是回到紙本，門檻限制依舊在。因此，我們會針對POPO原創網上適合紙本出版的作品，提供紙本出版的服務，我們無法讓所有線上作品都有線下紙本出版品，但我們開啓一種可能，也讓POPO原創網完成了「三百六十度全媒體出版」的完整產業及閱讀鏈。

不過我們的紙本出版服務，與線下出版社仍有不同，我們提供了不同規格的紙本出版服務：（一）符合紙本出版規格的大眾出版品，門檻在三千本以上。（二）印刷規格在五百到二千本之間的試驗型出版品。（三）五百本以下，少量的限量出版品。

我們的宗旨是：「替作者圓夢，替讀者服務」，在作者與讀者之間搭起一座無障礙橋梁。

我們的信念是：「一日出版人，終生出版人」、「內容永有、書本不死、只是轉型、只是改變」。

我們更相信：知識是改變一個人、一個組織、一個社會、一個國家的起點。讓想像實現、讓創意露出、讓經驗傳承、讓知識留存。我手寫我思，我手寫我見，我手寫我知，我手寫我創，變成一本本的書，這是人類持續向前的動力。

我們永遠是「讀書花園的園丁」，不論實體或虛擬、線上或線下、紙本或數位，我們永遠在，城邦、POPO原創永遠是閱讀世界的一顆螺絲釘。

第八章　意外告白

目睹湯雅郁和溫亦霄共處的翌日，我的心情依然低落。

我蹲在鞋櫃前穿鞋，準備去學校，溫亦霄從樓上走下來：「沄萱，早安。」

「師父早！」我的心跳了一下，起身露出微笑。

「昨天妳說第四題不會寫，可是我檢查過了，妳寫的程式並沒有錯。」他淡淡地說，神色跟往常一樣沉靜，好像昨天什麼事都沒有發生。

「咦？我有說嗎？」我歪頭裝傻。

溫亦霄眼裡浮現一絲笑意，伸手輕敲我的額頭，從口袋裡拿出手機，點開一張照片。

我撫著額頭，仔細看螢幕，上面是我手拿著白板的照片。

「我把全部的題目寫完之後，你還沒回來，所以我……就自己搜尋答案了。」

「很好。」他肯定地點頭，「自己找答案是一種學習態度，我不喜歡下屬遇到問題時不先自行嘗試解決，就直接告訴我不懂。」

「喔……」心中閃過一個想法，我試探著問：「師父，那天你讓我檢查大老闆的電腦時，如果我沒有上網查資料，就直接跟你說我不知道怎麼做的話，那你……」

「我就不可能收妳當徒弟了。」溫亦霄說得斬釘截鐵，「我本來並不期待妳能找出問題所在，只是想看看妳的學習態度，而結果證明，妳的表現超出我的預期。」

我心裡暗暗吃驚，幸好以前被香草師父教育過，遇到問題時必須先自己想辦法，若找不到資料或者思考後還是不明白，再去請教別人，現在我才能夠得到溫亦霄的肯定，學到這麼多的電腦知識。

「不過有兩題寫錯了，晚上吃完飯，我再爲妳講解，現在快去學校上課吧。」溫亦霄再度出聲。

「好。」我微笑點頭，瞬間一掃鬱悶的心情。

進了學校，剛走到教室門口，我便被沈雨桐從旁攔截。

「萱、萱！」沈雨桐雙手插腰，把我逼得後背貼在牆上，「妳跟硯寒學長交往了，怎麼可以瞞著我？」

「啊？」我傻眼了，「我們沒有交往呀！」

「證據在此，妳還裝傻？」沈雨桐掏出手機。

我接過手機，螢幕上是楊楷杰的臉書粉絲團頁面，最新貼文是兩張X遊戲機的玩家檔案截圖，圖中各有一行字：

玩家ID：冷硯／女友：弒夜／格言：妳的心，是我暗殺的目標。

玩家ID：弒夜／男友：冷硯／格言：你來一次，我就滅你一次。

這則貼文還TAG了方硯寒和我的臉書，底下的留言都炸開了。

太大意了！

我的玩家檔案設定成只對好友公開，昨天心情被湯雅郁擾亂了，將楊楷杰加入好友時，我只想到他是方硯寒的表哥，沒有多考慮自己的隱私問題。

玩家檔案裡的那段文字我本來早已刪除，是方硯寒逼我放回去，這下誤會可大了。

雖然班上也有男同學是我的遊戲好友，不過遊戲玩久了，沒人會留意彼此的玩家檔案是否變更，就算發現了，他們也不知道冷硯是誰，只有新加入的好友才可能會特地去查看檔案。

就像楊楷杰。

更慘的是，他知道冷硯是誰！

「雨桐，這個情侶關係就跟之前的親臉頰一樣，只是勝者和敗者的標記。」我真是跳到黃河裡都洗不清。

「什麼叫勝者跟敗者的標記？」沈雨桐一臉不解。

「國二的時候，我跟方硯寒打了場格鬥PK賽，他開出一個條件，如果我輸給他，就要當他網路上的女友……」我簡單說明整件事的來龍去脈。

「硯寒學長是刺客、是殺手，這如果寫成小說，可以取名爲『闇影獵愛』！」沈雨桐聽完，雙眼彷彿冒出兩顆愛心，雀躍無比。

「沒有妳想得那麼浪漫。」我簡直被她的想像力打敗，那可是我的恥辱耶，「因爲家機的遊戲模式跟電腦網遊不同，他玩暗殺，我玩格鬥，都是單打獨鬥，我們不需要一起打副本或情侶任務，所以這層關係只是表面上的，就是我輸給他的標記而已。」

「原來如此。」沈雨桐理解地點頭，「但是硯寒學長奪走了妳的吻，昨晚也沒有出面澄清，早上甚至還對那則貼文點讚，沒有要求前會長撤下照片，那就表示他想弄假成眞了。」

「我只能說，我跟方硯寒平常都在互相殘殺，信不信隨妳。」我肩頭一垂，百口莫辯。

「相愛相殺最萌了，改天再和我多說說妳和硯寒學長的故事！」沈雨桐果眞沒聽進我的話。

目送沈雨桐心滿意足離去，我頹然踏進教室，又被班上的男生們擋住去路，盤問攻下醫科班黑王子的感想，我頓時忍不住翻了個白眼。

可惡！爲什麼我要一再地被迫說出被方硯寒打敗的往事啊？

一夕之間，我再度變成眾人矚目的焦點，既然無從解釋，也只能隨大家去想像了。

午休時，我跟沈雨桐去福利社買午餐，遇到了詩樺學姊，她笑笑地對我說恭喜，眼神卻帶著落寞。其實學姊是個好女孩，可惜方硯寒的防備心太強，暫時無法向別人敞開心扉。

放學回家，二哥下廚做了海鮮炒飯和蛋花湯，四個人熱鬧開飯。

「溫大哥，大家都要上班上課，回家吃得簡單，希望你不要介意啊。」二哥一面吃一面說。

「不會，你們家的飯菜很好吃。」溫亦霄微笑。

「溫大哥要嚴格一點，這樣他們廚藝才會進步。」大哥搭腔。

「為了養活妹妹，我的廚藝已經進步很多了。」二哥又扯到我身上。

「你少往自己臉上貼金，我最好是你養大的！」我從桌下踹了二哥一腳。

一如往常，大家說說笑笑兼鬥嘴，用餐的氣氛相當愉快。

吃完晚餐，大哥和二哥坐在沙發上看電視跟滑手機，我則待在餐桌前，聽溫亦霄講解星期日那天寫錯的兩道習題。

「為了節省記憶體，我們可以把這個回值丟到這邊……」溫亦霄用筆在重點處劃線，以輔助說明。

「師父的寫法跟教學書不同。」我提出疑問。

「這是我的經驗，這樣寫可以加快運算速度。」

「原來如此！我回房間試試看。」我崇拜地驚呼，感覺自己好像學到一個絕招，迫不及待地起身進房，開啟電腦試寫。

隔了一會，我寫完程式，朝門外喊了聲：「師父，我寫好了。」

溫亦霄隨即走進來，背著手站在我的椅子後面，看著電腦螢幕點點頭：「寫得很好，完全正確。」語畢，他拿過放在電腦主機上的程式教學書，翻到我貼了便條紙做筆記的那一頁。

「那個……我隨便寫的，其實讀得不是很懂。」我推開椅子站起來，擔心筆記有什麼地方寫錯。

「沄萱，妳有我的手機號碼吧？」

「嗯，你給過名片。」

「以後妳自學時如果遇到問題，無論在任何時間，即使是半夜，妳都可以傳訊問我，我有空就會回妳。」

「謝謝師父！」我開心不已，覺得又接近了他一點。

溫亦霄眼神柔和看著我，將書本輕輕放回電腦主機上，手卻頓了一下。

他的視線落在電腦螢幕左邊的X遊戲機，遊戲機上擱著《刺客教團》和《生存格鬥》的遊戲片，都是我最近常玩的遊戲。

「師父別罵我，我平常寫完功課後才打電動的。」我趕緊聲明。

「上次聽妳二哥說，妳打到格鬥榜的第四十八名？」他忽然問，似乎有點好奇。

「那是之前的事了，現在已經退到第六十一名。」

「為什麼？」

「因為方硯寒跟我說，香草師父能夠一直保持在第一名，是因為他不會專攻對手的弱點……」我解釋原因，「所以，我決定跟那些高手正面對戰，可是怎麼樣都擋不住他們的大絕招，就掉到第六十一名了。」

溫亦霄點頭，沒有表示什麼，目光依然定在遊戲機上。

「師父要不要玩看看？我覺得家機的遊戲比網遊好玩喔。」我試探著問。

溫亦霄沒有拒絕，於是我打開遊戲機，拉起他的右手，將搖桿放在他的掌心，再拉過他的左手，讓兩手一起握住搖桿。

意外地，師父的手摸起來很溫暖，他的手指修長，骨節並不特別突出，指甲整齊乾淨，握著搖桿的手勢十分優美。

心跳再度失控，我放開他的手拿了另一支搖桿，指著搖桿上的按鍵說明操控方法：「按下這個鍵可以讓角色的手動作，這個則是腳，然後這個是格檔，這個是抓。師父試著按按看？」

溫亦霄隨意按了按，螢幕裡的電玩角色跟著拳打腳踢幾下。

此時，一封挑戰書跳出，是楊楷杰發來的。

「這是線上挑戰書，發信人是我們學校的前任學生會長，他今天亂散播我和方硯寒的緋聞，等一下我再來揍他。」我先把挑戰書取消，進入單機對戰模式。

溫亦霄毫無章法地出招，我自然選擇禮讓師父，只是擋一下、退一下，並不敢眞的進攻。

突然，手機鈴聲響起，我放下搖桿查看，是沈雨桐來電。

「萱萱。」沈雨桐的聲音從手機另一頭傳來，「我媽媽有一些理財方面的問題，想請教妳大哥，可以嗎？」

「好啊，妳等等，我拿給大哥聽。」我用手掌摀住手機的收音孔，轉頭看溫亦霄，

「師父，你先隨便玩，我同學有事情想問大哥，我離開一下。」

「嗯。」他應了聲，視線沒有離開螢幕。

來到客廳，我把手機交給大哥，大哥客氣地向沈媽媽問好，回答了幾個關於匯率的問題，不久便將手機還給我。

我走回房間，到了房門口時，溫亦霄正巧走出來。

「師父不玩了嗎？」

「嗯，要回家洗澡休息了。」他微笑著說。

「喔……」我心裡很失望，本來希望他能夠跟我一起打電玩，體會X遊戲機的美好。

「對了，剛才挑戰書又跳出，我不小心按錯鍵接了下來，因為不知道該怎麼取消，只好跟對方亂打了一場。」

「這樣嗎？沒關係的。」我噗哧一笑，覺得他有點可愛。

「晚安了。」

「師父晚安。」

跟大哥和二哥也道過晚安後，溫亦霄便開門離去。

我返回房間，坐在遊戲機前，發現方硯寒邀請我加入他的聊天派對。

「嗨。」我戴上耳麥，打開派對名單一看，裡面還有楊楷杰，「學長好。」

「學妹，剛才是妳在跟我PK嗎？」楊楷杰劈頭就問。

「不是耶。」

「那是誰？」

「是我師父。」

「妳師父是誰？」

「我的電腦老師。怎麼了？」我疑惑地反問。

「我就是不知道怎麼了……他呆呆站著不動，我衝過去打他，然後……然後……」楊楷杰突然停頓，似乎不知道該怎麼描述接下來發生的事。

「然後怎樣？」

「然後我眨眼間被拋上半空，被他這樣那樣、又那樣這樣、再這樣那樣，最後血量就歸零了。」

「哈哈哈……學長，你在講什麼？我聽不懂。」我大笑。

「我不會形容，總之那個人很可怕，整個人貼著我狂打，我的搖桿好像當掉了一樣，怎麼按都無法動作，根本搞不清楚是怎麼死的。」楊楷杰的語氣急促。

「我師父第一次玩家機，連操作都不太會，剛才只是誤接你的挑戰書，他說他完全是亂打的。」

「亂打？怎麼可能？他三兩下就把我解決了！」楊楷杰顯然不相信。

「新手不懂得怎麼連段，常會胡亂出招，有時候反而會擾亂對方的節奏。」我根據以往經驗解釋給他聽，「不信你問方硯寒，他無招勝有招的亂打，還曾經擊敗我以前的師父。對不對，方硯寒？」

「嗯。」方硯寒應了一聲。

「至於搖桿像當掉了，也許是因爲網路連線延遲，才會按了卻沒反應。」

「我家的網路是光纖耶，怎麼可能延遲？」楊楷杰質疑。

「那方硯寒，你有觀戰嗎？」

「沒有，當時我在洗澡，他打輸後就慌慌張張跑來敲浴室門，催我上線。」

「原來如此，沒看到戰鬥情況也不好判斷……」話還沒說完，螢幕跳出方硯寒邀我私聊的訊息，我切換到私人語音頻道，「幹麼？」

「妳……」方硯寒的聲音有些緊繃，「讓那個經理進妳的房間？」

「他幫我看程式碼寫得對不對。」

「妳對他的過去、爲人、家庭背景，全都了解嗎？」

我沒答話，我確實不了解和溫亦霄有關的一切。

「既然根本不了解他，那就別一點戒心都沒有，還傻傻地去撲火。」方硯寒的聲音透著怒氣。

「我也想控制自己不要喜歡上他。」我滿腹委屈，低頭盯著搖桿，「可是當我察覺自己的心意時，就已經來不及了，除非時間能夠倒流，讓我回到還沒喜歡他之前。」

耳機裡陷入長長的沉默，方硯寒靜了好半晌，才輕嘆一口氣：「期中考快到了，妳跟我一起複習吧。」

「爲什麼要找我？」我覺得莫名其妙。

「跟我一起複習有很大的好處，妳不會的地方，我可以教妳。」

「你能教我電子學和數位邏輯嗎？」

「那是妳的專業科目，妳得自己讀，但我能教妳國英數三科，這三科只要讀得好，妳肯定可以打掛一票人。」

「你在打什麼主意？」我無法反駁他的說法，普通科學生的學科成績的確普遍比職業科的學生好。

方硯寒慵懶地一笑：「妳不覺得……我們倆在圖書館裡放閃，看全校同學跟笨蛋一樣討論我們的緋聞，是件很有趣的事嗎？」

混蛋！這個抖S果真沒安好心。

螢幕上又跳出楊楷杰的挑戰書，我拋開方硯寒切回派對頻道，接下他的挑戰。

「楷杰學長，接招！」

週五晚上，大哥和二哥都出門和朋友聚餐了，家裡只剩下我一個人。

如果約溫亦霄去外面的店家吃飯，他會不會答應呢？

如果他答應了，這樣是不是很像在約會呢？

我心裡正盤算如何開口邀他，門鈴突然響了起來。打開大門，只見溫亦霄穿著款式休閒的大衣，肩上背著一個背包，看起來正要外出。
「沄萱，明後兩天我有事不在家，電腦課我再找時間幫妳補上。」溫亦霄說。
「師父……要去約會嗎？」我的心沉了沉，腦海裡閃過湯雅郁的身影。
「不是，我要去妹妹家小住兩天。自從搬來這裡後，我們兄妹還沒有聚過。」他的眼神明亮，帶著淡淡溫柔，似乎很期待跟妹妹見面。
「原來如此。」我沉下的心再度提起，慶幸他不是要跟湯雅郁約會，但同時又感到一陣失落，因為這代表我將有兩天見不到他。
「師父假日都在幫我上課，這樣會不會沒時間交女朋友？」
溫亦霄深深凝視著我的臉，我面帶微笑，極力保持冷靜，假裝是不經意地提問，以掩飾自己其實別有居心，企圖刺探他的感情狀況。
「不會，我不想再談戀愛了。」他的神情微微一黯。
「為什麼？」我頓時受到打擊，這個答案把所有可能性都抹消，包括湯雅郁，也包括我。
「妳快要段考了吧？」他轉移話題。
「嗯，月中要考。」
「好好念書，加油。」他伸手拍拍我的頭，像老師叮嚀學生那般。
「好。」目送他的背影下樓，我心裡非常難受，一點也不喜歡被他當成孩子看待。
晚上坐在書桌前，我右手托腮對著課本發呆，滿滿的疑問在腦中盤旋。

溫亦霄爲什麼不想交女朋友呢？

他以前是不是發生過什麼事？

那些事跟湯雅郁有關嗎？

嘆了一口氣，我的視線落在手機上。

對了！溫亦霄說過，只要我有電腦方面的問題，隨時都可以傳訊給他。

我打起精神翻開程式教學書，找了一個題目發訊詢問，約莫隔了半個小時，手機響起訊息提示聲，我迅速查看，沒想到是方硯寒。

「明天一起去圖書館看書吧！ヾ(*´∀｀*)ノ」

看到那個表情符號，我的心抖了一下。這傢伙切開來是黑的，千萬不能被可愛的符號騙了。

不過待在家裡大概也讀不下書，所以想了想，我還是回覆了OK。

隔天早上起床，我發現溫亦霄竟然眞的回訊了，訊息裡寫著詳細的解題方法，發訊時間是半夜兩點。

我開心地在床上滾了兩圈，馬上回覆。

「謝謝師父！你昨天怎麼那麼晚還沒睡？」

接著，我下床梳洗更衣，把課本塞進背包裡，滿心雀躍地跑出家門。

踏進學校圖書館的大門，只見館內坐滿溫書的學生，無數道視線朝我射來。

方硯寒坐在最後一排靠窗的位子，舉手向我招了招，我硬著頭皮走過去，途中看到楊楷杰和莓眞學姊坐在中間的座位，楊楷杰對我露出陽光的笑容，伸出右手食指比了個「一」。

再一場的意思。

這傢伙昨晚被我打得落花流水，卻越挫越勇，連莓眞學姊打電話來都不接。

莓眞學姊的臉上滿是不悅，用手肘往楊楷杰的腰間撞了一下。

來到靠窗的位子，方硯寒拉開右邊的椅子，我頷首道了聲謝，坐下來打開背包拿出課本和筆袋，突然感覺有目光從旁投來。略微轉頭，我對上一雙深邃漆黑的眼睛。

方硯寒左手撐頰看我，臉龐掛著似笑非笑的表情，薄唇開闔著，無聲地以唇語說了幾個字。

我搖搖頭，看不懂他在講什麼。

他放慢速度，又用唇語說了一次。

我側頭靠向他，試圖聽清楚。

他的唇角揚起淺淺弧度，竟然不說話了。

我疑惑地以氣音小聲問：「你到底在說什麼？」

他的臉慢慢靠過來，也用氣音笑說：「今天天氣很冷。」

「無聊！」我狠狠瞪他一眼，翻開數學講義，拿出自動筆開始解題。

寫著寫著，遇到一道不知該怎麼解的題目，我輕咬著筆桿陷入沉思。忽然，一張紙被從旁邊推過來，我仔細一瞧，紙上寫著那道數學題的算法，旁邊還有一個大大的「笨！」字。

我神色不動，左腳悄悄伸出，踢了下他的右腿。

隔了一會，我又遭遇困難，在解某道數學題的過程中，其中一個式子除不盡，讓我無法繼續計算。見狀，方硯寒指著第二條算式的某個數字，在計算紙上寫下「乘法算錯，妳沒帶腦子出門嗎？」氣得我又踢了他一腳。

整個早上就在方硯寒的紙上毒舌、我不斷踢他的循環中度過，直到中午，桌上累積了不少計算紙，我也弄懂了許多數學題。

「午餐妳想吃什麼？飯或麵？」方硯寒闔上課本站起身。

「我想吃熱騰騰的麵。」我的肚子已經餓了。

「走吧。」他輕輕推了推我的頭。

我忍不住跳起來，打了他的後腦一下，隨即發現圖書館裡有很多人在注意我們的互動，於是連忙拉開距離。

剛走出圖書館，口袋裡傳出手機的訊息提示聲，我拿出來檢視。

「萱萱，跟硯寒學長約會兼複習，很幸福嘛！嘿嘿～」

沈雨桐的訊息裡附了一個連結，我點選下去，連到楊楷杰的臉書粉絲團，他又發了一則貼文。

照片裡，方硯寒單手托腮斜撐在桌面上，我微微傾身像在聆聽他說話。他含情脈脈凝視我，嘴角噙著淺淺笑意，一切盡在不言中。

完全就是一張唯美浪漫的放閃照。

看到照片底下有那麼多留言，方硯寒心裡的小惡魔大概樂壞了。

「你又設計我！」我氣得握拳追打他。

「哈哈哈……」他邊笑邊閃躲，「我瞄到楷杰在偷拍，既然如此，當然要營造出最美的畫面，不能辜負大家的期望。」

「你這樣戲弄大家，不覺得很過分嗎？」

「一點都不覺得。」

「你眞是混蛋！」

「謝謝誇獎。」

我們兩個一路你追我跑，很快出了校門，前往學校附近的麵店用餐，聊著關於遊戲的話題。

吃完午餐返回圖書館，我趴在桌上小睡了一會，直到午休結束的鐘聲響起。

天冷正好眠，我半睡半醒地掙扎著，不想起來，拖到下午第一堂課的鐘聲響了，才百般不願地睜眼，頓時近距離對上一雙漆黑似夜的眼眸。

方硯寒把椅子挪到了我的身側，下巴枕著手臂趴在桌上，瞧著我的睡臉，薄唇勾起一絲弧度。

「小睡豬，睡翻天了。」他伸手揉揉我的頭髮。

「要、要你管。」我一秒清醒，臉頰熱度直升，心跳怦怦加速。

他偷看了我多久？

假裝放閃也不用到這個地步吧！

將下午要讀的課本放在桌上，我忍不住再拿起手機，意外發現有師父的回訊。

「昨晚跟妹妹小酌，聊到比較晚。」

看著那則訊息，我的心裡湧起更深切的渴望。只要再過一年多，等我滿十八歲可以喝酒了，就能跟師父一起小酌了吧？

但我應該怎麼做，才能讓他……喜歡我呢？

嘆了口氣，我把手機放在桌面，發現方硯寒酷酷地看著我，臉上少了剛才那種捉弄人的壞笑，冰涼的眼神裡隱含一絲複雜。

那深沉而犀利的眸光，讓我覺得彷彿被他看穿了心思。

我迴避他的注視，不自在地翻開課本，開始複習國文的考試範圍，方硯寒也默默讀著自己的書，不再傳紙條鬧我。

下午三點的休息時間，我暫離圖書館來到學校中庭，雙手朝上伸了個懶腰。

「那則訊息是妳師父傳的嗎？」方硯寒跟在我的後面。

「嗯。」

「我很好奇，妳師父長什麼樣子？」

「這是他的照片。」我從外套口袋裡掏出手機，點開溫亦霄的照片。

方硯寒低頭打量，冷冷一哼：「那種成熟又溫柔的氣質，最容易騙走女孩子的心，加上又是妳嚮往的職業，難怪妳會被他吸引。不過相對的，喜歡他的女人應該也不少，他的選擇肯定很多，成熟型、俏麗型、高雅型、冰山型……怎麼樣都不會看上一個高中生吧？」

「如果我可以早一點出生就好了。」我又被徹底打擊了。

「如果妳早一點出生的話，可能就遇不到他了。」

「說的也是……」

「在對的時間遇見對的人，是奇蹟。在錯的時間遇見對的人，就是遺憾了。」

「師生戀都能修成正果了，你怎麼能肯定現在不是對的時間？」我緊握手機，即使明白這個道理，也無論如何都不想屈服。

方硯寒忽然抽走我的手機，我伸手想搶回來，他卻腳步一旋閃到我的背後，左手臂環過我的脖子，和之前格鬥時用來敲昏我的前置招式一樣。

我反應不及，整個人被他緊緊摟在懷裡，後背貼著他的胸膛。

「因爲……」清冷的嗓音傳來，他的臉頰靠在我耳邊，右手越過我的肩頭伸到前面，用拇指操作手機開啟自拍模式，「妳的奇蹟應該是我。」

喀嚓。

照片定格了這一刻，方硯寒隨後鬆開手，將手機還給我。

「你少亂說了。」我用力奪回手機，臉頰開始發燙。

「戀愛呀，是一種化學反應。」方硯寒在花臺邊坐下來，右腿蹺在左腿上，雙手圈住右膝，似笑非笑看著我，「根據科學家的研究，男女間的吸引力是由荷爾蒙引起，大腦會分泌出一種名爲多巴胺的神經傳導物質，令人產生戀愛的感覺和激情。」

「然後呢？」我臉上的熱度迅速退去，好像被澆了一桶冷水。

「然後苯基乙胺的分泌，會使人呼吸和心跳加速、臉紅、情緒變得亢奮，喪失客觀的思考能力，因此妳才會盲目地喜歡上妳的師父。」

「你眞無聊！用科學來分析，愛情都失去美感了。」我鼓起臉頰。

「不只是妳，我也一樣。就像烤肉那天，所有女同學的條件都比妳好，我依然覺得她們全是雜魚，連秒殺她們的衝動都沒有，只有妳才是雜魚中的BOSS。而今天中午妳趴著睡覺，明明睡得跟豬一樣，我卻只想看著妳的臉，看了五分鐘都不覺得膩。跟妳一起吃飯、聊天、玩遊戲、讀書都很愉快，見到妳跟妳師父的合照，心裡又很火大，搞不懂妳怎麼那麼笨。」

「你是在褒我，還是在貶我？」還是……在對我告白？

「妳認爲是什麼，那就是什麼。」他的表情高深莫測。

「所以……你是喜歡……還是不喜歡……」我無法把最後的「我」字說出來。

「多巴胺的錯覺。」

「不管什麼多巴胺啦，到底你對我……」

「化學反應。」

「反正你的重點是，要我放棄溫亦霄，把目標換成你吧？」我自暴自棄地垂頭，不想繼續跟這個醫科生理論下去。

「我只是想告訴妳，不要把愛情當作暗殺遊戲，因爲暗殺不是妳的專長。」方硯寒站起身，臉上掛著似有深意的笑容。

「如果一直默默凝望對方的背影，想找出最大的弱點再進行暗殺的話，最終妳只會逐漸退縮，失去將對方一擊必殺的勇氣。」

我無法反駁，我玩暗殺遊戲時確實總是拖拖拉拉的。例如，我曾經躲在草叢裡，看著三個守衛在眼前走來走去，卻不敢發出任何一槍，因爲我怕射歪了，會引來另外兩個守衛的夾攻，就這樣躲了十幾分鐘，最後無奈放棄。

「妳適合正面迎戰，而從各方面來考量，比起那個經理，進攻我的成功率會比較高。」方硯寒直視著我，雖然在對我告白，態度卻一點都不含蓄。

「就算成功率有百分之百，我也不想倒追你！」我討厭被他看穿的感覺，丟下這句話後，扭頭走回圖書館。

當天晚上，我躺在床上滑手機。

楊楷杰的粉絲團再度發布了一張照片，照片裡，我和方硯寒趴在圖書館的桌子上，距離近到手肘幾乎相觸，兩人一左一右互相凝視，照片還被加上一堆粉紅小愛心裝飾。

關閉網頁，我打開手機裡的某張照片。

照片中，方硯寒用手臂環住我，臉龐輕輕貼在我的頰側，看起來彷彿保護著我，這協調的畫面充滿青春氣息，像一對感情極好的情侶。

「妳的奇蹟應該是我！」

那句話的意思是，方硯寒認爲我跟他比較相配吧。

我想，他是喜歡我的，雖然他嘴上一直強調化學反應，不過那些化學反應指的就是戀愛呀。

長這麼大第一次被男生告白，明明應該是很浪漫的場景，卻被他用多巴胺和什麼基胺給破壞了，接受告白時該有的臉紅心跳一下就消失無蹤。

指尖滑過螢幕，前一張照片是我和溫亦霄的合照。

他成熟的外貌、歷經社會磨練的沉著眼神，與我青澀的外表、帶點純真的模樣形成對比，我們明顯有著差距，怎麼看都像一對兄妹。

其實我不討厭方硯寒，這些日子相處下來，正如沈雨桐所言，我們已經是友達以上、戀人未滿的關係，若要跟他進一步發展，似乎也沒什麼不可以。

問題就在於，我對溫亦霄的喜歡是既成事實，可是對方硯寒的喜歡，目前只成立了一半。

不過方硯寒這個暗殺狂真的很厲害，明知道我喜歡溫亦霄，他還是一如既往地時不時突襲我，這份勇氣讓我自嘆不如。

隔天早上，我傳訊息給方硯寒，推掉去圖書館溫書的邀約。結果他很快地回應：

「我希望妳能來。(´;ω;`)」

哭屁呀！

看到訊息裡的表情符號，我的心又抖了一下。

這傢伙應該是在惋惜沒人陪他扮情侶放閃吧。

拋開手機，我獨自在家溫習功課。

大哥陪客戶去打高爾夫球了，二哥則外出打工，而溫亦霄還沒有回來，中午我便自行外出用餐。

吃完飯回家，我望見一抹漂亮的背影站在自家公寓門前，頓時低下頭，轉身想找個地方躲一躲。

「房東妹妹！」背後傳來甜膩的呼喚聲。

我皺著臉，慢慢轉身面對湯雅郁，展露微笑。

「妳還記得我嗎？」湯雅郁朝我走來。

「嗯，請問有事嗎？」

「我想問妳，亦霄在家嗎？」

「他不在家。」居然叫他亦霄，也太親熱了吧？

「他去哪裡了？」

「他回妹妹家。」

「哎呀，我差點忘了。過幾天是溫伯伯的……難怪他會回去。」湯雅郁恍然想起什麼，鬆了一口氣。

「溫伯伯的什麼？」我有些好奇。

「可以耽誤妳十分鐘嗎？」她沒有回答，而是客氣地笑問。

「怎麼了？」

「妳是亦霄的小徒弟，我只是想請妳喝杯咖啡，聊聊天而已。」她熱情地挽住我的手臂，拉著我往轉角的便利商店走。

和面對詩樺學姊時一樣，我這個電玩宅不擅長應付女生的示好，就這樣被她帶進便利商店裡。

我們分別點了杯咖啡，相對而坐。

我雙手捧著咖啡紙杯，一邊小口啜飲，一邊偷偷打量湯雅郁。她有著精緻的臉蛋、微鬈的長髮，五官立體漂亮，眼神顧盼間透著一絲嫵媚，加上成熟姣好的身材，十足是個大美人。

「我想，妳應該滿好奇我跟亦霄是什麼關係吧？」她的紅唇勾起淺笑。

「嗯。」我很想否認，但心裡確實相當好奇。

「我是他的前女友。」

「我想也是……」我的心彷彿被劃了一刀。

「國二時，我爸媽離婚了。媽媽帶著我搬家，我因此轉學到新學校，當時在班上就坐在亦霄隔壁的座位。他的外表看起來宅宅的，成績普通、運動普通、人緣普通，一點都不起眼。」湯雅郁望向窗外，說起認識溫亦霄的經過。

「原來你們是同學。」我心裡羨慕著她可以跟溫亦霄當同學。

她點點頭：「因爲爸媽長年爭吵，連帶地影響到我的個性，我有點自卑、有點急躁，跟班上的同學處得不好。有次做報告，我跟亦霄被分配在同一組，因爲意見不合起了爭執，可是不管我怎樣對他發脾氣，亦霄總是很淡定地跟我說，沒什麼好急的，慢慢做，一定會做出最好的成果。」

我想像著溫亦霄說出那番話時的樣子，他的臉上想必帶著溫柔的表情，就像我嘗試煮義大利麵時，因爲切洋蔥被薰出眼淚，他柔聲安慰我「不要哭，慢慢來，越急會越做不好」一樣。

湯雅郁停頓了下，喝了口咖啡，繼續說：「我努力壓下脾氣，和大家一起討論，之後資料收集齊全，準備製作**PPT**簡報時，亦霄說這部分就交給他。隔天上課，我負責上臺報告，當投影機在布幕上投映出我們這組的簡報時，全班同學『嘩』的一聲，視線都被精美的版面吸引住。那一刻，我忽然覺得亦霄是班上最亮眼的男生。」

「我國中時也曾經做出漂亮的簡報版面，受到全班同學和老師的稱讚。」我有些訝異，沒想到我跟溫亦霄竟有相似的經歷。

「你們師徒眞的很像。」湯雅郁微笑，「我是個電腦白痴，一直很欽佩電腦技能特別強的人，尤其是女生。」

「其實只要有心學習，肯定都能學會的。」我被她誇得有點不好意思。

「亦霄也說過一樣的話，你們實在非常相像。」湯雅郁望著窗外的眼神變得悠遠，彷彿在回想什麼，「後來上電腦課的時候，我都會跟亦霄坐在一起，要他教我如何操作電腦，大概是從那個時候開始，我們就漸漸喜歡上彼此了。有天學校舉辦運動會，亦霄參加了男子組田徑一百公尺賽跑，他要我在跑道的終點等他，說如果他拿了第一名，就要告訴我一件事。」

是要告白吧？

我很想逃離，可是又想知道溫亦霄的過去，只能強迫自己繼續待著。

「槍聲一響，亦霄賣力地朝我奔來，距離越來越近。我站在跑道底端，大聲地對他喊加油，看著他超過第三名、第二名、穿越終點線，腳步不停，直直跑到我的面前，很喘很喘地笑著說，我喜歡妳。那一天，我們開始交往了。」說到這裡，湯雅郁露出甜蜜的笑意。

我的視線自她的臉上移開，落在桌面上，指甲用力刮著紙杯。咖啡的苦好像哽在喉頭，酸酸澀澀的，一點又一點地淌進心底。

「抱歉，我是不是話太多了？」湯雅郁似乎察覺我臉色有異。

「不會。」我搖搖頭，沒事般笑了笑，「那……你們怎麼會分手？」

湯雅郁漂亮的大眼睛裡閃過一絲哀傷，輕輕嘆氣：「我們一直交往著，度過高中、上了大學，感情有增無減，要不是亦霄大四那年，家裡發生了那件事，我們現在應該早就結婚了。」

「師父家裡發生了什麼事？」我不禁急切地問。

「我先簡單說一下他的家庭背景吧。亦霄的媽媽在他小時候就過世了，而爸爸開了間小公司，亦霄還有一個相差一歲的妹妹。溫伯伯有氣喘的毛病，天冷時容易發作，就在亦霄大四那年的十一月底，寒流剛好來襲，溫伯伯晚上去參加朋友的喜宴，卻忘了把支氣管擴張劑帶在身上。喜宴進行到一半，他突然離席，從餐廳走到戶外停車場，才短短五分鐘的路程，便因爲氣喘發作倒在車子旁，直到喜宴結束才被人發現，可惜已經來不及搶救了。」

我的心沉甸甸的，想起溫亦霄第一次來家裡吃飯時，看著滿桌飯菜發呆的模樣。他是不是很懷念跟家人一起吃飯的感覺？

湯雅郁頓了頓，接著說：「事發突然，亦霄和妹妹都慌了手腳，公司的營運也亂了套，於是他的叔叔和姑姑出來幫忙，協助他們處理父親的後事，以及遺產繼承的事宜。雖然他叔叔和姑姑身爲公司的股東，之前卻不曾管事，只會吵著分紅而已。當時溫伯伯留下了一些房產和存款，價值大概有五千多萬，總之亂了一陣子，所有事情好不容易才處理完畢。」

「師父那時候一定很難過吧？」我喃喃說。

「嗯，我第一次看到他哭得那麼悲傷。」她點點頭，露出心疼的神情。

「後來呢？」

「後來因爲亦霄還在念大學，隔年六月才會畢業，本身也沒有商業管理的經驗，因此他的叔叔和姑姑介入了公司的營運。叔叔以代理總經理的身分，掌控了公司的所有事務，結果才三個月的時間，就爆出姑姑挪用公款的醜聞，而叔叔跟著掏空公司，捲款逃到國外去。負債累累之下，亦霄只能忍痛收拾殘局，賣掉爸爸留下來的家產抵債，兄妹倆最後淪落到租房子住。」湯雅郁揚起嘲諷的笑，相當不屑師父那些親戚的作爲。

「他們簡直是強盜！」我氣得將手裡的咖啡杯捏得半扁，鼻頭也一陣發酸。

「從那個時候開始，亦霄的個性漸漸變了，他跟妹妹爲了生活和學業，每天都打工到很晚，假日也不休息。我曾經想出錢幫助他們，可是他不領情。不知不覺中……我們見面的次數越來越少，連講個電話都怕通話費太貴，時常吵架和冷戰。後來他畢業入伍當兵，電話又打得更少了，我感受不到他的愛，所以氣得傳訊息跟他提分手。」

「是妳提出分手的？」我十分訝異。

「那是氣話呀，我心裡還是希望他能說愛我，但亦霄沒有挽留，他隔了兩天才回我訊息同意分手，我也倔著脾氣不肯低頭，我們就這樣分開了。」

我心裡很難過，沒想到他們僅憑一則簡訊就分手了，結局有點遺憾。

湯雅郁無奈地嘆氣：「將近九年的感情不是說放下就能放下的，分手後我很痛苦，只能投入工作裡，直到去年年底，我換了工作來到新公司，意外跟亦霄重逢。當時乍見到他，我簡直不敢相信，他的性情居然變得這麼冷漠，待人一點溫度都沒有。」

「師父來我家簽租屋契約時，我也被他狠狠凍著了。」我深有同感。

「可能是親人的背叛帶給他的打擊太大，因此對人性感到失望吧。」湯雅郁猜測。

「請問……」我猶豫了一下，鼓起勇氣，提出心裡最大的疑問，「妳現在是不是還喜歡著師父？」

「亦霄是我的初戀，在我的心裡，他是最特別的存在喔。」她的眼神帶點傷感。

「那妳……會想跟師父復合嗎？」

「老實說，我不敢奢求復合，不過情分還是有的。即使無法在一起，我還是希望他能得到幸福，所以想多盡一點關心，讓亦霄快樂起來。」

看著湯雅郁漂亮的臉蛋，我心裡質疑，她剛才說的是眞心話嗎？

「妳回去後千萬別跟亦霄說我對妳提過這些事，不然他會生氣喔。」她忽然提醒。

「我不會說的。」我擺擺手。

「這些事我一直憋在心裡，跟妳聊過以後，心情舒暢多了。」她燦然一笑。

「那就好。」

「改天我可以再約妳聊聊天嗎？」她邀約。

「好，如果有空的話。」我答應下來，雖然內心意興闌珊。

「那我們互留手機號碼，有機會再約。」湯雅郁從皮包裡拿出手機。

我也拿出手機，跟她交換號碼。

而後，我跟湯雅郁說要回家溫書，兩人在便利商店門口分開。

坐在書桌前發呆，我的腦海裡不斷浮現湯雅郁的話。

我想像著溫亦霄對她告白的情景，既傷心又羨慕，再想到溫伯伯去世後，他被叔叔和姑姑聯手設計，失去父親所留下來的一切，獨自帶著妹妹在外租屋打工過活，眼圈頓時一陣泛酸。

下午四點多，門鈴突然響起。

我起身走出房間，打開大門，只見溫亦霄抱著一個大紙箱站在門外。

「師父……」一見到他，我的心狠狠擰痛起來，覺得好難過、好想哭。

「這個送給你們。」他把紙箱抵靠在門邊，騰出左手遞了個紙袋給我。

我愣愣接過紙袋，朝裡面看了一眼，是甜甜圈禮盒。

「怎麼了？」他發覺我的臉色不對勁。

「沒事，只是……看書看得累了。」我想露出微笑，可是鼻頭無法控制地發熱，聲音哽在喉頭，笑臉似乎凝結成奇怪的表情。

溫亦霄不發一語注視著我，我下意識轉過身子，迴避他的視線。

「我進去了。」他逕自脫鞋，抱著紙箱走進客廳，將紙箱先擱在地上，然後彎身坐到沙發裡，優雅地蹺起長腿，伸手指指對面的位子，「妳過來，坐下。」

我關上大門，將甜甜圈放在茶几上，低著頭坐在他的對面。

「玩電動又輸給冷硯了？」他的聲音輕柔。

我搖搖頭。

「跟同學吵架了？」

我再度搖搖頭。

來。

「跟二哥吵架了？」

我用力搖搖頭。

「還是……好朋友來了，心情不好？」

我的頭越搖越低，視線有些模糊。

「我不猜了，給妳十分鐘，自己講吧。」語畢，溫亦霄不再問話，直接拿出手機滑起來。

客廳裡一片安靜，我抬頭覷著他，小聲喚：「師父……」

「嗯？」他的視線不離手機。

「我剛才在網路上看了一部言情小說，是『總裁愛上我』那種題材，故事裡的男主角在父親去世後，被很多親戚朋友陷害失去了家產，一個人流落在外，孤零零的，我讀到這裡好難過，似乎入戲太深了，一時抽不出情緒。」放在腿上的雙手握成拳頭，我心裡很不安，怕被他識破什麼。

溫亦霄盯著手機的目光瞬間降溫，變得冰冷，嗓音不帶一絲情感：「套一句妳戰友冷硯的話，是那個男主角太沒戒心了，要怪只能怪自己笨，不懂得提防別人。」

原來師父是這樣看待自己，覺得是自己太笨，當初才會被那些親戚設計。

我的眼眶溼潤，深深吸了一口氣：「我好想穿越到小說裡面，緊緊抱住那個男主角，跟他說……你一點都不笨，是那些人太壞了，他們一定會有報應的！」低頭盯著桌面，我不敢看溫亦霄的臉，卻越說越激動，「而且……而且……我也想告訴他，你還有自己的才能，並不是一無所有，那是別人無法奪走的！如果擁有家產，人生當然會比較輕鬆，但沒有家產，你依然可以靠自己的雙手、不偷不搶的，創造出屬於自己的一片天……」

「沄萓。」溫亦霄打斷我的話。

「嗯？」我抬頭看他，他的眼神又變得柔和。

「可惜妳不能穿越。」

「師父！你怎麼可以吐槽我的眞心？」我哀號著趴倒在沙發上，用力搥打靠枕，「我好想穿越！好想穿越！想穿到男主角身邊，陪他走過那段痛苦的日子。」

「妳那麼喜歡那個男主角？」他打趣地問。

「嗯！因爲作者……把他寫得很帥氣。」我胡謅。

「妳不是喜歡妳的香草師父嗎？」

「呃……」

「移情別戀了？」

「我沒有！」

「如果香草師父和那個男主角一起出現在妳面前，妳會選擇哪一個？」

「咦……咦？」我傻傻望著半空，腦袋裡浮現《生存格鬥》的對打畫面。

Vanilla VS. 溫亦霄，對戰開始——

兩個人迅速纏鬥起來，你一拳、我一腿，打得難分難解。

我雙手抱頭。

好苦惱，我應該讓誰贏呢？

「呵……」看到我的反應，溫亦霄輕聲笑了起來，「妳不是要準備期中考？為什麼在看小說？」

「我、我讀累了，上網閒逛放鬆一下，意外看見那部小說，就不小心看起來了。」我縮縮脖子，擔心他會問我是哪本小說。

「好了，我上樓休息，妳別再看小說了，趕快去讀書吧。」幸好他沒有追問，而是起身抱起紙箱。

「謝謝師父送的甜甜圈。」我送他出門，好奇地瞧著那個箱子，「箱子裡裝了什麼東西？」

「之前送給妹夫的……一些DVD。」

「是電影的DVD嗎？我可以看嗎？」

溫亦霄搖搖頭，表情帶點神祕。

「師父回家和妹妹相聚，開心嗎？」

「嗯，跟她聊了不少事，挺開心的。」他套上鞋子，抱著紙箱往頂樓走。

「師父！我想到了！」我喚住他。

溫亦霄停下腳步轉過頭，露出詢問的眼神。

「剛才你問的那個問題……」我仰望著他，害羞地笑了笑，「如果香草師父和男主角同時出現在我的面前，我知道該怎麼辦了。」

「妳會選擇哪一個？」他輕輕挑眉。

「我根本不用選。」

「爲什麼？」

「因爲香草師父不可能來到我面前，要是眞有那麼幸運的事，那我的人生鐵定是開了外掛，哈哈。」雖然我很希望能有這個外掛，讓我再見香草師父一次。

「妳的外掛可開大了……」溫亦霄低喃，臉上掛著微妙的笑意。

「什麼意思？」我讀不懂他的表情。

「沒什麼。」他深深吸了一口氣，垂下肩頭，好像心情都放鬆了，「如果妳可以穿越到小說裡，我想……那個男主角知道妳是爲他而去，應該會覺得好像遇見一個……」

「一個什麼？」天使嗎？我滿心期盼。

「打火機。」

「啊？」我差點跌倒，「爲什麼是打火機？」

「打火機燒得比火柴久。」他抿嘴一笑。

我垮著臉，目送溫亦霄上樓。

好吧！誰叫咱們是資訊宅，嘴巴裡吐不出文青點的形容詞。

師父，雖然我無法穿越到你最困苦的時候，不過我這個只比火柴厲害一點的打火機，願意傾盡所有能力，爲你現在的人生點上一簇溫暖微光。

第九章　遙遠距離

星期五，期中考的最後一天，天氣轉為溼寒，不時飄著細細的雨絲。

考完最後一科，教室裡的沉悶氣氛瞬間消散，同學們打掃完畢便紛紛收拾書包，準備回家。

「蘇沄萱，外找喔！」一個男同學大喊，教室裡頓時響起一陣曖昧的笑聲。

我把抹布披在窗框邊，看向門口，方硯寒站在門邊朝我招手。

這傢伙又來做什麼？

「學長，有事嗎？」我尷尬地走過去，一想到被他告白的事，就有點不敢直視他的臉。

「遊戲之星的《忍者狂劍傳2》已經偷跑了。」他壓低聲音。

「欸——竟然提前五天偷跑！」我瞪大眼睛驚叫，轉身急急跑回座位，胡亂把課本和筆袋塞進書包裡。

《忍者狂劍傳》系列是動作遊戲中的經典大作，也是小學四年級時，大哥讓我看香草師父打煉獄級模式，把大BOSS虐著玩的那款遊戲。

這款是香草師父第二喜歡的遊戲，我也非常喜歡，不過技巧依舊不如師父，無法像他一樣虐著BOSS玩。

當初二代的開發消息一釋出，馬上引起全球玩家的討論，我也持續追蹤著遊戲的製作進度，臨近發售日時，更密切關注幾家遊戲專賣店的消息，方硯寒剛才提到的「遊戲之星」正是其中一個店家。

爲了搶生意，有些店家會趕在官方發售日之前，偷偷開賣遊戲，這就被稱之爲「偷跑」。

許多跟我一樣熱愛遊戲的玩家，自然是巴不得以最快速度買到遊戲，回家開打，並上網發開箱文、心得文、攻略文炫耀；若是動作慢的玩家，便只能看著那些炫耀文流口水，忍著各種心癢和心動，可能一整夜都睡不著覺。

「大家再見！」我丟下這句話，背起書包跑出教室。

「我們一起去買吧。」方硯寒擋住我的去路。

「好！衝！」我懷著衝鋒殺敵般的心情，馬上要奔向樓梯。

「幹麼那麼急？」他抓住我的手臂。

「初回版有贈送海報，萬一賣完了怎麼辦？」

「初回版的數量不會那麼少，不可能第一天就賣光的。」

「可是我想早點玩到遊戲！」我焦急地皺眉。

看著我躁動的模樣，方硯寒忍俊不禁地抽了下嘴角：「好、好，我們走吧。」

「嗯，衝吧！」我跑了幾步，回頭一看，方硯寒竟然蹲在地上綁鞋帶，「哎喲，你快點！」

「好，知道啦。」他悠然繫好鞋帶，慢慢走向我。

我快步衝下樓梯，來到一樓的走廊上，再度回頭。

咦？人呢？

「方硯寒！你在哪裡？」我朝樓梯口喚。

「來了來了。」他不疾不徐下樓，低頭瞧瞧自己的雙手，「樓梯扶手黏黏的，我先去洗個手。」

「拜託！你怎麼毛病那麼多？」我急得跳腳。

「最近天氣多變，學校裡一定很多人感冒，要好好洗手。」他走到洗手臺前，拿肥皂在手上搓出泡泡，將每根手指的指甲縫都仔細清潔一遍，洗著洗著，還對我露出人畜無害的笑容，「妳也來洗洗手吧。」

「討厭！你是故意拖拖拉拉吧？」我氣沖沖地跺腳，轉身就走，「你慢慢洗，我自己去買！」

「好啦，妳不要生氣，我陪妳去。」他追過來，雙手從背後環住我的脖子。

我整個人被他勾進懷裡，心跳不受控制地加速，下意識轉頭望著他的臉。方硯寒還是一臉酷樣，眼底卻隱隱帶著笑意，我僵硬地掃視四周，發現走廊上有不少女生都用羨慕的眼神看著我們。

這情況怪怪的，怎麼好像……我在對男友撒嬌發脾氣？

「你又想搞放閃？」我窘迫地質問。

「不。」他在我耳邊低喃，「剛才妳背對我，我直接發動暗殺。」說完，他的手臂又收緊了一點。

我的臉頰發燙，掙開他的手臂，快步走到川堂口，眼看外頭正在飄雨，我打開書包想拿出雨傘。

一把傘悄悄遮在我的頭頂，方硯寒來到我身側：「毛毛雨而已，我們一起撐吧。」

「你心裡在打什麼主意？」我瞪著他。

「我們來個雨中漫步，逛進宅男聚集的遊戲店，順便虐死一票單身狗。」他露出無害的笑容。

「眞是惡趣味！」我沒好氣地說。

出了校門，我仰頭望了眼方硯寒。

他的身材很高，我的身高只到他的肩頭而已，因爲個子高，他的傘也撐得高，跟路人擦肩而過時，都不用特別閃避。

「長得高眞好，撐傘不怕戳到別人。」我有感而發。

「我就常被像妳這種腿短的人撐傘戳到，衣服有時還會被打溼。」他冷哼。

「原來高個子也有困擾。」

「是啊，其實我比較想拿傘戳人。」

「抖S的本性。」我噗哧一笑，見前方地面有一灘積水，我連忙拉住他的袖子，「小心，地上有水窪。」

方硯寒低頭一看，邁開長腿大步跨過積水，轉身對我說：「跳過來吧。」

「你暗諷我腿短啊？」我不服氣，伸出右腳衡量了下距離，卻發現真的跨不過去。

可是繞道太沒志氣了，於是我踮腳用力躍過積水，足尖剛剛點地，方硯寒便伸臂摟住我的肩頭，把我攬進他的傘下。

「還是腿短好，一眼就可以發現路面的陷阱。」他伸手拍去我頭髮上的雨珠。

「不要摸我的頭！」我抬頭瞪他。

「妳的高度用來擦手剛好。」他移開手，輕輕笑了起來。

我們邊走邊聊，搭火車返回市中心。

出了火車站，站前有座資訊廣場，裡面專賣電腦和電玩相關商品，而資訊廣場的對面，就是我上次在附近遇到強迫推銷的百貨公司。

「暑假時，我在那裡遇到強迫推銷。」我指著百貨公司的騎樓。

「喔，我也遇過。」方硯寒將雨傘收進傘套裡。

「那你怎麼脫身的？」

「我說，你現在躺在地上，雙手握拳，左滾三圈，再右滾三圈，扭扭身體對我『汪』一聲，我就買五個。」說完，他別開臉吐吐舌。

我愣了愣，忍不住哈哈大笑。

「對方立刻破口大罵，我心想學瘋狗叫也還行，就說，不然我買半個，請你給我半個皮包，然後順手從書包裡摸出美工刀，要對方把皮包割成兩半，結果對方就把皮包搶回去，跑掉了。」

「哈哈哈……」我摀住嘴巴，笑得肚子都痛了，「方硯寒，你也太強了吧！」

收好雨傘，我們走進資訊廣場，搭乘手扶梯來到二樓，繞過幾間電腦專賣店，找到「遊戲之星」。

那是一間小小的電玩店，門前立著《忍者狂劍傳》的廣告看板，旁邊擺了兩台遊戲試玩機，周圍聚集了一大群人。店裡也有不少客人在挑選遊戲，幾乎都是男生，人潮比那些電腦店還多。

「快點快點！」我拉著方硯寒走進店內，固定在櫃檯上方的液晶電視正在播放遊戲宣傳動畫。

「妳要買哪個版本？」方硯寒推推我的頭，打斷我對電視的深情凝望。

櫃檯處貼了一張宣傳單，上面寫著普通版、初回特典版、豪華典藏版的價格，以及周邊商品的內容。

普通版只有遊戲片，售價是一千多元。

初回特典版是首批發售限定，廠商加贈了一張3D立體雷射海報，售價跟普通版一樣，售完爲止。

豪華典藏版則是除了遊戲片外，還附贈忍者跟大BOSS對戰的模型、3D立體雷射海報、遊戲原聲帶、遊戲設定畫集，售價三千兩百元。

說得直接點，周邊商品就是遊戲公司坑殺玩家荷包的手段！

「初回特典版。」我垂頭嘆氣，雖然很想要豪華典藏版，可是價格太高了。

「不衝豪華典藏版嗎？」

「太貴了。」

「不然，我來幫妳升級。」他提議。

「升級？」我詫異地睜大眼。

「大學學測快到了，我又要封機一段時間，等學測完畢，妳應該也破關了，遊戲再輪我玩。」

「你又要封機啊……」

「這次我不會消失的。」他保證。

「我又不是在意這個，只是三千多塊太貴了。」我絞著手指。其實……剛剛閃過腦海的第一個念頭，的確是怕他又消失不見。

「這價格比名牌包便宜多了。」方硯寒掏出皮夾，抽了一千六百元出來，「莓眞生日時，跟楷杰要的禮物可是破萬的名牌包。」

「我對那種東西沒興趣，但我最想要的東西也很貴。」我也掏出皮夾，「比起名牌包，我比較想要一台五十吋的液晶電視、一張躺起來很舒服的沙發，這樣就能窩在上面打電動。」

「妳想要的東西跟我一樣。」方硯寒微微一笑，伸手接過我的錢，「不過，我還想要一組5.1聲道的劇院級音響，玩暗殺遊戲時只要槍聲一響，馬上可以判定槍手埋伏的位置。」

「劇院級音響很貴耶！」據我所知，好的音響設備都是十幾萬元起跳。

「這是我最大的夢想，等長大後工作了，我們可以一起合資，弄一間遊戲視聽室出來。」

長大後一起合資……是結、結、結婚……的意思嗎？

我的臉頓時熱了起來，連忙轉身假裝在研究架上的遊戲片。

隔了一會，肩頭被人拍了拍，我轉過身，只見方硯寒雙手拿著《忍者狂劍傳2》的豪華典藏版，在我眼前晃呀晃的。

「買到了！太好了！」我小聲尖叫，將遊戲抱在懷裡，低頭看看盒上的封面圖，又有點不好意思地用盒子遮住半張臉，露出一雙眼睛望著方硯寒，「忍者好帥！好想趕快開始玩……方硯寒，謝謝你幫忙升級，我現在開心到不知道該怎麼辦了。」

「妳笑得好花痴喔。」方硯寒失笑。

站在櫃檯後的男店員好奇地問：「同學，這遊戲你是買來送女朋友玩的？」

方硯寒轉頭看他，微笑點頭：「我們一起合買，她先玩，之後再換我。」

「女朋友也喜歡玩遊戲，眞好。」

「對呀，我們能交換遊戲玩，也不怕找不到戰友，我買遊戲片不會被罵，還可以和她討論攻略，她打不過的關卡，我也可以幫她過關。」

剎那間，一道道既羡慕又嫉妒的目光朝我們兩人射來。

這傢伙閃得太囂張了吧！

我又羞又窘，把頭上彷彿長出小惡魔尖角的方硯寒拖出店家。

「你眞的很無聊！下次我不要跟你來買遊戲了。」我抱怨。

「可是我覺得跟妳一起買的遊戲更好玩。」他彎身凝視我。

「什麼意思？」

「從小到大，我買過很多遊戲，唯有上次跟妳一起合購的《刺客教團II》，玩起來的感覺特別不同，好像被施了魔法一樣，喜歡的遊戲變得更加喜歡。現在我們又合買了《忍者狂劍傳2》的豪華典藏版，妳不覺得跟其他遊戲相比，它顯得比較不一樣嗎？」

我看著他，一時說不出話。

是啊，就像香草師父送給我的《生存格鬥4》典藏版，特別的並不是物品的價值，而是它連結了兩個人的回憶。即使只是路邊撿來的石頭，也會因爲那是某個人陪你散步時，爲你特別拾起的，而變得與眾不同。

「沄萱？」一個熟悉的嗓音喚了我的名字。

「咦？」我環顧四周，發現溫亦霄站在斜後方的店家門口，「師父！你怎麼會在這裡？」

溫亦霄面帶溫和笑意，朝我走來，那西裝筆挺的俊逸身影，隨著距離的拉近逐漸攫緊我的心。

「我幫大老闆送修DV攝影機。」他的右手指尖夾著一張紅色維修單。

「大老闆的3C設備怎麼常常壞掉？」我噗哧一笑。

「就和電腦會欺負不懂電腦的人一樣吧。」

「眞的嗎？」

「嗯，例如每次有員工打電話來說電腦怪怪的，通常只要我一坐到電腦前，電腦用起來都很正常，等我離開了，員工卻總會馬上打電話過來，說電腦又出了問題。」

「好神奇！」我滿心崇拜，果然暗界大魔王一出馬，沒有一台電腦敢造反。

「考完試馬上來搶遊戲？」他的視線落到我抱在懷裡的遊戲上。

「輕鬆一下嘛，我很喜歡這款遊戲，非買不可。」我不好意思地回。

溫亦霄勾起脣角，轉頭看向方硯寒，微微一怔：「你是……冷硯？」

「你是蘇沄萱的房客吧。」方硯寒的神情帶點冷淡，收起剛才跟我打鬧時的笑意。

「嗯，終於見到你了。」溫亦霄打量著方硯寒，溫和如水的眼神忽然變得明亮，「之前沄萱提過你，據說你玩遊戲反應很快、心思敏捷、擅長策略布局，各方面都十分優秀，我很欣賞你。」

這什麼狀況？

我詫異地看著溫亦霄，第一次聽他用這麼多言辭讚美別人，看來是眞的對方硯寒非常欣賞。

「我也是，她常說起你的事蹟，電腦很厲害、成熟又帥氣，廚藝也不錯。」方硯寒回敬他好幾個讚美，口氣卻像在念課文一樣，眼神深不見底，「不過……就算你欣賞我，我對你也沒興趣。」

「喂。」我拉拉方硯寒的衣角，擔心他的毒舌會得罪溫亦霄。

「我說的是實話。」方硯寒一臉無辜。

「我了解，你……」溫亦霄一笑置之，看著方硯寒的眼神有點微妙，似乎有什麼話想說，可是又難以啟齒，「總之，見到你很開心。」

開心？

我再次傻眼。原來師父很想見方硯寒？

「是嗎？」方硯寒也有點疑惑，聳聳肩笑了笑，「我對你倒是挺火大。」

「方硯寒！」我急忙扯住他的手臂。

方硯寒側頭看我，眼底竟隱隱有一絲怒氣。他抿抿脣說：「我該回家了，晚上家裡要聚餐。」

「那……再見了。」我放開他的手臂，「謝謝你跟我一起來買遊戲。」

「不客氣，再見。」方硯寒擺擺手，禮貌性對溫亦霄點了下頭，轉身朝樓梯口走去。

目送他的背影消失在轉角，我收回視線，歉然地對溫亦霄說：「師父，你別介意，他在學校裡就是酷酷的，不太愛搭理人，對我也很毒舌。」

「我明白，他只是在吃醋。」溫亦霄淡淡說。

「啊？」我瞪大眼睛，不禁結巴，「吃……吃、吃醋？」

「他不是喜歡妳？」

事。

「你、你怎麼知道？」一陣熱氣往臉上直衝，我明明不曾跟師父提過方硯寒喜歡我的事。

「沒想到妳這麼遲鈍……」溫亦霄雙手插著口袋，似笑非笑地打趣，「妳的香草師父如果知道他教妳打電動、鼓勵妳讀資訊科，卻讓妳跟很多工程師一樣，變成了一根大木頭，他大概會很想撞牆吧。」

「我沒有遲鈍，我知道方硯寒喜歡我。」我的臉頰越來越燙，羞得好想躲起來，「可是……可是……我有喜歡的人了。」

溫亦霄怔了怔，眼裡滿是詫異：「誰呀？」

你啊！

我喜歡你！

我在心裡大喊，可是我沒有告白的勇氣，一個字都說不出口。

「這是祕密。」我扭扭捏捏，順著話題探問，「那師父呢？你眞的都沒有喜歡的人嗎？爲什麼不想再談戀愛？」

「因爲……」溫亦霄低頭一笑，「我在等一個奇蹟，目前還無法給別人幸福，所以不想再傷害任何人。」

「什麼意思？」

「這也是祕密。時間不早，我要回公司交差了。」

「我陪師父下樓吧，我也要回家。」

我們一起搭上手扶梯，光是這樣走在一起，我就開心不已。

來到資訊廣場外，溫亦霄指著對面：「我的車子停在百貨公司的停車場。」

「現在還在下雨，師父不要開太快，注意安全。」

「嗯，妳回家電動可別打太凶。」他拍拍我的頭頂，轉身穿越馬路。

我伸手摸著被他拍過的頭頂，目送他走到百貨公司的騎樓下。忽然間，他停住腳步，不知道在想什麼，隔了幾秒才繼續往前，推開玻璃門進去。

剛才，他是不是想到湯雅郁就在裡面工作？

心頭悶悶的，我轉身前往公車站，走沒幾步，手機忽然響起。

我掏出手機一看，來電者是湯雅郁。

「喂？」

「房東妹妹，我是雅郁姊。」湯雅郁甜美的聲音傳來。

「妳好。」我一怔，她這自稱也太裝熟了。

「上次說好還要一起聊聊天的，不知道妳什麼時候有空呢？」

「平日的放學後，可以嗎？」

「可以呀，那下個禮拜一我剛好值早班，等我下班一起吃個飯吧。」

「好，放學後，我去百貨公司找妳。」我答應湯雅郁的邀約。

我眞的很想知道溫亦霄不願再談戀愛的原因，說不定這個祕密可以從湯雅郁那裡得到解答。

回到家，我丟下書包，急急打開遊戲外盒，將遊戲片、忍者模型、3D立體海報、遊戲原聲帶、遊戲設定畫集一一放在書桌上，調整出最好看的構圖後，以手機拍照，再上傳至臉書。

很快，班上有玩X遊戲機的男同學紛紛湧來點讚，在照片下罵我偷跑得太快了。炫耀完畢，我小心翼翼翻開設定畫集。畫集裡收錄了遊戲角色、武器、場景的手繪草稿和電腦繪圖完稿，這是遊戲裡看不到的珍貴資料。

帥慘了！

我坐到電腦螢幕前，將遊戲片放入遊戲機裡，拿起搖桿啟動遊戲。

《忍者狂劍傳》並不是潛行遊戲，而是動作角色扮演遊戲，玩家將扮演忍者去追查各類事件，遊玩時不必躲躲藏藏地搞暗殺，直接衝鋒陷陣即可，見一個殺一個、見十個殺十個。

因爲玩過前一代，我對操作已經很熟悉，雙手在搖桿上快速壓按。

螢幕裡的忍者手持忍劍，帥氣地攻向敵人，削手、斬腳、斷頭，那些被斷肢的敵人還會拖著長長的血條，在地上苟延殘喘地匍匐爬行——

好吧，因爲太過殘暴血腥，它其實是十八禁的遊戲。

國中時，有次爸媽的朋友來家裡作客，正好看到我在玩這款遊戲。

「蘇爸爸，你讓女兒玩這種遊戲，好像不太好吧？」某大嬸以異樣的眼光打量我。

「這遊戲玩多了，心理會不會出問題啊？」某阿姨滿臉擔心。

我只想對她們大吼：我可是用很健康的心態在玩遊戲！

過了第一大關，我滿心的愉悅幾乎要噴發而出，於是想打電話給沈雨桐，可惜她是動漫迷，不太懂遊戲，我們常常聊一聊變成雞同鴨講。

猶豫了一會，我撥了方硯寒的手機。

電話響了幾聲，方硯寒酷酷的聲音傳來：「如果妳想炫耀豪華典藏版的周邊，或者打電動打得很爽想找人講，那我就要掛電話了。」

「讓我說一下感想嘛！」他是會讀心術嗎？

「妳試試啊。」

「第一關……」

「再見。」他打斷我的話。

「喂！別掛別掛。」我連忙阻止。

方硯寒笑了一聲，彷彿計謀得逞了的感覺。

由於不能聊遊戲，我不知道該說什麼才好，沉默了幾秒才吶吶開口：「我這樣……跟你說話或玩遊戲，學校裡還有那麼多的……流言蜚語，會不會讓你很困擾？」

「妳討厭我嗎？」

「一點都不討厭。」

「妳有男朋友嗎？」

「沒有。」

「妳敢跟妳暗戀的師父告白嗎？」

我答不出話，因爲告白一定會失敗，溫亦霄還可能會跟我解除師徒關係，我不想變成這樣。

「那我要困擾什麼？」他冷冷地笑。

「可是你今天看到我師父，好像生氣……吃醋了。」我的聲音越來越小，其實要不是因爲溫亦霄的話，我還眞的遲鈍到不知道方硯寒在吃醋。

「廢、廢話！就是因爲喜歡才會在意呀。」方硯寒忽然結巴起來，口氣有點凶，好像惱羞成怒了。

「我不知道自己到底哪裡好。」

「我看人的眼光就是很差，妳以爲我願意喔？」

「你嘴巴有夠壞的！」

「反正妳也不完美。」

我噗哧一笑，貼著手機的耳朵熱烘烘的。

方硯寒跟著笑了，嗓音低柔：「蘇沄萱，打電動推魔王的時候，最常用的是什麼方法？」

「當然是S/L大法。」

所謂的S/L大法，就是SAVE/LOAD的簡稱，指存檔及讀檔的意思。

魔王的實力很強，通常玩家挑戰時，很難一次就通關，因此在挑戰魔王之前，玩家們多半會先存檔。這樣如果不幸被魔王打死了，便能夠讀檔重來一遍，直到把魔王擊敗成功過關爲止。

「打魔王時需要的堅持和韌性，妳應該很了解吧？」方硯寒又問。

「我懂。」我曾經爲了推倒某個最終大魔王，反覆存檔和讀檔三十幾遍。

「所以既然一擊殺不掉妳，那我只好祭出S/L大法，慢慢打呀。」

我的心跳漏了一拍，明白他是在暗示，他不會因爲我暗戀著溫亦霄便輕易放棄。

「方硯寒。」

「嗯？」

「第一關，我接到日本防衛省的委託，要去倫敦處理一起恐怖事件。」

「妳閉嘴！」

「到了倫敦之後，一群雜兵對我攻擊……」

「蘇沄萱，妳滾！」

「我衝過去先解決火箭兵……」

「嘟……嘟……」方硯寒很沒品地直接掛我電話。

我抱著肚子哈哈大笑，心裡可得意了。

既然他在學測前必須閉關，不能打遊戲，那麼我就可以利用遊戲的話題，不斷地凌遲他了！

傍晚五點多，溫亦霄傳訊息給我，說資訊部最近工作量大，晚上得加班，所以他不會回來吃晚飯。

晚餐時間，大哥宣布他交了女朋友，對方是某間公司的會計人員，因爲她常跑銀行辦事，兩人進而認識，目前交往一個月了。

我接過大哥的手機，螢幕上顯示的照片裡，大哥擁著一名長相清秀的女孩，兩人看起來年紀差不多，互動相當甜蜜。

一股複雜感忽然湧上心頭。

「大哥，你們相差幾歲？」我佯裝好奇。

「她小我兩歲，今年大學剛畢業。」大哥微笑。

「你們……會和高中女生交往嗎？」我試探著問。

「那是誘拐未成年少女。」大哥搖頭。

「我不能接受和跟妳一樣幼稚的女生談戀愛。」二哥也搖頭。

我在心裡嘆氣，溫亦霄的個性比大哥更穩重，想必也會排除高中生吧。

「妳爲什麼問這個問題？」大哥有些疑惑。

「因爲我們學校裡有女同學跟社會人士交往，我只是想知道你們的看法。」我瞎扯，趕緊轉移話題，「我覺得理財好難，不過大哥跟會計人員在一起，應該會組出精打細算型的家庭。」

「理財很簡單，妳只要把錢全部存到我的戶頭裡，就沒有煩惱了。」二哥奸笑。

「我才不要。」我瞪他。

洗完澡回到房間，我打開遊戲機準備打排位賽，畫面上忽然跳出一封挑戰書。

挑戰者名叫VAN，很陌生的名字。

自從輸給方硯寒後，我開始改變戰鬥方式，不再專攻對手的破綻，試著正面拆解招式，可是成效不佳，排名還退步了，因此我非常氣餒。

雖然我可以選擇恢復原本的戰鬥方式，但是這樣只會原地踏步。

我輕嘆一口氣，接下挑戰書，展開對戰——

畫面轉到一座山崖，崖邊繚繞著雲霧，有位身穿中國風武鬥服的美少年靜靜佇立在那裡。

我雙手握拳攻向他，VAN挨了我兩拳後，舉臂格擋下我的第三拳，和緊接著掃出的腿部攻擊。

我立刻施展抓技，卻沒能抓住他，反而被他快速回以一記輕拳，我的角色臉部被擊中，痛得伸手摀著鼻子。

VAN趁機抬腿連踢我的腹部，我蹲下身擋住他的攻勢，就在這一刹，他閃電般攫住我的手，以毫無花巧的過肩摔把我摔在地上，還跳起來踩了我一下。

我一個打滾起身，施展不同招式再度進攻，但VAN常會出奇不意地回擊，雖然用的都是傷害性不高的廢招，卻招招命中，讓我感到十分錯愕。

對戰結束，我兩戰兩勝，可是這個對手其實很可怕。

因爲他從頭到尾都沒使出大絕和必殺技，只用簡單的招式應對我的出招，而那些招式雖簡單，想用得有條不紊、揮灑自如也並不容易。

第二局對戰開始。

VAN忽然左右走位，我朝他踢了一腿落空，他迅速斜切進來，雙拳往我的頭頂劈下。我痛得彎下身，他趁機又踢了我一腳，右手使出肘擊頂向我的臉，再朝我的胸口連打兩拳。

看到這個起手式，我心裡大吃一驚。

這是香草師父用過的招式！

接在這一招之後的是側翻，先用剪刀腳將對手扭倒在地，接著連出三拳，然後旋身掃腿，將對手狠狠踢飛出去，造成的傷害值非常高。

因此，當VAN跳起來準備側翻時，我下意識蹲身防禦他的進攻。

沒想到，他只是虛晃了一招便迅速變換招式，左手攫住我仍維持格擋狀態的雙手，右拳猛力擊向我的腹部，將我一拳打上半空，隨即施展必殺技毫無間隙地一陣狂打，再旋身把我踢飛。

我整個人撞到山壁上，血條頓時去掉三分之二。

第二局對戰結束，VAN兩戰兩勝，我敗給了他。

進入第三局對戰，結果還是一樣，我又落敗了。

這個人攻守能力兼備，攻擊凌厲、防禦嚴謹，既強大又可怕。

我開啟第四局對戰，卻被VAN取消。

我發出訊息，想加他為好友，他拒絕。我要求跟他線上對話，他再度拒絕，接著便下線了。

我查看對戰記錄，進入VAN的玩家檔案，可惜他的檔案內容不對外公開，只能看到他玩過的遊戲，目前只有《生存格鬥》一款，沒有其他記錄。我再搜尋格鬥榜，百大榜上也沒有他的名字。

「好奇怪，這是怎麼一回事？」我對著螢幕發呆，握著搖桿的手微微顫抖。

剛才、剛才……

跟VAN對戰時，隱約有一種熟悉感，勾起我對香草師父的回憶，兩人的身影一瞬間似乎重疊了。

週一放學後，我打電話向大哥報備，謊稱要跟同學去逛書店，會晚點回家。

依約來到百貨公司，湯雅郁帶我進了十樓的一家咖啡廳，我們面對面坐下。

點完餐，湯雅郁看著我繡在制服上的姓名，優雅微笑：「蘇沄萱，妳的名字眞好聽，不像我的名字那麼土。」

「不會的，妳的名字很好聽，人也很美。」我回以微笑，被美女這麼稱讚，反倒覺得尷尬。

「對了，這個化妝盒送妳，當作是姊姊給妳的見面禮。」她拿出一個外包裝精美的四方形禮物盒，推到我的前面。

「謝謝，但我不能讓妳破費。」我婉拒，將盒子推還給她。

「我是用員工價買的，沒有花太多錢，這樣還拿來充當見面禮，其實已經有點說不過去，妳別客氣。」

「沒關係，我沒什麼化妝品。」

「護唇膏和簡單的小飾品，應該還是有的吧？」湯雅郁又把盒子推回來，手還輕輕壓在盒子上，擺明不讓我拒絕，「女孩子嘛，以後化妝品只會越來越多，眞的不用跟我客氣。」

「謝謝。」我推拒不了，只得收下禮物，放在書包上面。

服務生端上餐點，我點了茄汁義大利麵和磨菇湯，湯雅郁點了紅酒燉牛肉飯，一陣香氣撲鼻，令人食指大動。

「亦霄之前去妹妹家，回來後有說什麼嗎？」湯雅郁拿起湯匙，將牛肉醬汁裡的紅蘿蔔先挑到盤邊，再舀起醬汁淋在白飯上。

「只說跟妹妹小酌，聊得很愉快。」我用叉子捲起麵條，送入嘴裡慢慢咀嚼，「他們還聊到半夜兩點。」

「妳怎麼知道？」

「因爲那天師父在兩點時傳了訊息給我。」

「爲什麼那麼晚還傳訊息給妳？」

「我前一天晚上問了他電腦相關的問題。」

「亦霄眞是盡責的好師父。」湯雅郁微笑稱讚，低頭吃了一口飯，「他跟妹妹的感情很好，從小到大不曾吵架。」

「眞羨慕！我跟哥哥從小吵到大。」我咬著叉子嘆氣。

「亦霄會跟你們一起吃飯吧？」

「嗯，只有晚餐，如果我家那天有開伙，就會邀他一起用餐。」

「他有點挑食，對嗎？」

「不會呀。」我偏頭想了一下，「師父很喜歡吃我爺爺種的菜，例如紅蘿蔔炒蛋、高麗菜、玉米、空心菜和各種水果，他都吃，他也喜歡義大利麵，還說一定要搭配磨菇湯。另外，像是我媽媽包的韭菜蝦仁水餃，還有我做的香草布丁，他都說很好吃，好像不特別挑食。」

「這樣啊……」湯雅郁的眼神微微黯下，脣角的笑容變淡了，「其實亦霄會下廚喔，下次要他做飯給你們吃，別讓他白吃白喝。」

「師父沒有白吃白喝。」我搖搖手澄清，「他會買食材給大家加菜，也親自下廚煮過磨菇湯、海鮮濃湯、牛肉咖哩飯，還會泡咖啡……」

頓了頓，我忽然意識到，在前女友面前提這些事似乎不太適合。

湯雅郁似乎察覺我的顧慮，停下手上的動作，抬頭笑問：「咖啡加香草籽嗎？」

我點頭。

「我討厭香草籽。」

「爲什麼？」

「咖啡就是要喝原味的，沒必要加一些奇奇怪怪的香料。」

「我挺喜歡香草的味道。」我小聲嘟囔。

「他煮的湯好喝嗎？」她又笑著問。

「很好喝。」我回想溫亦霄下廚的模樣，「師父會邊煮邊發呆，有時候好像想到什麼有趣的事，還會偷偷微笑一下。」

「是嗎……」她脣角的笑意轉爲苦澀，「亦霄有沒有跟妳聊過他現在的感情觀？」

「師父不久前說，他不想再談戀愛了。」提到這個，我的心情跟著低落。

「爲什麼？」

「師父覺得自己目前無法給別人幸福，所以不想再傷害任何人。妳知道這是什麼意思嗎？」

「我大概知道。」湯雅郁的神情帶著淡淡的惆悵，「大三的時候，我曾問過亦霄，畢業後會不會娶我，他很肯定地說會。但自從家裡出事後，原本生活無虞的他什麼都沒有了，那時我再次問他會不會娶我，他選擇了沉默，無法給予我任何承諾。」

「所以師父是覺得，要擁有一定的經濟能力才能再談戀愛嗎？」我想到大哥和二哥，他們也認為要有一定程度的經濟基礎，婚姻才有保障。

「我是這樣解讀的，現在亦霄跟妳比較熟，不然妳再試著打探一下，確認我的猜測對不對。」湯雅郁的神情略帶深意。

「妳現在跟師父不熟嗎？」

「我們目前僅僅是同事的關係，大多只聊公事而已。」

「其實師父很少跟我說自己的事。」我不太相信他們平常只聊公事。

「真的嗎？」她的眼神充滿懷疑。

「真的！反而是我的話比較多，師父會皺眉嫌我吵，還會敲我的頭，要我專心寫程式。」說著，我忍不住笑了。

「這樣啊……」湯雅郁的語氣流露出一絲失落。

用餐完畢，服務生收拾桌面，上了咖啡和奶茶。

「對了，我有把亦霄以前的照片帶來，妳想不想看？」湯雅郁喝了口咖啡。

「照片？」我咬著吸管，驚訝地睜大眼睛，完全抵擋不住誘惑，「想！我想看。」

湯雅郁從背包裡拿出一本相簿：「國中的時候，亦霄不愛拍照，只要看到相機，他總是會低頭或看向一旁，所以幾乎沒有正面照喔。」

我把奶茶移到桌邊，伸手接過相簿，放在桌上翻開。

相簿裡全是在某所國中校內拍的生活照，溫亦霄在團體中並不起眼，就像陪襯的配角一樣，常常站在旁邊或人群後面，只露出側臉或半低著頭，讓人看不清楚他的模樣。

「看起來很普通，一點都不帥，對吧？」湯雅郁笑問。

「我覺得普通也沒什麼不好。」翻到最後一頁，我的心頭忽然震了下。

這一頁有張難得的正臉照，溫亦霄穿著運動服，短髮略顯汗溼，戴著黑框眼鏡的臉龐紅撲撲的，表情靦腆，青澀的模樣可愛極了。

而站在他身邊的，是當時便已經十分漂亮的湯雅郁，她手上拿著一面金牌，笑得非常開心。

「這是告白紀念照。」湯雅郁甜笑著說明。

我的心緊緊擰痛起來，在她接受告白的那年，我才五歲而已，我喜歡的人早已喜歡上另一個女孩，不能等到和我相遇。

「國中的照片都是老師在活動時拍的，而這張光碟存的是高中和大學時期的照片，當時我都用數位相機拍攝，照片存在電腦裡，大多沒有特別洗出來。」湯雅郁遞了張光碟片給我。

「那我帶回家用電腦看，下次見面再還妳。」我接過光碟片，把相簿還給她。

「這是另外拷貝的，就送給妳吧。」

「好，謝謝。」我將光碟片收進書包。

「國中畢業後，我們上了同一所高中。」湯雅郁雙手交疊，下巴抵在手背上，面帶微笑看著我，「我跟亦霄說，你不能再宅下去了，至少要給人清爽有朝氣的感覺，這樣才像高中生。所以我強迫他去剪個帥氣點的髮型，幫他搭配衣服，並要他拿掉眼鏡改戴隱形眼鏡，將他徹底大改造。」

「原來是妳……」我喃喃地說，有些失神。

「什麼意思？」她滿臉疑惑。

「師父說過，高中的時候，有人建議他要打理外表，原來那個人是妳。」

「當然是我這個女朋友啊。」湯雅郁掩脣笑了笑，「其實後來我有點後悔改造他。」

「為什麼？」

「因為高二時，亦霄開始參加資訊比賽，從縣市賽一路打到全國賽，還拿到一等獎，直接保送TOI臺灣資訊奧林匹亞選訓營。後來選訓成績出爐，他又入選為當年的四位國手之一。」

「師父當過國手？」

「嗯，亦霄和其他三名選手代表臺灣，去國外參加了IOI國際資訊奧林匹亞競賽，在八十三個國家、三百一十二名參賽學生中，以高分奪下金牌，個人排名世界第八。」

「哇！好厲害啊！」我簡直不敢相信，原來暗界大魔王是世界級的。

「這面金牌讓亦霄提前獲得保送大學的資格，在高二升高三的暑假，同學們還忙著讀書，面對考大學的壓力時，他就已經是名校的準學生了。」

「眞羨慕……」看來，我高二才開始學程式語言好像太遲了。

「升上高三，亦霄常常利用課餘時間去鄰近的大學上資訊課，並上網看哈佛的免費線上課程。不過這時候他也開始接觸電腦遊戲，老是泡在遊戲論壇裡。」湯雅郁停頓了下，「因爲他在學校裡變得很出名，許多學弟妹都相當崇拜他，所以我滿後悔把他改造得太帥氣，導致倒追他的女生不少。」

「我可以想像那種情景。」我說，其實我也能理解那些女生崇拜溫亦霄的心情。

「之後上了大學，我們高中母校的校長找亦霄回校演講，分享學習和比賽的經驗。當時還有高二的學妹對他一見鍾情，不斷傳訊息向他示好。」湯雅郁一隻手托腮，另一隻手拿著湯匙在咖啡杯裡攪動，「我問亦霄打算怎麼辦，他說高二的女生有點幼稚，爲了杜絕麻煩，他直接把那個學妹封鎖了。」

我呼吸一滯，直直盯著湯雅郁優雅的笑臉，猜不出她的心裡在想什麼。

她純粹只是敘述過去發生的事，還是在暗示我，溫亦霄不可能喜歡高中生？

湯雅郁抬起眼簾，迎上我的目光，笑道：「之後還是不斷有女生接近亦霄，她們常藉口電腦壞了，要他去她們的租屋處幫忙修理，但亦霄只要察覺對方別有意圖，就會和對方保持距離。」

「啊……時間不早，我得回家了。」內心警鈴大作，我趕緊喝完奶茶。

「好吧，最後我想說，謝謝妳，給了我信心。」

「什麼信心？」

「其實跟亦霄重逢後，我因爲不知道他對我還有沒有感情，一直猶豫著該不該向他提復合。之前我曾經試探他，他沉默不答，如今和妳聊過後，我終於確認他對我的心意了。」湯雅郁喝完最後一口咖啡，從皮包裡拿出化妝鏡和口紅，對著鏡子補上唇妝。

「什麼心意？」我渾身發寒。

塗完口紅，湯雅郁揚起明豔的微笑：「我很討厭吃紅蘿蔔和韭菜，每次約會吃飯時，都會把這兩樣菜挑到亦霄的碗裡，讓他幫我解決掉。後來有次跟他妹妹聊天，我才知道亦霄其實也不喜歡紅蘿蔔和韭菜的味道，因爲他愛我，才總是體貼地幫我吃掉那些食物。」

我彷彿被雷擊中般呆愣住，心頭一陣劇痛，腦海閃過剛才她把紅蘿蔔從餐點裡挑出來的情景。

溫亦霄初次與我們一起用餐的那天，曾看著桌上的菜餚發呆，印象中那道菜就是紅蘿蔔炒蛋。

當他吃著紅蘿蔔炒蛋和韭菜蝦仁水餃時，嘴角會含著淺淺笑意，直說很好吃。

原來，那是源自他以前對湯雅郁的溫柔。

「我喜歡吃牛肉咖哩飯，還有，是我堅持義大利麵一定要配磨菇湯，而除了磨菇湯以外，我也喜歡海鮮濃湯。只要我喜歡，亦霄就會上網查食譜學做那些料理，每當他下廚的時候，我特別愛從背後抱住他。」

心好痛。

痛得好像快要爆炸一樣。

溫亦霄下廚時，偶爾會對著鍋子發呆，彷彿想到什麼美好的事，嘴角勾起淡淡的笑容。

現在答案揭曉了，原來占據他的心思的人，是湯雅郁。

「我眞的非常感謝妳，告訴我這麼多亦霄的事。」湯雅郁傾身向前，輕輕握住我放在桌上的右手，「跟妳聊天時，讓我想起很多美好的回憶，也確定自己還愛著亦霄。既然他不曾忘記我，還保留著以往和我相處的習慣，這就代表他對我還存有舊情，因此我決定了，我要盡一切努力挽回他。」

我抽走被她握著的手，渾身顫抖起來，心情交雜著氣憤和被羞辱的感覺。

「這頓飯由我請妳，希望下次有機會再聊。」湯雅郁揚起自信的美麗微笑，拿了帳單走向櫃檯。

我像遊魂一樣，無精打采地飄回家。

站在家門前，我看看手機時間，已經晚上八點半了，再低頭一瞧地上，溫亦霄的皮鞋竟然還在。

我脫下鞋，把湯雅郁送的化妝盒藏到鞋櫃裡，拿出鑰匙開門，二哥誇張的笑聲頓時傳過來。

「很好吃耶！好像有一頭牛在我的嘴裡洗紅酒浴。」二哥用美食節目主持人那種誇張的驚奇語氣讚美。

「嘉鴻，你的形容也太浮誇了。」大哥吐槽，聲音有點含糊。

我踏進客廳，只見三個男人圍著餐桌，桌上擺了一個燉鍋，大哥和二哥手裡拿著切片的法國麵包，搭配鍋子裡的醬汁，兩人吃得津津有味。

溫亦霄兩手撐在桌面上，笑笑地看他們享用，聽見我的腳步聲，他轉過頭。

「沄萱，快來快來！」二哥朝我招招手。

「做什麼？」我走向餐桌。

「我們三個人開了瓶紅酒，卻只喝了一半，溫大哥提到紅酒燉牛肉很好吃，妳二哥就興沖沖跑去買了一塊牛肉回來，要溫大哥立刻現做。」大哥解釋。

「超好吃的！五星級的美味。」二哥豎起大拇指。

「沄萱，妳要不要吃看看？」溫亦霄遞了一小片麵包給我。

鍋裡濃郁的湯汁和著牛肉塊及紅蘿蔔，淡淡酒香撲鼻，我的腦海裡閃過剛才跟湯雅郁用餐的畫面，她點的餐點就是紅酒燉牛肉飯。

溫亦霄懂得做這道料理，應該也是因爲湯雅郁喜歡吧。

「我討厭紅酒燉牛肉！」我失控地大叫。

溫亦霄愣在那裡，眼神微詫，大哥和二哥也滿臉驚愕。

我困窘不已，心頭湧出一股委屈感，轉身跑進房間把門鎖上。

「蘇沄萱，妳吃錯藥啊？」二哥在外面用力拍門。

「沄萱，妳怎麼了？」大哥的聲音隨後響起。

「喂！妳馬上給我開門，不然我要踹門了！」二哥眞的踹了下門。

「你們先給她一點冷靜的空間。」溫亦霄出聲制止。

大哥和二哥安靜下來，兩人在門外和溫亦霄低聲交談了幾句，隨後腳步聲逐漸遠去。

我把書包拋到床上，頹然坐在床邊，心情低落得有如被一顆大石壓住。

湯雅郁邀我吃飯，根本只是想探聽溫亦霄的近況。

第一次見面時，因爲看出我很想知道溫亦霄的一切，所以她主動提及溫亦霄的過去，令我卸下心防；第二次見面，她在閒聊間不動聲色套我的話，最後再毫不留情地接連出招將我打趴在地，還握著我的手道謝，這種感覺實在糟透了。

我滿心怒氣，打開電腦放入光碟，想知道這又是湯雅郁的什麼花招。

光碟裡有幾個資料夾，照片是以日期來分類。

點開第一個資料夾，第一張照片是溫亦霄和湯雅郁穿著高中校服的合照，兩人並肩站在校門口，制服上有一槓代表一年級的繡線。

高一的溫亦霄模樣跟國中時差別不大，留著呆呆的髮型，笑容有些靦腆，看起來還是很青澀可愛。

下一張，是兩人坐在花圃前的合照。

再下一張，是兩人待在教室裡的合照。

下下一張，是兩人站在操場上的合照。

漸漸地，照片中的溫亦霄開始改變，身高抽長許多，剪了像明星一般的帥氣髮型，拿掉眼鏡，面容脫去稚氣，增添了一絲穩重氣息。

每一張照片裡，溫亦霄的身邊總是伴著湯雅郁的身影，沒有一張是個人照，彷彿在對我昭示——

我所喜歡上的溫亦霄，是爲了湯雅郁而改變的溫亦霄。

湯雅郁根本不用耍什麼花招，只需要亮出他們兩人手牽手的情侶照，就能輕易刺痛我的心。

我應該停止看下去的，卻像打電動時推魔王一樣，因爲不想服輸，所以還是頑強地忍著心痛，一張點過一張。

忽然間，螢幕上出現溫亦霄領獎的照片，四位國手站在國際資訊奧林匹亞競賽的看板前，分別拿著獎牌。爲首的他手裡是金色獎牌，身穿黑色西裝，相當自信帥氣。

看著那張照片，我失神了幾秒，隨後發現資料夾裡還有一個影片檔。

影片的拍攝地點是在校園裡的教室走廊，畫面中不遠處有一道頎長的男孩背影，正往走廊的底端走。

此時，女聲旁白響起：「校刊社記者現在要採訪的，是國際資訊奧林匹亞競賽的金牌選手，溫、亦、霄。」

語畢，攝影鏡頭搖晃著，一路朝那抹背影追去，來到男孩的背後，一隻手從畫面旁伸出來，輕輕拍了拍他的後背。

男孩停下腳步，緩緩轉過身子，一見到攝影機，他馬上伸手擋住鏡頭。

畫面瞬間一片漆黑。

「溫亦霄同學，你不要害羞嘛，讓我訪問一下，五分鐘就好。」

「妳明知道我不習慣。」

「你可以的啦！拜託……」

溫亦霄的手似乎被人拉開了，畫面上出現他略帶無奈的臉部特寫，顯然很不自在的樣子。

「大家好，我是溫亦霄。」他對著鏡頭頷首。

「請問，是什麼機緣讓你開始學習電腦程式設計？」要求採訪的女孩問，依舊待在畫面外。

「嗯……」他輕輕皺眉，思索了一下，「剛升上高中的時候，我覺得自己的成績普通，只有電腦技能比較強而已，於是就去買了C++語言、資料結構、演算法的書籍來看，想把電腦技能培養成自己的長才。」

「請問，在選訓營裡的生活會不會很辛苦？」女孩又問。

「不會，大家白天互相討論學習，晚上一起吃宵夜，挺快樂的。」

「那比賽時的心情如何？」

「腦袋有點空空的，但是鬥志很高昂。」溫亦霄回答，接著敘述了一下比賽中的心路歷程。

「頒獎的時候，大家是不是很緊張？」

「頒獎典禮很盛大，還有邀請樂團表演，不過大家都沒什麼心情欣賞。樂團表演結束，大會宣布完銅牌得主後，就先讓我們用晚餐，吃完飯又休息了半個小時，才繼續宣布銀牌和金牌。當銀牌得主宣布完，卻還是沒有喊到我的名字時，我就確定自己拿到金牌了。」

「那你得獎的時候，心裡有什麼想法？」女孩再問。

「當然是很感謝家人的支持，以及老師們的栽培。」溫亦霄看看旁邊，似乎有點想開溜了。

「還有呢？」

溫亦霄抿脣擺擺手，轉身打算走開。

「不許逃！」一隻手又從畫面旁伸出來，拉住他的手臂，「還有呢？」

溫亦霄低下頭，耳根有些紅。

「還、有、呢？」女孩的語氣帶了點撒嬌。

「謝謝妳的鼓勵。」他抬眸瞥了鏡頭一眼。

「只有這樣嗎？」

「夠了啦……」

「不夠！只有這樣的話，我就不放你走！」

溫亦霄沒輸地抬起頭，朝前方伸出雙手。

雖然鏡頭拍不到，不過他應該是把手搭在了女孩的肩頭，同時他的臉龐也在鏡頭前放大，幾乎占據整個畫面。

充滿青春氣息的年少模樣，不帶淡漠的疏離，清澈的雙眸閃著無憂的光采，少了多年後那抹歷經滄桑的寡淡，如此清朗俊逸。

「我喜歡妳。」他深情凝視鏡頭，露出溫柔微笑，「想跟妳一起分享這份榮耀。」

我點下滑鼠，定格了這一刻。

緩緩伸出手，掌心輕輕貼著螢幕，我描摹著他的臉，心忽然一酸。

螢幕裡，是十七歲的溫亦霄。

螢幕外，是十七歲的我。

我們同年紀了，距離卻如此遙遠。

視線逐漸模糊，我眨了下眼睛，淚水沿著臉頰滑落。起身爬到床上，我拉起棉被將自己埋在裡面，哭了很久很久。

十七年以來的生命裡，這是我第二次感到心痛難忍。

第一次是爲了Vanilla，第二次是爲了溫亦霄。

第十章　遭逢陷害

我是哭到睡著的。

隔天清晨五點，我才醒來起床洗澡，鏡子裡的我眼睛腫得厲害。

大哥聽見動靜，過來關心我怎麼了。

我搖頭不語，只是從冰箱裡拿出冰敷袋敷眼睛消腫。

打理完畢，我站在鞋櫃前穿鞋，準備去學校。一聽到頂樓傳來下樓的腳步聲，我顧不得右腳的鞋還沒穿好，立刻拖著鞋子跑下樓。

「沄萱……」

背後傳來溫亦霄的叫喚聲，我逃命似的跑得更快，完全不知道該怎麼面對他。

這天，我始終無法專心上課，下課時也趴在桌子上，望著窗外的天空發呆，渾身提不起勁。

幾個同學過來問我怎麼了，我搖搖頭，無法說出心事。

放學鐘聲響起，我迅速跑出教室，生怕方硯寒過來找我，但離開學校後，我也沒有回家，而是在外頭待到七點多才回去。

站在家門前，門外沒有溫亦霄的鞋子，我掏出鑰匙開門，發現家裡只有二哥在。

「大哥今天加班，桌上有義大利麵。」二哥坐在沙發上看電視，聲音悶悶的。

「我吃不下。」我的心一沉。

「妳不是喜歡義大利麵嗎？」

「我現在不喜歡了。」

「蘇沄萱，妳是哪根筋秀逗了？」二哥氣沖沖地跳起來。

「我沒有，你不要管我啦。」我轉身進了房間。

「好！不管就不管！妳餓死算了！」二哥在房門外大叫。

自那天開始，我和二哥陷入冷戰，搞得氣氛很糟糕。

因為接近年底，大哥每天都加班到八點多，下班後還要跟女朋友約會，所以也沒有心思理會我們。至於溫亦霄，他的工作似乎更忙了，連續幾天都沒有過來用餐。

我的心情依然低落，完全沒心思念書，於是乾脆躲進電玩的世界裡。

剛好楊楷杰每天都會找我連線對戰，我便火力全開將他電到燒焦兼冒煙，而方硯寒打從陪我去買完遊戲後，上線狀態就一直顯示離線，應該是封機專心準備考試去了。

「學妹，妳格鬥真的很強，到底是怎麼練的？」楊楷杰忍不住問。

「我從小學四年級就開始玩了，天天都會打對戰，應該是經驗累積得夠多吧。」我回答。

「唉，打輸妳真不甘心。」

「學長常跟方硯寒玩遊戲吧？」

「嗯。」楊楷杰用嫌惡的口吻說，「那傢伙在遊戲裡很變態，我跟他玩《火線狙殺》，他老是隔牆把我一槍斃掉，害我死得不明不白。」

楊楷杰說的情況是所謂的「隔牆射殺」，就是憑藉聽音辨位的方式，例如腳步聲或換彈匣的聲音，再加上一點運氣進行判斷後，舉槍對牆面射擊，讓子彈穿過去將隔著牆的敵人射殺，算是很難的技巧。我完全認同他的感想，方硯寒這傢伙真的很變態。

「方硯寒人呢？」

「他在念書。」

「這麼認真？」

「學測快到了，醫學系的錄取分數很高，不拚不行呀。」楊楷杰笑了笑。

「學長呢？你不用看書嗎？」我有點好奇。

「我啊，明年要……」

「啊！十點了。」眼角餘光瞥見時間，我連忙打斷他的話，「我要去找人對戰了，明天見！」

「噢，學妹再見。」

關掉和楊楷杰之間的聊天頻道，我打開對戰記錄，發現VAN已經上線了。

這個人每天都準時十點上線，只跟我對戰三場。

我馬上發挑戰書給他，VAN隨即接下，我們對打的情況跟初次相遇時一樣，第一場他只用簡單的招式跟我拆招，第二、第三場才會正式展開對戰。

對戰中，他使出的一些招式往往跟香草師父用過的相似，讓我有種錯覺，彷彿看到香草師父再臨，可是招式裡包含了一些變化，使我又覺得不那麼像。

後來，我漸漸領悟到，第一場他其實是在指導我，彷彿想引領我去理解什麼，可是我反覆思考，還是想不通他的用意。

每天的三場對戰結束後，VAN就不會再接我的挑戰書，有時他會靜靜掛在線上，不知道在做什麼。

他眞的跟香草師父很像，名字也跟Vanilla的開頭一樣，但無論我如何邀請他對話，他都一律拒絕，讓我非常在意。

這個神祕人物到底是誰呢？

星期六早上，我被一通電話吵醒。

「萱萱，有人在網路上罵妳！」沈雨桐氣憤的聲音自手機另一頭傳來。

「罵我什麼？」我揉揉眼睛，意識還迷迷糊糊的。

「妳去看『靠北北陵』，有沒品的人匿名在上面說妳壞話。」

我起床開啟電腦，找到臉書的「靠北北陵」粉絲團，只見有則貼文寫著：

我要靠北資訊科二年級的蘇X萱，長得那麼醜卻自以爲可愛，還搶人家的男朋友，不要臉！

蘇X萱從國中開始就勾引很多男生，根本是個不折不扣的必取。

「奇怪了，我最近滿低調的，應該沒有得罪誰呀。」回想這幾天，我都是上課發呆下課睡覺，這樣還能惹到人？

「會不會是喜歡硯寒學長的女生故意抹黑妳？」沈雨桐推敲著。

「可是那個人說我搶了別人的男朋友。」

「難不成硯寒學長搞劈腿？」

「不可能，他不是那種人，而且我們又沒在一起。」我伸手揉著小腹，感覺一陣悶痛襲來，「好痛……」

「怎麼了？」

「小腹痛。」

「好朋友要來了？」

「好朋友……」我看著電腦右下角顯示的日期，「慘了！居然晚了三天，應該要來了吧。」

「我已經傳訊息給靠北北陵的管理員，要他刪那幾則貼文，妳也傳訊跟他抗議吧，不能忽視這種網路霸凌。」沈雨桐鄭重地提醒。

「好，我待會兒再傳訊過去，謝謝妳。」我由衷地道謝。

「不用謝，明年的同人本要繼續罩我喔！嘻嘻。」沈雨桐俏皮地說。

掛斷電話，我發了訊息給粉絲團的管理員，請他刪除該則貼文。

晚上，大哥和二哥各自有飯局，我泡了一碗泡麵回房，手機忽然響了起來，是湯雅郁。

我不想接聽，但是湯雅郁不死心，竟然連續打了五通。

「喂。」第六通，我沒轍了，只好接聽。

「沄萱妹妹，我是雅郁姊，最近好嗎？」湯雅郁的聲音甜得像摻了糖水。

「請問有事嗎？」我皺眉，實在很討厭她跟我裝熟。

「不知道妳看過光碟裡的照片了嗎？」

「怎樣？」

「裡面有我和亦霄高中及大學時的照片，我跟他高中同校，但大學就讀不同學校了，見面的次數沒有高中多，所以大學時期的照片比較少，不是故意不給妳看喔。」

「請問妳到底有什麼事？」聽她提起光碟，我心裡一陣煩躁。

「噢，事情是這樣的，我們公司準備更新電腦系統，之前先在我的專櫃進行過測試，目前亦霄預計在年底讓北區四十幾個專櫃的系統全部更新，明年年初則輪到中區和南區。」她的聲音悅耳動聽，像是以電話推銷信用卡的銀行人員一樣，沒有因為我的語氣不佳便打退堂鼓。

「所以呢？」

「所以，資訊部最近忙翻了，所有人員都外出到各地專櫃安裝新系統，而且新系統上線後，陸續有一些BUG出現，亦霄每天下午都在開會，檢討程式修改的問題，還要向大老闆匯報進度，時常加班到八點多才下班。」

「請妳講重點好嗎？」我不耐煩地說。

「我有去探亦霄的班，順便送宵夜給他吃，看他好像很累的樣子，所以我想……妳每個星期天的電腦課要不要先暫停，讓他好好休息？」她的語氣充滿擔憂。

「我會取消明天的課，讓師父好好休息，沒事的話我要掛了。」我的心頭彷彿被狠掐了下，別無選擇地同意她的提議，同時明白她已經展開復合的攻勢了。

「等一下！」

「我已經決定取消明天的課了，妳還有什麼意見？」

「沒有啦，我只是覺得……妳還是個高中生，可能無法體會亦霄工作的辛苦，抓程式BUG和修正，那不是一兩天就能完成的，至少得經過半年的嚴格測試期。」

「所以，妳是要我把課完全停掉嗎？」我的口氣更差了。

「噢，不是的。」她輕笑一聲，好像想緩和我的激動情緒，「我只是告訴妳亦霄目前的工作狀況而已，停不停課的決定權在妳，但是我想……妳應該不希望亦霄太勞累吧？」

我握著手機的手微微顫抖，終於明白她的心計，她這是打算切斷我和溫亦霄的聯繫。

不愧是千萬等級的銷售專員，臉皮厚得跟城牆一樣，不僅猛攻我的弱點，還殺人不見血，最後一刀留給我自行了斷。

我能反駁什麼呢？

爲了溫亦霄的身體著想，我當然希望他能有休息的時間。

「我會考慮的。」我嘴上不認輸，即使心裡已經屈服。

「好吧，我相信妳會做出最好的決定，先謝謝妳啦。」她笑了笑，結束通話。

拜託！不要再謝我了！

我把手機拋到一邊，坐到電腦前，掀開泡麵的杯蓋夾起麵條。泡爛的麵條入口糊糊軟軟的，吃了有點反胃想吐。

眨眨眼，我的鼻頭一陣酸楚，內心是滿滿的委屈。

隔天早上，我傳了一則訊息給溫亦霄。

「師父，我最近功課比較忙，有一些專題要做，想先暫停電腦課。」

傳完訊息，我懶洋洋地躺在床上，經前症候群令我陷入非常焦慮的狀態，腦袋有點昏沉，小腹持續悶痛著，渾身不對勁。

閉眼躺了一會，手機忽然響起，是方硯寒。

「喂。」我按下接聽。

「蘇沄萱，妳的臉書帳號被盜了嗎？」他劈頭就問。

「怎麼了？」

「妳快上我的臉書看一下留言。」

我一頭霧水，起身開了電腦，點進方硯寒的臉書，發現我的帳號竟然在他的塗鴉牆留了一段很情色的字句。

「硯寒學長，我想跟你愛愛，你什麼時候有空，可以好好疼我一下？」

「方硯寒，這不是我留的！」我又羞又急，整張臉都熱了起來。

「所以我才問妳是不是被盜帳號了。」他的聲音很冷靜，並沒有誤會我，也沒有藉機揶揄。

我點進「我」的帳號，卻連結到陌生的個人頁面，帳號名稱、頭像和封面圖片確實都和我的臉書一模一樣，可是好友數不對，再仔細看看塗鴉牆，只有最新的《忍者狂劍傳2》豪華典藏版開箱照，更早之前的發文一則都沒有。

「等等！這不是我的臉書，是有人盜用了我的資料。」我點開對方的頭像，上傳時間是昨晚，但我的這張頭像明明已經用了一年多。

「原來是複製人，這個人的眼睛也有問題嗎？」方硯寒冷哼一聲。

「拜託！我好歹有點身價的好嗎？昨天還被人匿名在靠北北陵上亂罵。」我不服氣地說。

「喔？我去看看。」

「我和雨桐有傳訊息給管理員，請他刪掉貼文。」

「我看到了，管理員沒有刪。」他的口氣有些不悅。

「討厭！好煩喔……」得知貼文還在，煩躁感又湧上我的心頭。

「我沒有劈腿，更沒有前女友，我就是眼睛不好，只覺得妳最順眼。」

「我知道啦，你不用解釋。」

「妳是不是得罪誰了？或者是有誰看妳不順眼？」他的語氣轉為關心。

「沒有吧……」我停頓了下，腦海裡閃過湯雅郁的臉，「會是她嗎？」

「誰？」

「我師父的前女友。」

「前女友？」方硯寒噗哧一笑，「現在演到哪裡了？」

「她要我放棄跟師父學電腦。」我把湯雅郁強拉我去便利商店喝咖啡，之後又約我一起吃飯，卻狠狠給了我下馬威，害我哭得很傷心，連帶因為心情不好而和哥哥們吵架的事，全都說出來。

「妳好像惹到一個很厲害的女人啊，那我是不是應該跟她聯手？」

「方硯寒！你敢？」我生氣地警告。

「沒什麼不敢的。」他涼涼地笑，「只是比起跟她聯合起來欺壓妳，我更喜歡趁妳開心時，伺機對妳下手，看妳露出困擾的表情。」

「你很變態耶。」

「不過我覺得，整妳的人應該不是她。」

「為什麼？」

「因為妳有很強的後盾，那個資訊部經理可是暗界大魔王，只有笨蛋才敢在網路上陰妳，既然是前女友，那女人當然知道他的強項，她想要打擊妳應該會選擇別的方法。」

「有道理。」我點點頭，湯雅郁確實早已不著痕跡地用其他方式對付我。

就在此時，電腦螢幕上跳出班長傳來的訊息。

「蘇沄萱，妳慾火焚身啊？」

訊息裡附了一張截圖，是我的複製人在班長的臉書塗鴉牆上的留言，內容同樣是很色情的字句。

「糟糕了！被騷擾的人不只一個，我先去檢舉那個複製人。」我頓時心慌意亂。

「慢著，妳檢舉了就死無對證，不如先解釋並截圖備份，之後再檢舉。」方硯寒冷靜地建議。

「好，那我先向大家解釋和截圖。」我掛斷電話，趕緊把複製人的臉書頁面截圖下來，接著發文通知朋友，表示我被人惡意冒用身分了。

在處理這些事的期間，我又陸續收到幾個男同學的私訊，揶揄我是不是謎片看太多。

我一個一個回覆澄清，同樣將那些不雅留言都截圖下來。似乎是因爲壓力越來越大，我的小腹也越來越痛了。

片刻後，楊楷杰的粉絲團轉發了我的貼文，說明我的臉書身分被人盜用的事，並譴責了那個複製人。我想，大概是方硯寒要他幫忙的吧。

過了一個小時，我累得關閉電腦，想暫時清淨一下。

星期一去學校時，該怎麼面對大家的目光呢？面臨這種窘境，我頓時多少可以理解，那些因爲網路霸凌而自殺的人的感受了。

這時候，手機又響了起來，來電顯示是溫亦霄，我遲疑了幾秒才接聽。

「沄萱，妳不想學電腦了？」溫亦霄淡淡地問。

「不是不想學，是最近功課多……」聽見他的聲音，我忽然好想念。

「眞的是因爲功課多嗎？」

「嗯。」

「依我對妳的了解，妳不是那種會以課業忙碌當作藉口的人，而是會努力設法解決問題，好盡心學習自己喜歡的事物。」

我一時答不出話，能夠被他這樣評價，我竟感動得想哭。

「妳上來，我們談談。」他的語氣溫和而堅定。

掛了電話，我站起身，驀地一陣頭暈反胃，不過忍一下就過去了。打開房門走進客廳，二哥一看到我，馬上撇開臉進了廚房。

我逕自出門爬上頂樓，輕輕推開半掩的套房大門，溫亦霄蹺著長腿優雅地坐在沙發上，手裡捧著一本電腦雜誌在讀。算算日期，自從那天我胡亂發脾氣後，已經整整五天沒和他見面了。

「坐。」他沒有抬頭。

我在沙發的另一頭坐下，雙手握拳擱在大腿上，心裡惴惴不安。

「妳這個星期在憂鬱什麼？」他柔聲問。

「只是心情不好。」我小聲回答。

「心情不好的原因，跟妳的哥哥們有關嗎？」

「沒有。」

「還是跟我有關？」

「沒有！」

「那妳就不該遷怒我們。」

「師父，對不起。」我低頭道歉。

「我不知道妳遇到什麼事情，但凡事都可以好好說的，這樣鬧情緒眞的不好。雖然妳的兩個哥哥都很疼妳，可是妳遲早要獨立，不能一直倚賴他們，讓他們替妳擔心。」溫亦霄停頓了下，嚴肅的口吻轉爲溫柔，「我也有妹妹，從小我就很疼她，總是會擔心若是哪天我不在她身邊，她被人欺負了怎麼辦。」

我鼻頭一酸，好氣自己的不成熟。這樣只會令他覺得我還是小孩子，更不可能喜歡上我吧？

「我對妹妹的期望，就是希望她能夠堅強一些。」

「我明白了，我以後不會再亂發脾氣……」說著說著，我彎身抱住肚子，小腹忽然疼得厲害。

「沄萱，妳怎麼了？」溫亦霄坐到我的身側。

我痛得說不出話，整個人蜷縮著，眼前有點發黑，幾乎快昏過去了。

溫亦霄一手從後背攬住我，另一手穿過我的膝彎，將我打橫抱了起來，大步朝門口走去。

彷彿有人拿著湯杓在刨挖我的子宮，我痛得渾身發抖，軟軟地靠在溫亦霄的頸窩處，隱約聞到他的身上飄著淡淡的香草氣息。

下了樓梯，回到家門前，溫亦霄大聲喊了二哥的名字。

「怎麼了？」二哥打開大門。

「沄萱好像肚子痛。」

二哥將我的臉轉過來，神色凝重地問：「妳吃壞肚子嗎？還是月事晚來了？」

我輕輕點頭，二哥立刻會意。

「晚來幾天？」

「四天……」

「溫大哥，麻煩你先抱沄萱回房間，我去拿止痛藥和熱敷袋。」二哥退回門內，讓溫亦霄抱我進去，「她的體質跟我媽媽一樣，只要月事晚來就會痛得特別厲害。」

溫亦霄抱著我進了房間，將我輕輕放在床鋪上，拉起棉被幫我蓋好。

「來，先吃藥。」二哥拿著一杯開水、止痛藥和熱敷袋進來。

我斜倚在床上，接過開水把藥吞了，再將熱敷袋貼在小腹上，閉著眼睛休息。

「她每個月都這樣嗎？」溫亦霄關心地問。

「沒有。」二哥搖頭，「上次是她國三準備考高中時，那時候她連續三個月的月事都晚來，於是肚子痛到在床上打滾，我媽帶她去看醫生，醫生說可能是考試壓力太大。後來上了高中，她每天都過得很快樂，好像就沒有再這樣過。」

「她最近有什麼壓力呢？」

「我們去外面說……」二哥壓低聲音，把溫亦霄拉出房間。

我無法思考什麼，感覺止痛藥開始發揮作用，小腹的疼痛逐漸緩和。朦朦朧朧中，我慢慢墜入夢鄉。

不知睡了多久，我因爲肚子餓而醒過來，小腹的疼痛已經舒緩許多，只是渾身有點乏力。我起身坐在床上，發了一會呆。

回頭看看床頭上的手機，訊息燈正閃爍著。

我拿起手機開啟螢幕，發現大量來自臉書的通知，有留言的、加好友的、傳訊息的，從我開始使用臉書到現在，還是第一次被這麼多人關注。

其中我的複製人也傳來訊息，點開一看，螢幕上出現一張照片，是三個人被繩子吊在木架上，身軀遭到開腸剖肚，腸子長長地垂掛至腳下，血淋淋的死狀非常淒慘，照片下方還有文字訊息：

「蘇沄萱，大賤人！不要臉！祝妳出門被車撞，撞到智障加殘廢，最好趕快去死一死吧！」

「啊！」我嚇得尖叫，把手機丟出去。

房門很快被打開，二哥滿臉擔憂跑進來，急問：「沄萱，怎麼了？」

我摀住嘴巴，忍著陣陣的強烈反胃感，下床跑出房間衝進廁所，對著馬桶嘔了一些酸水出來。

到底是誰在攻擊我？

吐完後，我接著處理自己的生理問題，好朋友不來則已，一來量就異常之多，把整個馬桶都染得血紅，看起來觸目驚心。

洗了把臉，我虛脫地走出廁所，發現溫亦霄抱著筆電坐在客廳沙發上，二哥則坐在他身側，兩人正盯著我的手機，研究臉書訊息的內容。

「沄萱，身體還好嗎？」溫亦霄抬眼望著我。

「嗯，好很多了，剛才只是嚇到了而已。」我虛弱一笑，在對面的沙發坐下，茶几上放了一碗鹹粥。

「肚子餓了吧？」

「嗯，我是餓醒的。」

「妳二哥煮的，快趁熱吃。」

「謝謝二哥。」我伸手捧起那碗粥。

「我只是看妳被人欺負很可憐，才勉強煮的。」二哥擺出不屑的樣子，接著轉移話題，「在臉書上匿名謾罵、冒用別人的身分、到處散布色情訊息，現在還傳恐怖照片嚇人，這傢伙實在太過分了！」

「你看到我發的那則貼文了？」我喝了一口粥，大哥和二哥都是我的臉書好友。

「早上看到妳的動態，我心裡覺得奇怪，所以傳訊息問妳的好朋友沈雨桐，她說妳在網路上被人霸凌。發生了這種事，妳怎麼都不講？」二哥語帶責怪。

「我以爲可以自己處理。」

「自己處理個屁！如果妳能處理，月事就不會晚來了。」

我張口想回嘴，又把話嚥了回去，決定乾脆讓二哥以爲我這幾天心情不好就是因爲這件事。

忽然，一道視線投來，我轉頭對上溫亦霄的臉，發現他的眼神明亮得帶點銳利，彷彿看穿了什麼，於是心頭不禁緊了一下。

「手機可以還我嗎？」我朝二哥伸手，怕他亂看我的其他訊息或照片。

「恐怖照片我都幫妳刪了。」將手機還給我後，二哥靠向溫亦霄，探頭看著筆電。

「你們在做什麼？」我把手機放到一邊，只見溫亦霄雙手在鍵盤上不停敲打。

「溫大哥在釣魚。」

「是遊戲？」

「是駭客釣魚。」二哥神祕兮兮地揚眉，「剛才妳睡覺的時候，溫大哥用妳的臉書發了一則貼文。」

我瞠大眼睛，趕緊放下鹹粥，拿起手機登入我的臉書。

那則貼文中附了一個連結，內容寫著「心情很糟就看看風景吧！」下面還有幾個同學留言爲我打氣。

我點選連結，一個英文網頁跳出，看起來是國外的網站，頁面上確實有許多美麗的風景照和影片，賞心悅目。

「師父……」我苦著臉，「連結過去的網頁，是不是藏有木馬或病毒？」

「我放了一支XSS木馬在網頁裡。」溫亦霄脣角微勾，露出溫雅笑容。

「那個複製人一定很關切妳的動向，就算只是發了個連結，對方應該也會點進去一探究竟，就像兇手往往會跑回犯案現場一樣。」二哥自信滿滿地說，好像以爲自己是偵探似的。

「你們怎麼幫我發文的？」我疑惑。

「我打開妳的電腦，溫大哥用不到十秒鐘就弄出妳的臉書帳密了。」二哥挺起胸膛，一副要罵就罵他的樣子，「因爲只有發生重大刑事案件，才能向臉書公司要求調IP，而像這種匿名毀謗的情況，就算報警也是不了了之，所以我才會拜託溫大哥幫忙。」

「原來如此。」

「妳猜，溫大哥釣到的第一條魚是誰？」

「雨桐嗎？」

「不是。」

「方硯寒？」

「正解！溫大哥發文不到一分鐘，他就一頭栽進去了，哈哈哈……」二哥很沒良心地大笑。

我忍不住跟著笑起來，這時才發現方硯寒傳了訊息給我，我馬上點開。

「心情不好，妳應該會打格鬥遊戲吧，居然逛國外的網站看風景，莫非是暗界大魔王出動了？」

這傢伙眞的很聰明，也很了解我的個性。

「師父用的是什麼木馬？」吃完鹹粥，我走到溫亦霄旁邊。

「我用跨網站指令攻擊。」他朝右邊挪了挪，讓我可以坐下來。

溫亦霄利用那個國外網站的程式漏洞植入一支木馬程式，這支木馬可以繞過電腦的防火牆和防毒軟體，只要有人點進網站，木馬就會盜取對方的電腦資料，回傳至溫亦霄的筆電裡。

「這是木馬的管理端。」溫亦霄點開一個頁面，一一為我說明，「我在這裡設定了一些攻擊方式，第一個是獲取對方的Cookie，第二個是拿到對方的IP位置，第三個是取得彈出輸入框的記錄，第四個則是記錄對方的鍵盤輸入，至於第五個可以取得滑鼠的操作記錄……」

我越聽越覺得可怕，盜取了電腦裡的Cookie，就可以知道對方瀏覽過什麼網站，而彈出輸入框通常是用來輸入帳密用的，再加上鍵盤和滑鼠的操作都會被記錄下來……

這就表示對方上網的時候，不管去到哪個網站，只要有使用鍵盤輸入帳號和密碼，甚至是鍵入信用卡卡號之類的資訊，統統都會回傳到溫亦霄這邊。

「溫大哥，你太強了吧！」二哥誇張地擺出膜拜的姿勢，「這樣是不是也可以潛入女生的電腦裡，調查她的喜好？」

「不好吧，愛情該用心談，不該偷偷摸摸。」溫亦霄搖頭。

「可是女生的心很難理解。」

「二哥的心才難理解。」我忍不住吐槽。

「我幹麼讓妳理解？」二哥嫌棄地斜睨我。

「我……」我硬生生把話吞回去，忍住跟二哥鬥嘴的衝動，不想在溫亦霄的面前表現得幼稚。

「妳怎麼不說話？」

「我尊敬你是我的二哥。」我皮笑肉不笑地說。

「妳又吃錯藥了？」

「找到了！」溫亦霄出聲打斷我們的對話。

「哪裡哪裡？」我和二哥一起湊過去看他的筆電。

畫面上開啟了一個檔案，內容是一大堆英文和數字組成的亂碼，完全無法解讀。

「這是被側錄下來的鍵盤操作記錄檔案，表面上看起來是亂碼，實際上是注音的按法，例如『ji3』就是『我』。現在，我把亂碼套進注音轉碼程式裡。」溫亦霄打開另一個程式，將那段亂碼貼在空白輸入框按下轉碼，一段文字赫然出現：

我好賤！還裝得這麼有氣質，大家快來愛我吧！

溫亦霄連上我的臉書，在那則附有風景網站連結的貼文下面，複製人正是留了這樣的發言。

「複製人的IP跟這個人的IP一樣。」溫亦霄切換到另一個視窗，是某個人的臉書頁面。

許莓眞。

「還有一個IP也登入過複製人的臉書，應該是共犯。」溫亦霄打開另一人的臉書。

廖倩敏。

這肯定是小敏學姊，我簡直不敢相信居然是這兩個人在惡整我。

「沄萱，妳跟那兩個女生有仇嗎？」二哥挽起袖子，表情隱含一絲怒氣。

「我們只有一起參加過暑假時那場烤肉會，然後我打電動贏了莓眞學姊的男朋友。」

我的語氣低落。

「她男朋友喜歡妳嗎？」

「當然沒有！」我用力搖頭，「學長很愛打電動，我們只是每天在線上格鬥而已。」

「沄萱眞遲鈍。」溫亦霄笑了。

「眞的，我同學打《LOL》還打到跟女朋友分手。」二哥同意地點頭。

「但楷杰學長眞的沒有喜歡我……」

「可是他天天跟妳一起打電動，這對女朋友來說，就像男朋友被搶走一樣，以前Vanilla不就是被女朋友強迫放棄電動和論壇的？」二哥的話冷不防戳了我一下。

正在打字的溫亦霄停下動作，側臉注視二哥。

「我妹當時哭了很久，跟失戀了一樣，還瘦了一圈。」二哥又挖出我的糗事。

「師父！你不要聽他亂講，我只有哭一下下而已。」我搖著溫亦霄的左手臂。

「嗯，我知道了。」溫亦霄低頭繼續打字，嘴角微微勾起。

「懶得跟妳吵了。憋太久，肚子有點痛，我去廁所。」二哥一手按著肚子站起來，快步走進廁所。

我默默滑著手機，思索著該怎麼解決這件事。

「沄萓。」溫亦霄開口，「上次妳看的那部總裁小說，後來劇情的發展如何？」

我怔住，心跳漏了一拍。

師父怎麼會突然提起小說？

「沒有繼續追文嗎？」

「有、有追！」我連忙回答，「後來很老套的……男主角的前女友出現了，前女友跟女主角說，男主角會變得這麼優秀，都是爲了她而改變的……女主角聽了非常難過，又發現男主角還保留著跟前女友相處時的習慣。她很希望能參與男主角的過去，可是時間無法倒流。」

「我覺得女主角想太多了。」溫亦霄輕輕一笑，身體往後靠著沙發椅背，「人與人之間只要產生交集，都會在彼此的人生裡留下深淺不同、長短不一的軌跡。像是妳認識了雨桐，進而接觸到漫畫的排版，如果沒有認識她，妳根本不會特地研究繪圖軟體吧？」

「的確，我對畫圖沒有興趣，會去學習操作繪圖軟體，純粹是想幫忙雨桐。」

「那冷硯呢？」

「跟他一起玩遊戲很有趣，對我來說，他是特別的朋友。」

「所以留在男主角的人生裡的，也不會只有前女友的軌跡，一定還有許多其他人的。」

「也會有女主角的嗎？」

「只要相遇了，不就開始創造共同的回憶了嗎？」溫亦霄凝視我的臉，露出淡淡笑意。

望著他溫柔的眼眸，我的心跳加速，有種恍然大悟的感覺。

師父……

現在，你的人生裡已經有我的軌跡了嗎？

若確實如此，希望我刻在你人生裡的軌跡，全都是美好的回憶。

想到這裡，我的臉頰熱了起來，不好意思地低頭：「師父，你現在電腦的IP應該有偽裝過吧？」

「我的IP每半分鐘會變換一次。」溫亦霄伸手蓋在我的頭頂，揉了幾下，「放心，師父不會害妳的，如果出了事情，妳只要說是帳密被盜了就好，我會全部扛下來。」

「我不是擔心自己，如果不小心出事，我會跟你一起承擔。」我搖搖頭。

「徒兒這麼有義氣？」

「當然！」我抬起下巴，「那……盜來的那些資料要怎麼辦？」

「全部刪掉呀，不然留著占硬碟空間嗎？」溫亦霄忍俊不禁，「我是白帽，目的是揪出中傷妳的人，不會隨便屠城的。」

我的心驀地一震，腦海裡閃過Vanilla曾經說過的一句話：

「我是白帽，入侵只是為了檢測系統，不會屠城的。」

「以前香草師父也說過類似的話。」我怔忡地看著溫亦霄的側臉。

「這句話很特別嗎？」他坦然迎上我的目光，「在我的資訊部裡，所有員工都是不會屠城的白帽。」

「這樣啊。」我心頭有些失落，剛才又有一種錯覺，覺得溫亦霄跟和Vanilla有點相像。

「呼……好舒服！」二哥走出廁所，一臉身心舒暢，「現在該怎麼處置那兩個女生？」

「我想先找楷杰學長談談。」我只想到這個方法。

「不行！一定要給她們一點教訓。」二哥摸著下巴，忽然奸笑，「溫大哥，把她們電腦裡的照片統統加密。」

「哥，這樣太狠了。」我哭笑不得。

如果莓眞學姊發現電腦裡儲存的相片全被變成一個個加密檔，必須要有金鑰才能打開，大概會當場崩潰。

「讓沄萱決定吧。」溫亦霄關閉視窗，「不過，我丟了一個圖片檔在她們的電腦桌面上。」

「什麼樣的圖片？」二哥好奇地問。

溫亦霄打開一張黑底的圖片，上面用很大的紅字寫著：

僞蘇沄萱，我正看著妳。

「溫大哥，這太酷了！哈哈哈……」二哥開心地大笑。

「師父，你好恐怖！」我蹙眉忍笑，原來師父也是個S。

當莓眞學姊注意到電腦桌面有個沒見過的圖片檔，好奇點開，驚見那一行大字時，鐵定會嚇得尖叫。

「我上樓休息了。」溫亦霄闔了筆電，從沙發上站起來。

「溫大哥，謝謝你，晚上我請你吃頓好料的。」二哥握拳朝他的肩頭搥了一下。

「謝謝師父。」我送他出門。

來到門口，溫亦霄一邊穿鞋一邊說：「沄萱，明天上班我會找雅郁談談，妳不要再接她的電話了。」

「你怎麼知道？」我嚇了一大跳，心跳得飛快。

「妳哥幫忙刪臉書訊息裡的恐怖照片時，不小心調出通話記錄，我發現雅郁打了很多通電話給妳。」

「你回妹妹家時，她找不到你，就跑來找我，說想要跟你復合。」我低聲說。

「我跟她是不可能復合的。」

「為什麼？」

「一段感情之所以無法走下去，一定是有原因的，當那個原因沒有解決時，就算兩人勉強復合了，最後還是會重蹈覆徹，落得再分手的結局。」

「你們不能走下去的原因是什麼？」

「妳不要太好奇。」他輕嘆一口氣，「重點是撇開雅郁，妳還想繼續跟我學電腦嗎？」

「想，當然想！」我握緊雙拳，又想起湯雅郁的話，「不過……你工作那麼忙，我怕你會太累。」

「妳是個好徒兒，教妳向來很輕鬆，我並不覺得累。」

「眞的嗎？」只是簡單的一句稱讚，就令我開心不已，「我會努力追上師父，變得跟你一樣厲害！」

「好，我等妳。」溫亦霄笑了笑，溫柔地揉揉我的頭。

折騰了這麼多天，我終於能夠露出笑容。目送溫亦霄上樓，我後知後覺發覺一件事。

師父知道湯雅郁跟我聯絡過，那他是不是也猜到，湯雅郁跟我提了他的過去？

如果是的話，那師父是不是再聯想到了，我口中所謂「總裁愛上我」的小說，男主角的遭遇跟他的過去十分雷同？

那麼，他剛才問起小說的後續，豈不是代表……

他知道我是想穿越到從前的他身邊，甚至因為自己不能參與他的過去，這幾天才會如此難過？

難怪檢視過我的手機後，他看我的眼神變得不太一樣。

「嗚……慘了慘了慘了！」我摀著臉從玄關跑回客廳，不敢再繼續想下去。

「蘇沄萱，妳又在發什麼神經？」二哥拿著飲料從廚房走出來。

「沒事！哥，對不起，讓你擔心了。」

「下次妳有事再不講，我就把妳的頭給扭了！」他惡狠狠地威脅，用力扭開飲料的瓶蓋。

「知道啦。」我吐吐舌頭，鑽進房間裡。

打開電腦連上臉書，我發現複製人的留言不見了，連臉書帳號都已刪除。

莓眞學姊大概是被溫亦霄的警告圖片嚇壞了，才會馬上刪除臉書，銷毀自己的犯案證明。

我把溫亦霄的那則貼文刪掉，發了一則新的貼文，感謝同學們的關心。

剛發出去不久，方硯寒就打電話來了。

「暗界大魔王找到複製人了？」他酷酷地問。

「嗯，找到了。」我簡單解釋溫亦霄釣魚的經過，「複製人就是莓眞學姊和小敏學姊。」

「居然是她們兩個。」他的聲音略帶詫異。

「不知道是不是楷杰學長最近常常跟我打電動的緣故。話說回來，爲什麼他好像都沒在準備考試？」

「楷杰明年畢業後，就會被我姨丈送出國讀書，所以才會那麼悠閒。」

「原來如此。」

「他剛好來了，我開擴音，我們一起聊。」方硯寒說完，手機另一頭傳來擴音功能造成的微微回音。

聽了我的說明，楊楷杰同樣不敢置信：「學妹，我真的沒想到是莓真。」

「我也是。學長跟學姊最近感情還好嗎？」

「我上個星期四跟她分手了。」

「分手？」我傻眼。

「難怪……」方硯寒顯然也不知道這件事。

「因為莓真越來越纏我，不但限制我不能和其他女生在線上聊天，還偷看我手機裡的訊息，連遊戲都不准我玩，我實在受不了，所以跟她大吵一架，直接提分手了。」楊楷杰越說越不滿。

「如果我的男朋友不准我打電動，我應該也會跟他吵架。」我無法認同莓真學姊的做法。

「是我的話就沒問題了。」方硯寒笑了一聲，「我允許妳跟我一起打電動。」

「我也沒問題呀。」楊楷杰打岔，「學妹要不要跟小寒寒分手，來當我的女朋友？」

「楷杰學長，你不是才剛失戀？」我翻了個白眼。

「你先跟我線上PK。」方硯寒冷冷威脅。

「開玩笑的啦！誰要跟你這個變態PK。」楊楷杰乾笑兩聲。

「完全看不出學長有失戀的樣子。」我沒好氣地說。

「畢竟是他自己提分手的，而且他的情傷只有一天。」方硯寒吐槽。

「那不重要啦。總之很抱歉，害學妹被牽連了。」楊楷杰語帶歉意。

「這也沒辦法，分手對莓眞學姊的打擊一定很大，反正解決了就好。」我不想把事情鬧大。

「我星期一叫莓眞跟妳道歉。」

「楷杰，莓眞的個性比較好強，又因爲剛分手心情不好，才會做出這種事，你最好採取冷處理。」方硯寒似乎也不希望我跟學姊正面衝突。

「好吧，那先把莓眞列入觀察，如果她再有過分的行爲，我就會跟她挑明。」楊楷杰無奈地嘆氣，停頓了下又想起什麼，語氣轉爲曖昧，「學妹，小寒寒超擔心妳，他今天一整天都守在電腦前，不斷地刷新網頁，連書都讀不下去。」

「你不要亂講！我背了很多英文單字……」手機裡傳來一陣桌椅碰撞聲，還有楊楷杰吃痛的哀號，接著他的叫聲被關門聲阻隔，手機的擴音模式解除，方硯寒的聲音貼在我的耳邊，「可惜我不懂電腦，一點忙都幫不上。」

「別這樣想，這又不是你的專長。」我安慰他。

「總覺得很火大。」

我搔搔臉頰，不知道該怎麼面對他的醋意，幸好沈雨桐及時來電，把我從尷尬中解救出來。

接起電話，沈雨桐劈頭就說：「早上妳二哥傳訊息給我時，複製人剛好在我的臉書留言，罵我是三八加北七，圖畫得那麼醜，根本是在騙錢。」

「這樣罵人實在太過分了！」連朋友也被波及，令我覺得十分愧疚。

「對呀！我氣炸了，傳訊息把複製人罵了一頓，心情有點沮喪，沒想到妳二哥安慰我，說明年的同人誌販售會他想預訂五本我畫的同人誌送朋友，要我好好加油。」

「差這麼多，從小到大，我二哥對我都沒有那麼溫柔過。」我不滿地冷哼。

「妳二哥是刀子嘴豆腐心，疼妳在心口難開。」沈雨桐噗哧一笑。

我癟癟嘴，想起溫亦霄的話，希望自己能再堅強些，成為一個不讓哥哥們操心的好妹妹。

晚上十點，我一如往常打開遊戲機，VAN已經上線了。

這個人的格鬥技巧跟Vanilla很相似，卻不肯加我好友、不肯用語音交談，可是又天天接我的挑戰書，讓我非常在意。

不然，發個文字訊息試試吧。

VAN您好，很冒昧打擾您。

您的格鬥實力太強了，讓我非常佩服！

您的打法會讓我想起一位名叫Vanilla的玩家，不知道您認不認識他？

另外，您第一場使用的招式通常比較簡單，是否有什麼用意？

我送出訊息，期待VAN能夠回訊，但又提醒自己別抱持太大的期望。

隔了幾分鐘，系統提示有新訊息，我趕緊打開。

我不是Vanilla的分身。

因爲太久沒玩了，第一場只是在調整手感，適應角色的出招速度。

其實妳也打得很好，只是妳如果想跟更頂尖的高手對戰，就要學會讀幀。

我的對戰要訣是壓制、騙招、搶幀。

我回了一則「多謝指教」的訊息過去。

見VAN否認他是Vanilla，我的心情有點失落，不過這種失落不是第一次體會了，只要深呼吸兩次便可以壓下來。

但我沒想到他會跟我分享格鬥心得，這就好像武俠小說裡常寫到的，在深山野林偶遇蒙面的隱世高手，意外被對方指點了武學上的迷津一樣。

「很久沒玩還能這麼厲害，那他以前豈不是叱吒整個格鬥榜？」看著他的訊息內容，我又仔細回想了下，印象中眞的沒有見過這個名字。

不管了，先研究怎麼「讀幀」吧。

我開了電腦連上網，進入這個曾經聽說，卻沒有深入研究的領域。

電影或動畫在一秒內連續播放了多少張畫面來呈現出動態影像，這個數字便是幀數(FPS)。

例如一秒內播放了二十四張畫面，便是二十四幀。

《生存格鬥》的幀數是六十幀，假如將遊戲動畫想像成和電影一樣，由一格一格的膠卷畫面組成，那麼每秒就需要播放六十格。

因爲遊戲動畫的製作跟電影的原理一樣，看起來很流暢的動作，其實都是將一張一張的圖連續播放而成的。

有了這樣的概念，便能夠得知，遊戲中的每個招式動作也是藉由連續播放好幾張圖來呈現，如果想要精進格鬥技巧，就得熟記各個招式所花費的幀數。

除此之外，格鬥遊戲還有一個重要的概念，叫做「硬直」。

不管是擊中對手，或者被對手格檔時，雙方的身體都會產生短暫的硬直，這時無法以搖桿操控，可以想成是因爲肌肉疲勞，必須停一會才能再出招。

例如我揮出一拳，幀數是9+2+20，雙方的硬直差爲擊中+10幀、防禦-12幀。

這表示我出招時要用到九幀圖，接著花兩幀打中對手，而收招時會有二十幀的硬直時間，此時按搖桿是無效的。

當我擊中對手，我會比對手提早十幀解除硬直，也就是多了十幀的優勢。

相反的，若攻擊被防禦住，我會比對手慢十二幀解除硬直。

因此，當對手率先解開硬直時，只要再使出一個幀數低於十二幀的招式，我便將呆呆被他打中，連防都不能防。

我上網搜尋《生存格鬥》官方提供的招式幀數表，再對照VAN使用過的招式。

我們第一次對戰時，VAN挨了我兩拳後，舉臂格擋住我的第三拳和緊接著掃出的腿。當時我立刻施展抓技，按了按鍵卻沒能抓住他，反而被他快速回以一記輕拳。

原來我的進攻被擋下，會令VAN比我提早十一幀解除硬直，然後他趁著我還在硬直狀態中，用了一個只有九幀的輕拳搶攻，這即是所謂的「搶幀」。

接下來，我誤以為VAN要使出和香草師父一樣的招式，在他跳起來準備側翻時，下意識蹲身防禦他的進攻，沒想到他只虛晃了一招便迅速變化招式，左手攫住我仍維持格擋狀態的雙手，右拳狠狠擊中我的腹部，將我一拳打上半空……

VAN虛晃的那一腿原來是「騙招」！

他假裝要夾我的頭，目的是為了逼我蹲身防禦。

因為下蹲防禦需要用到五幀，而他使出的抓技只要四幀，僅僅一幀之差，我的馬步都還沒有紮好，就被他抓起來打得慘兮兮。

由此可知，VAN非常了解幀數的差異，才能在對戰間做出精準判斷。

想到這裡，我抽出一張白紙，寫下香草師父的幾套招式，仔細對照幀數表。

片刻後，我覺得我的世界完全被顛覆了。

這些招式環環相扣，搭配著騙招和搶幀，縝密到只要一發動進攻，便能讓對手轉瞬陷入幀數不利的狀態，只能傻傻被打，幾乎毫無還擊和抵擋之力。

從小到大，我不曾去思考師父是如何組出這些絕招的，直到現在才明白，師父眼裡看到的，並不是招式有多麼華麗，而是一大堆的數值。

原來Vanilla的立足點跟我是完全不同層次的。

星期一早上走進校門，沿路有不少學生偷偷地瞄我，臉上都掛著訕笑。

到了教室裡，全班男生你一言、我一句，拿複製人傳給他們的色情訊息揶揄我，說我故意開分身刷存在感，是不是方硯寒能力太差無法滿足我，還是我慾求不滿之類的。

顯然這些男生皮在癢，於是我把他們統統暴打了一頓。

午休時間，我和沈雨桐去福利社買好午餐，一起坐在餐廳裡吃飯。

「第三節下課，我從素描教室回來時，站在二樓走廊往一樓看下去，看見莓眞學姊和小敏學姊在中庭講話。」沈雨桐一邊吃飯一邊說。

「她們在討論昨天的事吧。」我大口咬著排骨。

「我怕她們又想密謀整妳，就停下來看，發現她們好像吵架了。後來兩個人氣沖沖地各自走開，莓貞學姊走到一半，突然抬頭望見我，我就幫妳瞪了她一眼。這樣夠義氣吧？」沈雨桐露出凶惡的眼神，示範她是怎麼瞪學姊的。

「哈哈……妳眞夠義氣！」我被她逗笑了。

雖然不知道兩位學姊在吵什麼，但我只希望這件事到此爲止，更不要再牽連我的同學和朋友。

放學後，我背著書包前往北大樓，站在大樓前方的花圃邊。

只見方硯寒跟楊楷杰正靠在三樓走廊的欄杆邊聊天。臨近學測，多數的菁英班學生每天都會留校自習。

楊楷杰滿臉燦笑朝我招手，還是一點都沒有失戀的樣子，好像跟莓貞學姊分手反而讓他落得輕鬆。

方硯寒一看到我便把頭縮回去，隔了一會，他從樓梯口走了過來。

「今天過得好嗎？」他關心地問。

「早上剛進學校時很尷尬，還被班上的男生嘲笑，不過下午就沒事了。」我無奈地聳聳肩。

「沒事就好。」

「對了，方硯寒。」我扯扯他的袖子，「我最近打格鬥遊戲遇到一位神祕高手。」

「怎樣的神祕高手？」方硯寒坐到花臺邊。

「那個人很厲害……」我抱著書包坐在他身邊，簡單說了遇到VAN的經過，再拿出我自己製作的香草師父招式分析表，「你看，師父的這套必殺技裡，這一招是騙招，這一招是搶幀用的。」

「蘇沄萱……」方硯寒不敢置信，「妳玩格鬥玩了那麼久，竟然不會讀幀？」

「我都是憑直覺記憶對戰的節奏。」我不服氣地辯駁，「師父教我的招式很強，傷害值非常高，只要練到不會失誤，完全可以輕鬆打掛一大票玩家。」

「妳就是師出名門，學的全是精華，底子好卻缺乏思考的那類人，又因爲現在玩家比以前少，妳才能糊里糊塗混進百大榜。」方硯寒的語氣酸溜溜的，「哪像我，從幼稚園開始玩掌機，格鬥從2D打到3D，然而沒有名師指導，只能靠經驗累積，在失敗中成長。」

「你最好有這麼可憐啦。」我不以爲然，不過我承認他前半段的話是對的，我只學到招式的形，沒有學到招式的意。

「說不定殿下當時比較想收我爲徒。」

「師父如果收你爲徒，大概會被你氣死，因爲你不可能按照他的方式去練功。」

「厲害！全世界就妳最了解我。」他笑出聲，一臉微妙看著我，當我捕捉到他眼裡的欣喜時，他又別開臉抬起下巴，「我就是喜歡當獨行的刺客，誰都不能束縛我。」

「認識你又不是一天兩天的事了，我也不相信你格鬥時都有讀幀。」說眞的，憑他的機靈和臨場反應，如果有心練格鬥，應該會打得比我好。

「我格鬥是打好玩的，的確沒在讀幀，不過上次的陷阱招我倒是精心計算過幀數，才能壓制妳的攻擊，那一招不也是騙招？」

「你……我眞不甘心！」

「我不介意把吻還妳。」

「不要！不管是親還是被親，都是我比較吃虧。」

「眞想看看妳吃虧後的表情。」他促狹地笑。

「大變態！」我的心猛地跳了下。

「話說回來，VAN跟Vanilla的暱稱開頭一樣。」

「我問過了，VAN說他不是Vanilla的分身，不過有了他的指點，我已經知道該怎麼正面迎戰對手了。」

「蘇沄萱。」方硯寒神情認眞，語氣難得溫柔，「在對戰中讀幀，是最科學的戰鬥方式，可是要人腦跟電腦同步卻是不科學的，這不是人人都能達到的神境界。殿下已經離開五年了，妳可以輕鬆地玩，不必逼自己一定要封頂。」

「我沒有逼自己呀。」我側頭望著他，輕輕笑了笑，「我喜歡玩格鬥遊戲，就跟你喜歡玩潛行遊戲一樣，因爲喜歡，才會想挑戰自我，你也會想追求暗殺拿到最高分數呀，對吧？」

「妳的一片笨心，要是殿下知道就好了。」方硯寒用指節敲了我的頭一下，「對了，我早上路過美容科那邊，剛好看到莓眞在走廊上跟同學說笑，小敏站在旁邊等她，臉色很鬱悶。」

「然後呢？」我看著他，望進那雙深不見底的眼眸。

「我當著莓眞的面，對小敏說……」方硯寒勾起薄脣，露出可怕的溫柔笑容，「我知道妳的心裡很後悔，更想不通，爲什麼那個人還能開懷笑著？爲什麼自己的心卻這麼煎熬？早知道那樣做是不對的，爲什麼要當幫兇呢？呵，我來爲妳解答吧。因爲雜魚就是雜魚，只能依附在BOSS身邊，自憐地認爲這是身不由己，不得不去順從他人——妳一直這麼想的話，永遠都會是陪襯的命。講完，我就轉身走了。」

「你對她們挑撥離間？」我震驚地指著他。

莓眞學姊和小敏學姊會吵架，難不成是由於方硯寒的這番話？

小敏學姊可能因此被激起長期以來壓抑的不滿，或者莓眞學姊因此認爲小敏學姊內心對她有怨言。

「我只是盡緋聞男友的責任。」方硯寒一臉無辜，壓下我指著他的手，「像那種會聯合起來做壞事的組合，還是拆散了比較好，省得將來又禍害別人。」

「方硯寒，十個學姊都比不過你，你可要努力成爲醫生救人，千萬別走歪了。」我語重心長，伸手搭住他的肩。

「那妳要不要給我一個大一點的動力？」

「什麼樣的動力？」

「如果我考上醫學系，六月的畢業舞會，妳來當我的舞伴。」

「我不會跳舞，你去找別的女生。」我瞪大眼睛猛搖頭。

「我啊……」方硯寒站了起來，居高臨下睥睨著我，臉色陰沉沉的，「一直很想在現實生活中玩玩獵殺的遊戲。」

「啊？」我頓時傻眼。

「遊戲規則是，我當鬼抓妳，妳只要先摸到操場對面的那堵牆，我就輸了。但是如果中途被我抓到，妳就要當我的舞伴。」

「方硯寒！你有病啊？」我伸腳踢他一下。

「愉快的遊戲時間開始！」他勾起一抹壞笑，「我給妳十秒的時間先逃，一、二、三……」

「我又沒有說要玩！」

「四秒嘍……」

「不要啊！」我拋開書包，轉身跑向操場，朝對面的圍牆直衝過去。

搞什麼鬼？

怎麼會變成這樣？

我幹麼要當他的獵物啊！

我拚盡全力往前衝，來到操場中央時，身後傳來急促的奔跑聲，越來越近，我忍不住回頭一瞧，方硯寒已經追到背後了。

「啊啊啊——」我嚇得慘叫，驚慌地矮身閃過他抓來的手。

場。

「學妹，加油啊！」楊楷杰興奮的聲音夾雜著其他學長湊熱鬧的歡呼聲，響徹整座操

躲過方硯寒的撲抓後，我跑了幾步，回頭看他。

方硯寒悠然站在操場上，右手輕輕撥開前額的劉海，微抬的臉龐掛著冷冷的微笑，讓我覺得自己不管再怎麼掙扎，都逃不出他的手掌心。

我向右邊跑，將方硯寒引到操場旁，又馬上打住腳步，旋即全速繞過他往圍牆奔去，可是右手臂卻很快被人從後面拽住。

「抓到妳了！」他強迫我停下來。

「不公平！我也要當鬼。」我氣喘吁吁地耍賴，用力掙脫，腦海裡閃過一個念頭，「如果我反過來抓到你……我就不當舞伴了！」

他的嘴巴張開，正要發出「好」的音，我趁機迅速伸出雙手衝向他，攻他一個出奇不意。

方硯寒果真來不及反應，待在原地一步都沒動，反倒是我衝太快煞不住，乾脆豁出去直接抱住他的腰，他被我撞得「啊」地一叫，還輕輕咳了兩聲。

「抓到了！」我仰頭看他，興奮地跳起來。

方硯寒雙手環住我的肩頭，微微低頭看我，嘴角揚起促狹笑意：「不公平，妳沒有數十秒。」

「啊？」

「我剛才讓了妳十秒。」

「你是男生耶，應該要讓女生呀。」我撥開他的手。

「是妳先抗議不公平的，所以我公平地讓妳抓一次，妳也要公平地讓我十秒。」他伸手揉揉我的劉海，「好了，妳可以開始讀秒了，記得練舞喔！」

「一……」我氣得咬牙。

方硯寒面帶微笑揮揮手，轉身全速衝向北大樓。

等我數完十秒，他早已跑到北大樓前面，那個距離已經不可能追上了。

我只能無奈接受現實，準備在明年六月的畢業舞會擔任他的舞伴。

第十一章 單戀同盟

這天晚上，我坐在書桌前寫功課。

手機一直在震動，來電顯示是湯雅郁，這已經是第三通了。

雖然溫亦霄已經找湯雅郁談過，要她有事直接找他，不要再打電話給我，可是她似乎不打算放過我，現在又不斷地奪命連環CALL，讓我書都看不下去。

「喂。」我無奈地接起。

「沄萱妹妹，我是雅郁姊。」電話裡傳來親切又熱情的聲音。

「請問有事嗎？」我覺得自己好像被強迫推銷纏住了。

「上次要妳暫停學電腦那件事，前天亦霄和我說了，他很想繼續教妳。」

「我本來提出要停課的，但師父說他不累。」

「他呀，從以前就是這樣，很認眞、很負責、愛逞強，我想妳一定不知道，家裡出事後，有一陣子他拚命地打工，曾經工作到都感冒發燒了，還不肯請假休息，氣得我把他大罵一頓。」

我握著筆在紙上亂畫，不喜歡她用那種「妳什麼都不知道，只有我最了解」的口吻，反覆提起從前。

「其實之前我會那樣對妳說，純粹只是關心亦霄而已，怕他跟以前一樣逞強。不過亦霄不那麼認爲，妳好像也不在意，似乎是我想太多了。」她輕聲嘆氣，彷彿全世界只有她會關心溫亦霄而已。

「妳放心，我會注意師父的身體狀況，不會讓他太勞累。」聽了她的話，我很不高興。

「哎呀。」她笑了，像在掩飾什麼，「我不是要妳負起責任，畢竟妳只是個高中生，先顧好自己的學業和生活，這才是最重要的。」

這個意思是暗指我自己都無法獨立了，還妄想照顧溫亦霄嗎？

「後來亦霄跟我聊了很多，我問他在妳家做菜時，會不會常常想到我。」她的聲音甜膩無比，聽起來非常幸福，「他說他不能刪除回憶，做菜時當然會想到我。我又問他，那如果可以刪除回憶的話，他會想刪除嗎？沄萱妹妹，妳知道他怎麼回答嗎？」

「我不想知道……」我被她擾得心煩意亂。

「亦霄說不會喔。」她不理睬我的拒絕，逕自說下去，「如果刪掉了，他就會有九年的時光過得很無趣，因爲遇見我，他的世界才會變得那麼繽紛……」

「抱歉！我明天要考試。」我提高音調，感覺胸口被狠狠刺了一下。

「啊，不好意思，每次跟妳聊天都會聊到忘記時間。」她的語氣略帶歉意，「我只是想跟妳說，我是就事論事，對妳並沒有惡意，希望妳不要因此討厭我。」

「我沒有討厭妳。」

「沒有就好，那妳要認眞跟亦霄學電腦喔，加油！」

「謝謝。」掛了電話，我渾身汗毛直豎，不停用手摩挲著雙臂。

這位湯小姐也太煩人了，竟然厚臉皮地自己提起她強迫我停課的事，還無視我不耐煩的口氣，依然保持親切，讓我覺得自己的修養好差勁。

不過專櫃小姐每天要面對各式各樣的顧客，甚至被客人百般刁難，能夠練就不畏對方惡劣態度的功夫，永遠表現得既熱情又和善，這似乎也是理所當然。

湯小姐呀，可不可以請妳把專長發揮在工作上，不要再來糾纏我？

我雙手抱頭，閉著眼睛，只能如此祈求。

十二月底，這幾天有一波寒流，溫亦霄的租屋處是頂樓加蓋，室內溫度比樓下的我家更低。

屋裡開了電暖器，將空氣烘得暖洋洋的，淡淡的咖啡香飄散在其中。溫亦霄坐在沙發上翻閱資訊雜誌，我則坐在電腦前，雙手敲打著鍵盤。

「師父，我們班長常說，班上只有半個女生。」我邊寫程式邊開了個話題。

「是哪半個？」溫亦霄淡淡地問。

「那半個是座號五號的同學，而五號是一個舉止很像女生的男生。」

「那妳是什麼？」

「班長說我是男的。」

「呵……」

我回頭望著溫亦霄的側臉，他的唇角柔和地揚起，十分好看。

「師父，明天是聖誕節呢。」我瞄了眼被我披在椅背上的外套，右邊的口袋鼓鼓的，裡面裝有一個小禮物。

「明天妳要跟朋友出去玩嗎？」他翻了一頁雜誌。

「雨桐約我晚上去吃大餐，方硯寒也邀我一起去楷杰學長家玩。」話雖這麼說，不過我都還沒有答應，「師父呢？有人邀約嗎？」

如果溫亦霄說沒有，我想邀他去逛聖誕燈會，不知道他會不會答應？

「我要去妹妹家度假。」他抬頭看我，「年底到了，我會把剩下的年假一次請完，從聖誕節休到元旦，所以下星期停課一次。」

「總共有八天耶！」我滿臉震驚，「不是兩、三天，是休超過一個星期……」

「怎麼？」他低頭翻書，「妳會想師父啊？」

「沒有啦。」我的臉頰一熱，趕緊轉身面對電腦，「你辛苦工作了一年，當然要好好休息。」想了想，我從外套口袋裡拿出小禮物，起身走到溫亦霄面前。

「師父，祝你聖誕快樂。」我遞出禮物。

溫亦霄的眼神有一絲詫異，他伸手接過禮物，拆開包裝紙，裡面是一個深藍色的小扁盒。他接著打開盒蓋，盒裡裝著一枚領帶夾。

這是我昨天放學時，特地去百貨公司買的。

「希望你會喜歡。」我覷著他的表情。

「大學畢業出社會工作後，同事間不像學生時代一樣，會在聖誕節彼此送禮物。」他的神色是一貫的淡然，語氣卻略顯惆悵。

「這樣剛好能讓你重溫一下收聖誕禮物的感覺。」我俏皮一笑。

「妳別亂花錢。」

「那你就不要教我電腦呀。」

「頂嘴啊？」

「我不敢。」我吐吐舌。

溫亦霄微微一笑，拿著領帶夾站起來走進房間，隔了一會，他帶了一個巴掌大的紅色小盒子回來。

「我沒有準備聖誕禮物，就用這個代替吧。」他把盒子交給我。

「這是什麼？」我受寵若驚地接過，仔細端詳。

這是銀樓裝金飾用的小盒子，盒子裡有個造型帶著中國風的小金鎖，正反面分別刻著「富貴」、「平安」兩個詞。

「這是我出生時，我媽媽幫我打的小金鎖，我妹妹出生時也有。」溫亦霄說。

「好可愛！我出生時爺爺奶奶也送了金手環，不過都被我爸媽收起來了。」

「這個小金鎖可以拆下來當手鍊的墜飾，就送給妳吧。」

「可是……這是你媽媽送的，轉送給我不好吧？」我搖搖頭。

「送彌月禮只是一個習俗，我出生時收到很多，但這種東西長大後不可能還拿來佩戴，最後多半會轉送別人。只要妳不嫌棄它是嬰兒用飾品，送妳也無妨。」他不在意地說。

「可是……」

「不要的話，我就收回去了。」他拿走我手上的盒子。

「要要要！我要！我要！」我伸手搶回來，用指尖摸著小巧可愛的金鎖，「可以想像，當年你媽媽踏進金飾店，跟老闆說要打一個金鎖給兒子的情景，那時她的心裡一定滿滿都是愛。」

我抬頭對上溫亦霄的臉，他的表情很溫柔，眼神帶著一絲淡淡感傷。

「師父，這麼貴重的東西，我真的可以收下嗎？」我忍不住再問。

「妳這麼識貨，送妳很合適。」

「那……我可以問你一個問題嗎？」

「什麼問題？」

「在你還是小寶寶的時候，戴過這個小金鎖嗎？」

溫亦霄靜靜看了我幾秒，忽然轉身走到電腦前，點點頭：「在滿月時的全家福裡，我的手上有戴著。」

「那我就不客氣了。」我用雙手包住盒子，興奮不已，「謝謝，我會好好收著。」

「沄萱，這邊的函數寫錯了。」

「哪裡？」

「快改，不要拖拖拉拉。」

「是！師父。」

上完電腦課，溫亦霄便收拾行李，準備動身回妹妹家度假。

我回到自己的房間，拿出小金鎖擺在書桌上。

小金鎖被串在一條編織紅線上，做成小小的手環，紅線已經有一點褪色了，的確有佩戴過。

「好小的手腕，眞可愛。」我輕撫那圈紅線，這是溫亦霄當時的手圍吧。

看著小金鎖，我的心洋溢著甜甜暖暖的感覺。

隔天的聖誕節，晚上我選擇跟沈雨桐去吃大餐，畢竟目前似乎不太適合跑到兩個學長的家裡。

吃完飯，我和沈雨桐一起去逛街，找了間飾品店挑選手鍊。

面對琳琅滿目的飾品，毫無美感天賦的我，一時根本不知道該如何挑選，也不知道該怎麼搭配墜飾，於是我乾脆拿出溫亦霄送的小金鎖讓沈雨桐看，請她幫忙搭配。

就讀美工科的沈雨桐眼光一向獨到，她很快挑了幾個墜飾，搭出一條美麗的手鍊。

結完帳，我們離開飾品店朝公車站走去。

「妳師父眞奇怪，居然拿彌月禮當聖誕禮物。」沈雨桐偷笑。

「彌月禮很珍貴，也沒什麼不好。」我不在意地說，況且這可是溫媽媽給溫亦霄的第一個禮物。

「的確，至少是眞正的金子，比我們剛才挑的鍍銀手鍊好。」頓了一下，沈雨桐偏頭想了想，「話說回來，那個小金鎖感覺不便宜耶。」

「妳怎麼知道？」我對金價沒有概念。

「去年我大姊生完孩子回來坐月子時，不少親友都有送彌月禮，像那種薄薄的小雞小狗造型金片，聽說一組就要兩、三千元，而妳師父送的小金鎖是立體的，雙面刻字，尺寸不算特別小，還是有設計感的古風造型，應該不便宜喔。」

「這樣呀……」

「而且印象中彌月手環都是一對的。」

「一對的？」我訝異地看她。

「沒錯，所以應該還有另一條款式差不多的手環。」沈雨桐的語氣相當肯定。

我暗自竊喜，如果還有另一條手環，那不就是師父一個、我一個？

雖然溫亦霄應該沒有「一人一半，感情不散」的浪漫想法，不過對我而言，能夠擁有其中一個小金鎖還是別具意義，好像又跟他拉近了距離。

回家後，我把溫亦霄送的小金鎖串在手鍊上，看起來很和諧，於是我忍不住拍了張照片傳給溫亦霄。

「師父，這是雨桐幫我搭配的手鍊，加上你送的小金鎖，看起來很漂亮吧？」

傳完照片，我打開遊戲機的對戰記錄，VAN的上線燈號依舊是暗的，他已經兩天沒有上線了。

我將遊戲切換到練習模式，深深吸了一口氣，握拳攻向電腦角色，重新體會香草師父蘊藏在招式裡的形和意，並思考幀數的變化。

「雨桐眞會搭配，手鍊很漂亮喔！」

隔天早上起床，收到溫亦霄的回訊，我開心得在床上滾了兩圈。

我精神抖擻地去學校上課，只要看見手鍊上的小金鎖，就彷彿被師父盯著一樣，因此聽課的態度更認眞了。

午休過後，全班同學前往實習工場，準備上實作課。

老師發下電路板和設計圖給大家，我按照設計圖的標示，一邊用烙鐵將電阻和電容焊接在電路板上，一邊跟同學們聊天互嗆，感覺時間過得很快。

忽然，抽屜裡傳來手機的震動聲。

我放下烙鐵，摸出手機，發現是湯雅郁傳了訊息。

「沄萱妹妹，那個金鎖手環是溫媽媽送給兒子的祝福，並不是要用來祝福別人的，以前亦霄也曾經想送我，但我拒絕了，而妳卻想都沒想就把人家媽媽的祝福拿走，這樣真的好嗎？會不會太白目了點？」

湯雅郁怎麼會知道溫亦霄送了我小金鎖？

她的話似乎有道理，我收下溫媽媽送給兒子的祝福，真的挺白目的。

我的心情墜到谷底，她的訊息裡還附了三個照片檔，我點開照片，心臟頓時狠狠一緊。

第一張照片，場景在一間客廳裡，背景有棵聖誕樹，中間是一張長桌，桌上擺了好幾道精緻的餐點。

長桌的右邊坐著一對年輕男女，臉孔很陌生，左邊則坐著溫亦霄和湯雅郁，四個人愉快地享用著大餐。

第二張照片，湯雅郁正在幫溫亦霄夾菜，兩人四目相接，她漂亮的大眼裡充滿愛意。

第三張照片，場景在戶外，湯雅郁挽著溫亦霄的手臂站在草地上，背景是葉子被染黃的楓樹林。

「蘇沄萱，妳在偷看色情圖片嗎？」班長的聲音在我的背後響起。

「沒有啦！」我趕緊把手機塞進抽屜，再拿起烙鐵。

「那還不趕快焊接。」

「我正在做了。」

溫亦霄說要回妹妹家過聖誕節，原來湯雅郁也去了，所以才會知道小金鎖的事吧。

他們在照片裡的互動很好，感情似乎進展得不錯……

突然間，我的左手食指被極為高溫的烙鐵燙了下，痛得我驚叫出聲，右手一甩把烙鐵丟到桌上。

同學們紛紛轉頭看過來，大笑著損我。

「蘇沄萱，妳笨喔！居然被烙鐵燙到。」

「哈哈哈……妳是肚子餓嗎，幹麼燙自己的肉？」

老師快步走來，拉起我的左手查看，食指側邊有一塊皮膚的顏色呈現死白，表皮已經被燙壞了。

「蘇沄萱，使用烙鐵要小心，先出去沖水，再到保健室擦個藥。」老師以嚴肅的口吻囑咐。

我把手機塞進口袋裡，收好烙鐵，起身離開教室，來到廁所的洗手臺前。

左手伸到水龍頭下沖水，冰冷的水溫刺得燙傷處陣陣抽痛，右手從口袋裡掏出手機，我撥了電話給湯雅郁。

來電答鈴響了一會，電話另一頭傳來湯雅郁的輕笑：「沄萱妹妹，妳應該在上課吧，怎麼有時間打電話？」

「我收到妳的訊息了。」我冷著聲音。

「這樣呀，我只是給妳建議，最好快把金鎖還給亦霄，不然淵媽媽在天之靈可能會不太諒解。」

「妳傳照片來是想跟我炫耀嗎？」

「怎麼會是炫耀呢？」她發出清脆的笑聲，「我只是想跟妳說謝謝。」

「妳又要謝什麼？」我很火大，發自內心討厭她假惺惺地向我道謝。

湯雅郁好像沒察覺我的情緒，依然用愉悅的聲音說：「謝謝妳上次讓我知道，亦霄現在不想談戀愛，是因爲他覺得自己目前無法給人幸福。我後來思考了很久，終於找到眞正的問題點了。」

「問題點是什麼？」

「沄萱妹妹，十七歲的妳，曾想過未來要什麼樣的幸福嗎？」

「我只想和自己喜歡的人在一起。」

「是呀，十七歲的我跟現階段的妳一樣，想要的幸福很簡單，只要能跟喜歡的人手牽手，那就足夠了。但是二十歲的時候，妳覺得妳所描繪的幸福還會這樣簡單嗎？」

「我怎麼可能知道，我又還沒二十歲。」我沒好氣地回應。

「那麼就讓我告訴妳，二十歲的時候，我所描繪的幸福不只是牽手而已，我還想穿上美麗的白紗，跟亦霄在水上教堂舉行婚禮。我們婚後會擁有自己的房子，有車子可以代步，還要養一隻貓和一隻狗，平常一塊下廚做飯，偶爾外出享用大餐，假日可以四處旅遊，每半年出國度假一次……」她細數了一大堆願望。

「妳描繪的夢想也太多了吧？」我冷笑，難道都不用工作，玩樂也都不用花錢嗎？

「這些全是很實際的夢想，並非無法觸及的幻夢，只要努力還是可以達成的。」她反駁。

我被她堵得無話可說，那樣的願望的確不是妄想，只是要求比較高而已。

「問題是，當年亦霄家裡出了事，生活一時陷入困頓，無法給我想要的幸福，所以分手時他才會對我說，妳適合更好的男人。而如今他依然覺得自己無法給人幸福，才會不敢再談戀愛。」

我默默聽著，心頭越來越沉。

「這幾年來，我的工作一直很順利，收入也不錯，已經不需要依靠男朋友。二十五歲的我所描繪的幸福，是付出我的所有，與深愛的人相守，我們一起認眞工作、互相支持，平靜恬淡地走過一生，這樣就足夠了。」

我的鼻頭泛酸，下意識用拇指的指甲去刺燙傷處，以轉移心頭的痛楚。

溫亦霄已經是社會人士，而我還是個高中生，不像湯雅郁那般事業有成，自信又獨立，可以盡力為另一半付出。

我能爲溫亦霄做些什麼？

什麼都不能。

正如二哥說，我只是一條沒有貢獻的米蟲。

「昨晚我住在亦霄的妹妹家，跟亦霄聊了很多，今天我們四個人還一起出遊。剛才，我向亦霄表白了，他沒有拒絕喔。」她的聲音甜滋滋的，好像幸福已經在握。

我的呼吸凝滯了一秒，左手食指忽然一陣劇痛，低頭看去，我才發現燙傷處被指甲戳得脫皮了，露出底下的肉，被冰水一沖，疼得我眼淚都流出來了。

「我真的很感謝……」

我迅速切斷通話，關掉水龍頭，下樓前往保健室。

保健室的護士阿姨幫我剪掉脫皮，擦了藥並用紗布包紮。

離開保健室，我頹然走回實習工場，放空腦袋，什麼都不敢想。行經操場邊的時候，肩頭突然被人從後面拍了拍。

我停下腳步轉身，對上方硯寒的臉。他身穿運動服，右手拿著羽球拍架在肩上，顯然在上體育課。

「蘇沄萱，我剛才叫了妳好幾聲，妳都沒有聽見嗎？」方硯寒疑惑地注視著我，「怎麼了？妳在哭嗎？」

我呆呆看了他幾秒，才反應過來伸出左手，「手被烙鐵燙到，很痛。」

「痛到哭？」

「嗯……」

「少裝了，妳不是那種柔弱的女孩子。」他壓根不信，用羽球拍貼著我的背部，將我推到旁邊的花圃間，「妳這失魂落魄的樣子，看起來像是失戀了。」

「對啦！我就是失戀了。」我氣呼呼地癟嘴。以前被烙鐵燙到時，我只會懊惱地咒罵，的確不會因爲這樣就哭泣。

「妳跟妳師父告白，被他拒絕了？」

「是師父的前女友跟他提復合了。」

「現在又演到哪裡了？」他噗哧一笑。

「那個女人很奇怪……」我一邊拔著花圃裡某棵小樹的葉子，將湯雅郁不停打電話糾纏我、不接的話就奪命連環CALL，剛才還要我歸還小金鎖、傳照片向我炫耀，害我被烙鐵燙到這些事，一股腦兒全盤托出，「她說提復合後，師父沒有拒絕。」

「沒有拒絕並不等於答應，妳有和溫亦霄求證嗎？」方硯寒看著湯雅郁傳給我的照片。

「沒有……」

「單憑前女友的片面之詞，妳就相信了？」

「可是他們在照片裡看起來氣氛很好。」

「他們又沒有接吻，連擁抱都沒有，妳不要跟漫畫或偶像劇裡的白痴女主一樣，一有點風吹草動就摀住耳朵逃避。」方硯寒雙手按住自己的耳朵，擺出眼神死的表情，「我不要聽！你不要再講了，我不要聽！你就是跟前女友有一腿，我不要聽……」

我被他的模仿逗笑，忍不住搥了他的胸口一拳。

方硯寒放下雙手，慢條斯理地分析：「前女友會一直騷擾妳，表示妳對她來說是個大威脅，因為妳也喜歡溫亦霄，溫亦霄對妳還比對她好，她才會想盡辦法打擊妳。」

「我不想理她，可是每次她對我說的話都令我很痛苦，又無法裝作沒聽到。」

「有些大人哪，常會把自己的欲望用美麗的言語包裝，撕開包裝後，露出來的往往是醜陋的內心。就像強迫推銷集團，他們明明是要騙妳的錢，卻卑鄙地以愛心的名義來包裝，讓妳難以拒絕，這女人的手段也一樣。她只要說是為了溫亦霄好，妳就一聲都不敢吭了吧？」

「對呀，你說中我的苦處了。」我猛點頭。

「妳為什麼不向溫亦霄告發她的惡行？」

「我怕湯雅郁會揭穿我的心意。」

「笨！她不敢的。」方硯寒戳了一下我的額頭。

「哎喲！為什麼？」我揉著額頭。

「因為目前溫亦霄還當妳是徒弟，揭穿了可能會令你們的關係改變，她不敢冒這個險，才會一直來陰的。」

「可是告發她後，大家都會不得安寧，我也不想讓師父煩惱。」

「徒弟有難，師父本來就該幫出頭，況且這可是他的桃花債。」方硯寒抽走我的手機，在螢幕上滑了幾下，接著繞到我背後，將手機貼在我的左耳。

「你打給誰？」我聽見撥號聲。

「溫亦霄。」他側頭附在我的右耳說，「前女友吃定妳不敢向溫亦霄告狀，那妳就好好祝福他們吧。」

「為什麼要祝福？」我不解，就在這時，電話被接聽了。

「沄萱，怎麼了？」溫亦霄柔和的嗓音傳來。

「來，用愉快的口氣跟他說……」方硯寒以很輕的聲音提示，「師父，我看到那幾張照片了，真是閃瞎了我的眼睛，祝你跟雅郁姊復合快樂！」

我詫異地回頭望著方硯寒，他的眸光深沉，嘴角勾著淺淺笑意。

只要說出這番話，溫亦霄肯定會察覺不對，因為我不可能那麼快就知道這件事。

接著，他會聯想到湯雅郁，進而去質問她做了什麼。

如此一來肯定會讓湯雅郁感到困擾，而這也是方硯寒的目的。

「沄萱？」溫亦霄的聲音帶著疑惑。

「師父，我……」我遲疑了下，終究還是做不到，「我的手被烙鐵燙到了，表皮都燙熟了。」

方硯寒輕嘖一聲，伸手扭我的右耳。

「好痛！」雖然痛的是耳朵。

溫亦霄輕聲笑道：「我以前也被烙鐵燙過，當時旁邊的同學電容爆掉，嚇得我右手一抖，就燙傷左手了。」

「我也看過同學爆電容，啪的一聲，冒了好多煙，超慘的！」我哈哈大笑。

方硯寒突然伸手擰我的腰間。

「哎喲！」我反射性地閃避。

「傷口要用乾淨的紗布包紮，免得感染了。」溫亦霄叮嚀。

「知道了，我去上課，師父再見。」

「再見。」

掛了電話，方硯寒伸手蓋在我的頭頂，將我的頭往下壓，咬牙數落：「妳呀，真不是當刺客的料，連這種簡單的暗算都辦不到。」

「哎呀，對不起嘛。」我掙扎了幾下，好不容易才掰開他的手掌。

方硯寒酷著一張臉，又作勢要掐我的腰，我倒退一步企圖閃躲，腳後跟忽然踢到花圃邊的磚頭。

花圃邊緣種了一排矮樹叢，我整個人重心不穩跌坐在樹叢上，把其中一棵小樹坐垮，還悽慘地倒栽進花圃裡。

「好痛……」我四腳朝天，右腳蹺得老高，一隻鞋還倒掛在樹枝上。

方硯寒探身望著我，露出陰惻惻的冷笑，然後右手從褲袋裡摸出手機對我連拍了幾張，拍完就扛著羽球拍跑回操場，丟下狼狽不已的我。

混蛋！這抖S大變態！我要殺了他！

晚上，我戴著耳機坐在電腦螢幕前，咬牙切齒狠瞪手機，方硯寒剛剛傳來了我的跌倒照。

照片中，我兩腿開開躺在花圃裡，像翻不了身的烏龜一樣，醜到不行。

幸好冬天是穿長褲，不然如果是穿制服裙用那種姿勢跌倒，裙底肯定曝光。

「哈哈哈……」耳機裡傳來方硯寒的笑聲。

「你笑屁呀！」我不滿地鼓起臉頰，「開遊戲，PK！」

「我封機中，純聊天。」他斂起笑聲，「對了，前女友跟妳師父復合的事，有後續發展嗎？」

「目前沒有。」

「要是眞的復合了，我可以提供胸膛讓妳哭泣。」

「我才不要！你這個死沒良心的，丟我一個人在花圃裡爬不起來。」

「妳跌得超醜，哈哈……」他再度忍不住笑，「可是我越看卻越覺得妳可愛，眞是沒救了。」

我害羞地靜了幾秒，而後手機響起，又是湯雅郁，我的心頭顫了一下。

「方硯寒，前女友又打來了。」我向他求救，「我覺得我快要得來電恐懼症了。」

「那女人眞的有病。」

「怎麼辦？不接的話，她會一直打，打到我接電話爲止。」

「妳開擴音讓我聽。」

「好。」我把耳機拿下來，放在電腦桌，然後將手機擱在耳機旁，開啟擴音接聽湯雅郁的電話。

「沄萱妹妹，晚安。」依舊是甜得像蜜一樣的嗓音。

「請問有事嗎？」我趴在桌上對著手機說，讓方硯寒可以聽到。

「是這樣的，我剛才傳了三張照片給妳，妳要不要先看看？」

又來了，什麼照片啦！

我不耐煩地點開湯雅郁的訊息，只見三張照片的拍攝日期不同，但場景都是我家的頂樓加蓋套房，溫亦霄正打開大門，而我一腳跨進門內。

從拍照角度來看，應該是在對面公寓的頂樓拍的。

居然有人偷拍、監視我們。

恐懼頓時襲來，我渾身顫抖。

「我不知道是誰傳給總經理的，因爲我跟亦霄比較熟，所以今天總經理私下問我，亦霄是不是……跟未成年少女同居……」她說得吞吞吐吐，似乎難以啟齒。

我的腦袋轟地一響，被炸得一片空白。

「我跟總經理解釋，你們單純只是師徒的關係而已，可是他好像不太相信。而年底到了，公司對每個員工都會進行評比，這關係著年終獎金和升遷機會，要是亦霄鬧出醜聞，那可就不好了。」她嘆了一口氣，語氣聽起來很擔心，「再說……這種事若是傳到妳的學校……」

「湯小姐！」我打斷她的話，再也忍無可忍，「我們約個時間當面談談好嗎？」

「好啊，當然可以。」她輕笑。

「星期六中午，地點……」我報了一家咖啡廳的名稱。

掛了電話，我對著螢幕發呆，心情交雜著氣憤、委屈，以及各種說不清的感覺。

不知道過了多久，我回神戴上耳機，低喚：「方硯寒。」

「我在。」方硯寒沒有離開，「照片可以傳給我看嗎？」

「好。」我的聲音帶點哽咽，拿起手機將照片傳給他。

隔了一會，看完照片的方硯寒開始分析：「人言可畏，即使眞相不是如此。不過，你們又不是什麼大明星，偷拍你們沒有好處，唯一能得到好處的人只有前女友，八成是她自己偷拍、自己去告密，一切都是自導自演。」

「我很認眞地在學電腦，師父也很用心地在教我，我的兩個哥哥都很信任他，她憑什麼這樣汙衊我們？」我的眼眶一陣發熱。

「因爲她沒有復合成功嘛。」

「咦？」

「如果成功了，她何必又使出這麼卑鄙的招數，連溫亦霄都想毀掉？」

「說的也是……」如果她跟師父復合了，怎麼會讓他的名譽受損？

「所以，妳師父目前應該還是單身，如果他眞的跟這種女人復合了，那就證明笨蛋會互相吸引，以後還會生下一堆小笨蛋。」方硯寒涼涼地笑。

「你不要亂講。」我忍不住抿嘴一笑。

「前女友的目的是要讓妳崩潰，只要妳心情越煩亂，她就越開心。」

「我明白。」我深深吸了一口氣，「星期六我會當面跟她把話說清楚。」

「不管前女友用多漂亮的話攻擊妳，妳都要冷靜思考她的用意。」

「知道了，我絕對不會輸給她的！」

「氣勢不錯嘛，妳有對策嗎？」

「呃……我先上網搜尋一下。」我垂頭嘆氣。

「哈哈，加油吧。」方硯寒給我一個鼓勵，說完便下線讀書了。

我毅然打開電腦，將手機接上傳輸線，把照片轉存到電腦硬碟裡。

Vanilla是我以前的師父，暗界大魔王溫亦霄是我現在的師父，這兩人都是資訊科的強者。

他們教會我的基本能力，正是上網搜尋啊！

星期六中午，我背著跟大哥借來的筆電，手提湯雅郁送的化妝盒，提前來到約定的咖啡廳。

這間店我和沈雨桐來過幾次，鬆餅很好吃，價位也不會太高。

昨天我已經打電話預訂好位置，服務生領著我來到最裡面的角落座位，我背對其他客人面向牆壁，在桌子的外側坐下，這樣一來，湯雅郁便只能坐在內側，面向整個店內空間和櫃檯。

如果我們發生爭執，她將直接承受客人們的目光，而我只要不回頭，應該可以稍微頂住壓力。

我把化妝盒擱在旁邊的椅子，拿出筆電放在桌上，向服務生點了飲料和蜂蜜鬆餅。可惜沒什麼心情吃，於是我乾脆上線玩遊戲，緩和緊繃的情緒。

「沄萱妹妹，好久不見！」

約莫等了半個小時，前方的椅子被拉開，湯雅郁滿面笑容坐下來。

我抬頭看她，她穿著性感的連身小洋裝，長髮燙成大波浪鬈，妝容精緻、氣質高雅，連我這個女生看了，都被她吸引住目光好幾秒。

「雅郁姊午安。」我揚起微笑，提醒自己不能顯得不耐。

「抱歉，我遲到了。」湯雅郁的眼裡閃過一絲驚訝。

「沒關係，我也剛到不久。」我闔上筆電擺到旁邊，拉過那盤一口都沒動過的蜂蜜鬆餅。

湯雅郁翻著菜單，伸手招來一名男服務生，點了壺水果茶。

「中午了，雅郁姊不點些東西吃嗎？」

「不了，聖誕節和亦霄吃了太多大餐，胖了一公斤，要趕快減回來。」

「跟師父一起過聖誕節，一定很開心吧？」我的口氣盡是羨慕，一邊伸手將蜂蜜淋在鬆餅上面。

「嗯，當然開心嘍。」她注視著我，表情有些懷疑。

「對了，這個化妝盒……」我拿起化妝盒推到她的前面，「我一直沒有拆封，因爲眞的用不到，可是這麼漂亮的東西不能物盡其用太可惜了，所以我想把它還給妳。」

每次看見這個化妝盒，慘遭她狠削的回憶就會被勾起，我實在不想留下。

「沄萱妹妹，退回人家送的禮物很沒禮貌呢。」湯雅郁的眼神冷了下來，但表情和聲音依然保持甜美。

「我原本拒絕了，我有說我不會用到化妝盒，是妳執意要我收下……其實送禮也要看合不合適吧？如果妳送我一支搖桿，我絕對會開心得跳起來。」

噗。

背後忽然響起竊笑聲。

我愣了愣，側頭以眼角餘光掃了一眼，和我背對背坐在後面那桌的，是一個穿著連帽運動外套、用兜帽把頭蓋住的男生。

偷聽別人說話很沒禮貌，不過我也無法確定那個男生剛才是不是在笑我。

「反正送出去的東西，我是不可能再收回的，妳不喜歡就轉送給別人吧。」湯雅郁一副毫不在意的樣子，把化妝盒又推還回來。

「那我轉送給住在我家公寓一樓的阿姨好了，她常常幫我們代收包裹。」

「隨便妳。」

「謝謝，這樣我就放心了。」我將化妝盒放在桌邊，用叉子叉了一塊鬆餅享用。

湯雅郁優雅地端起茶杯，喝了口水果茶，視線落在我的左手腕上，語帶苛責：「沄萱妹妹，亦霄和他妹妹一直很懷念媽媽，以前也常跟我提起，那個金鎖妳最好趕快摘下來，讓我帶去還給亦霄。因爲聖誕節那天，亦霄被妹妹罵了，說他怎麼可以把媽媽的重要遺物送人。」

「雅郁姊。」我的心一凜，小金鎖的問題來了，「媽媽的愛是不是最偉大的？不管媽媽去了哪裡，都會永遠愛著自己的孩子吧？」

「那當然。」

「既然如此，妳覺得沒有這個小金鎖，溫媽媽就不愛她的孩子了嗎？」

湯雅郁啞口瞪著我。

「我相信溫媽媽在天堂裡，一定時時刻刻都保佑著自己的孩子。」我低頭注視手鍊，腦海裡浮現溫亦霄提及母親時，那流露出淡淡感傷的眼神，「只要師父和他妹妹時常想著媽媽，他們的心就緊緊相連在一起了。」

「亦霄和他妹妹思念母親，跟妳拿走有記念價值的遺物，這是兩件不同的事！」她的聲音微微拔高，目光往旁邊瞄了一下，我的後方似乎有客人在注意我們，於是她降低音量，「什麼事該做，什麼事不該做，妳眞的搞不清楚耶。」

「我很喜歡這個小金鎖，想要好好地收藏它，妳就當我是白目吧。」

「妳爸媽到底是怎麼教妳的？」她咄咄逼人。

「我們先談照片的事。」我把餐盤移至旁邊，空出位置擺放筆電，然後開啟一個小程式，將偷拍照拉到程式裡，螢幕上立刻跑出一長串的數據。

「妳看一下，這是偷拍照的EXIF資訊。」我把螢幕轉向她。

「這是什麼？」湯雅郁一臉疑惑。

「EXIF是數位相片的拍攝參數。」說起與資訊相關的東西，我的精神和自信都來了，「當我們使用手機或數位相機拍照時，照片檔會記錄下拍攝時的各種參數，包括拍攝日期、相機型號、光圈、快門、焦距等等，如果手機有開衛星定位，照片還會記錄下GPS定位的資料。」

湯雅郁默不作聲，似乎聽得十分專注。

瞧她那麼認眞，我忍不住再舉例：「例如之前有個部落客發表了一篇保養品的業配文，附上三張照片，第一張是使用保養品前，第二張是使用幾天後，第三張則是兩個星期後，她臉上的痘疤都不見了。可是後來有網友透過照片的EXIF資訊，查出那三張照片都是同一天拍的，時間甚至相隔不到五分鐘。」

「那妳查到了什麼？」湯雅郁漂亮的大眼睛微瞇，盯著螢幕上的數據。

「我用EXIF檢視軟體調出三張偷拍照的參數，這個表的第一格是相機機型，偷拍者用的是Canon相機，型號爲……」我念出相機型號，以及使用何種變焦鏡頭。

「然後呢？這個參數有記錄下拍照者的名字嗎？」

「沒有。」

「那妳想表達什麼？」她輕蔑一笑。

「無法得知拍攝者是誰，我也因此沮喪了兩天，不過昨晚我靈機一動，突然想到一個東西。」我打開筆電的光碟機，裡面置入了湯雅郁之前給我的照片光碟。

湯雅郁垂下眼簾，視線一觸及光碟片，她的笑容頓時僵了一下。

「啊，妳還留著……」她佯裝驚喜，迅速伸手想拿走光碟。

啪。

我很快闔起光碟機，不給她任何機會。

握著滑鼠，我打開光碟裡的最後一個資料夾，裡面有四張照片，是大學畢業的溫亦霄身穿學士服，跟湯雅郁在校園裡的自拍照。

我將照片拉到EXIF檢視軟體裡，程式立刻跳出各項參數。

「雅郁姊妳看，這幾張照片跟偷拍照所用的相機型號相同，而這款相機是五年前的機型，現在已經停產了，只能在拍賣上找到二手的。」我微笑說明，「我想，師父不喜歡拍照，這台相機應該是妳的吧？」

「Canon是大廠牌，使用的人非常多，就算我當年擁有同款相機，也不能認定我是偷拍者。」湯雅郁冷冷一笑，態度恢復鎮定。

「的確不能就此認定，不過……」我再打開修圖軟體，把偷拍照和畢業照都丟進去，調整為負片模式。

所謂的負片模式，是指將彩色照片轉換成如傳統相機般的黑白底片模式。

我放大變成黑白兩色的照片，用畫筆工具圈起五個白色小點，那些小點大小不一、亮暗不同，分布在照片各處，其中一個呈半月形。

在黑底的襯托下，白色小點看起來特別明顯。

「妳知道這張照片裡，爲什麼會有五個白點嗎？」我仍面帶笑容。

湯雅郁沉默不語。

「因爲妳的相機鏡頭入塵了。」我愉快地公布答案，像是揭曉沒有人猜中的謎底一樣。

湯雅郁愣了一瞬，似乎在思考「入塵」是什麼意思。

「相機使用一段時間後，常會有小微塵跑進鏡頭裡，沾附在感光元件上，因此拍出的照片容易有髒髒的黑點，但在彩色照片裡，這些黑點有時候很難被看出來，得把相機對著白紙拍照，才比較容易發現。」

湯雅郁抿緊雙脣，似乎已經猜到我即將要做的事。

我把畢業照和偷拍照重疊在一起，一張一張切換，可以發現，每張照片都有五個一模一樣的白點，並且在同樣的位置上。

「這世上絕不會有這麼巧合的事，兩台不同的相機裡灰塵沾附的位置完全相同，還都有一顆呈半月形。而且我只圈起了比較顯眼的點，如果仔細找的話，還會找到更多小雜點。」我下了一個她無法反駁的結論。

湯雅郁面無表情地拿起茶壺，往杯子裡倒茶，手指卻在顫抖。

我提出要求：「麻煩妳不要再騷擾我了，還我一個清靜的空間，如果妳再繼續下去，我大哥有不少律師級的客戶，他們會找妳聊聊的。」

「哼！」她不屑地撇脣，硬是轉移話題，「前幾天我問亦霄，他是不是喜歡上妳了？」

我頓時慌了，害怕知道溫亦霄對我的感覺。

「亦霄說妳只是他的徒兒，跟妹妹一樣。」

溫亦霄的答案令我的心緊緊擰了下，呼吸也一滯。

「沄萱妹妹……」她端起茶杯，紅脣勾著刺目的微笑，「妳爸媽知道妳喜歡一個大妳九歲的男人嗎？他們知道妳喜歡上電腦老師，心裡會怎麼想呢？會讓妳繼續跟亦霄學電腦嗎？還是會覺得亦霄在誘拐未成年少女？」

聽了她的威脅，我冷冷地說：「師父都已經拒絕跟妳復合了，妳爲什麼不肯面對現實……」

話還沒說完，微溫的液體潑上我的臉，同時周圍響起一片驚呼聲。

我下意識低頭，驚見筆電的鍵盤被水果茶淋到了，於是趕緊按住電源鍵，強制讓電腦關機。

「呵呵……蘇沄萱，妳的照片推理眞精彩。」背後傳來再熟悉不過的男聲，接著響起椅子被推開的聲音，「倒是一個二十多歲的大人，威脅十七歲的高中生，丟不丟臉啊？」

眼角餘光瞥見一道身影，我倏地轉頭看向對方。

方硯寒拉下頭上的兜帽，表情冰冷。他右手搭在我的椅背上，動作帶了點保護的意味。

「你是誰？」湯雅郁防備地問。

「這位阿姨，我叫方硯寒，是沄萱的學長。」他露出無害的笑容。

「你叫誰阿姨？」

「叫妳呀，其實我很想叫大嬸，不過我怕被妳潑茶，才改叫妳阿姨。」

「你這個人怎麼那麼沒禮貌！」湯雅郁徹底被激怒了，年齡和外貌果然是多數女人的死穴。

我仍然掛心著筆電，不停地抽衛生紙擦拭鍵盤上的茶水，深怕大哥的筆電裡有重要資料，要是壞了就糟了。

方硯寒酷著臉質問她：「妳當眾潑人家一臉茶，把人家的筆電弄壞了，這行爲難道比我更有禮貌？況且她做錯了什麼？」

「她……勾引我的男朋友！」湯雅郁胡亂指控，顯然已經失去理智。

店裡的其他客人開始竊竊私語。

「這位阿姨……」方硯寒的眼神更加銳利。

「不要叫我阿姨！」湯雅郁憤而拍桌，怒目瞪視他。

「她只是喜歡上前幾年家中因故破產，被妳提分手拋棄，目前還單身中的妳的前、男、友，喜歡一個人有錯嗎？」

「你在亂講什麼！」湯雅郁尖叫一聲，氣得整個人跳起來，「我沒有拋棄亦霄！」

「方硯寒……」我的腦子裡亂成一團，急忙起身拉住方硯寒的衣服，擔心事情會越鬧越大。

「妳可不要翻桌或摔盤子，四周有好幾支手機對著我們呢。」方硯寒抬起左手擋在湯雅郁面前，右手緊緊摟住我，我感覺到他的身體十分緊繃，「阿姨，妳想要跟前男友復合，就把這個女孩當成假想敵，天天打電話騷擾人家，還偷偷跟拍人家，這是一個成熟大人該有的行為嗎？」

「這是我和她之間的事，你這閒雜人等管什麼？」湯雅郁尖著嗓音，扭曲的面孔早已失去原本的優雅美麗。

「因為妳的手法太不要臉了。」方硯寒毒舌模式全開，「妳希望和前男友復合，應該滾著跪著去求他，為什麼要反過來欺負無辜的人？這不是很奇怪嗎？」說著，他一副恍然大悟的樣子，露出危險的微笑，「啊，我知道了，因為妳是笨蛋，才會搞不清楚狀況……」

「冷硯！」語帶斥責的男聲從店門口的方向傳來。

我轉頭看去，溫亦霄竟然站在那裡，嚇得我渾身直冒冷汗。

師父為什麼會來？

「抱歉，打擾大家用餐了。」溫亦霄低聲向店內的客人們道歉，緩步走到我們的座位旁。

湯雅郁一秒落淚，撲進溫亦霄的懷裡哭得楚楚可憐，好似被我們欺負得很慘。

我不知所措地看著溫亦霄，覺得我們的師徒關係可能到此爲止了。

「我是眞的很愛你……你回來我身邊好嗎？」湯雅郁啜泣著搥他的胸膛，「你以前說過要娶我的……你怎麼沒有做到……」

溫亦霄滿臉複雜擁著她，一手輕拍她的背部，柔聲安撫：「好，那我們結婚吧。」

「眞的嗎？」湯雅郁從他懷裡仰起頭。

「嗯，妳願意嫁給我嗎？」

「我願意……」

預料之外的發展令我震驚不已，心臟彷彿被刀劃過，痛得不能自抑。

忽然間，一隻手抓住我的左手，拉著我快步穿過走道，開門走出店外。

方硯寒帶著我來到附近的公園裡。

我站在廁所的洗手臺前，捧起水龍頭的水，將自己的臉洗乾淨。抬頭一望鏡子，我的劉海和衣服胸前都還溼答答的，顯得有點狼狽。

洗完臉，我坐在長椅上，盯著前方的小水池發呆。

「天氣很冷，喝點熱的，暖暖身體。」方硯寒遞來一杯熱咖啡。

「我師父……怎麼會知道這件事？」我低下臉，沒有接過。

「抱歉，是我打電話叫他來的。」方硯寒坐下來，將咖啡放在我的身邊，「妳在生我的氣吧？」

我沒有回話，雖然心裡確實很生氣，不過還有別的情緒在翻騰，反而讓我呈現當機般的空白狀態。

「我知道妳想自己處理，不過那個前女友病得不輕，溫亦霄不出來面對的話，單靠妳的力量，能解決的問題有限。」

「你怎麼知道他的電話？」

「妳的手被烙鐵燙到那天，我用妳的手機打給溫亦霄時，就順便把他的電話記下來了。」

我沒轍地嘆氣，這傢伙的記憶力真的是怪物級的。

「雖然在遊戲世界裡，我很喜歡虐殺妳，但是在現實生活中，其實我……」方硯寒別開臉，盯著旁邊的草地，「比較喜歡妳開心地笑，所以我沒辦法默默坐著眼看自己喜歡的人被欺負，就算妳會因此討厭我。」

「我沒有討厭你……被湯雅郁潑茶時，我很感激你挺身保護我。」一股委屈襲上心頭，我的眼眶發酸。

「我們是單戀同盟，當然要互相幫助。」方硯寒坐過來，伸手勾住我，讓我的頭靠在他的頸窩處。

「單戀……同盟？」我哽咽。

「單戀一個人的心情，就是看到對方時欣喜無比，想到不能在一起時，心情又轉爲苦澀，苦澀得很想放棄，可是一見到對方的笑容，卻又不可自拔地深陷其中……妳喜歡溫亦霄的心情，我全部都懂。」

聽著他的聲音，強烈的心酸感湧現，我輕輕眨了眨眼睛，淚水滾落。

方硯寒單戀著我，我單戀著溫亦霄，我們的確是單戀同盟。

然而在愛情裡，不被愛著的人，是最孤單的。

我是不是傷他很深？

是不是應該要躲開……

「妳不要聽我說了這些話，之後就開始躲我。」他警告。

「咦？」我抬頭看他，又一次懷疑他有讀心術。

「被喜歡的人當瘟神一樣閃避，那可是比什麼都傷人。」

「我又沒有要躲你。」我心虛地否認。

方硯寒笑了笑，再次拿起咖啡遞給我。

我接過咖啡慢慢喝了一口：「剛才……我被師父的求婚嚇呆了。」

「我也是，我模擬過很多種狀況，就是沒有那一種，於是只能先帶妳離開現場。」

「我不知道該怎麼辦……」

「如果他眞的要結婚，妳就好好祝福他，讓這段感情有個美好的結束吧。」

「嗯。」我又哽咽了，腦海裡閃過溫亦霄擁著湯雅郁的情景，內心隱隱作痛。

方硯寒陪著我坐在公園吹冷風，我們有一搭沒一搭地閒聊，直到咖啡喝完。

來電鈴聲響起，方硯寒從口袋裡掏出手機，眉頭一挑：「妳師父打的。」他按下接聽，「喂？我和沄萱在公園……好，我們馬上回去。」

掛了電話，方硯寒起身：「妳師父說事情處理好了，叫我們回去。」

我也站起來，跟著他走回咖啡廳。

來到咖啡廳門口，溫亦霄靜靜站在屋簷下，手裡提著我的筆電和方硯寒的背包，身邊不見湯雅郁的蹤影。

不知道他們的婚事談得怎麼樣？

「我已經結帳了。」溫亦霄把背包遞給方硯寒。

「多少錢？」方硯寒接下背包，拿出皮夾。

「不用，我請你。」

「我不喜歡讓陌生人請客。」

「冷硯。」溫亦霄伸手壓住方硯寒掏錢的手，「我們早已見過面，不算陌生人。」

見他態度堅決，方硯寒把皮夾塞回背包，抿抿脣：「才見過一次面而已，愛請就給你請，不過我是不會領你這個情的。」

這傢伙的個性真是彆扭。

溫亦霄倒是笑了出來：「你呀……跟我想像中一樣，挺可愛的。」

聽到這句話，方硯寒露出微妙的眼神，似乎覺得溫亦霄這個人很奇怪。

「沄萱。」溫亦霄轉頭看我。

我緊張地眨眨眼，雙手絞著衣角。

「妳知道我要罵妳啊？」

「師父……」我求饒。

「我以為雅郁只是向妳探聽我的事，沒想到她竟變本加厲騷擾妳，妳不該瞞著我。」

他搖頭嘆氣。

「我不想讓你擔心。」我沮喪地垂頭，忍不住鼻酸，「你們……要結婚了嗎？」

「嗯。」

「恭喜……」

「可是她半個小時後就悔婚了。」

「啊？」我倏地抬頭，「為什麼？」

「她使了那麼多心計，不就是為了跟你復合嗎？」方硯寒也一臉不解。

「結婚表面上是件浪漫的事，實際上卻是很現實的。」溫亦霄望向天空，語氣帶著一抹淡淡惆悵，「我跟她分析結婚後將面臨的現實，關於經濟、孩子、工作、生活方面，她目前所擁有的一切可能都會被剝奪，她認清這些後，就決定不跟我結婚了，也承諾不會再騷擾妳了。」

「我不懂，無論是經濟、孩子、工作，還是生活，不全是需要兩人一起努力的嗎？」我轉頭尋求方硯寒的意見。

方硯寒沒有搭話，只是再次用微妙的眼神打量溫亦霄，心裡不知道在想什麼。

「我想回去休息了，沄萱要坐我的車回家嗎？還是要跟冷硯去玩？」溫亦霄又問。

「我得回家讀書。」方硯寒推推我的頭，「今天爲她浪費了好多時間。」

「那我跟師父一起回家。」你可以不來呀，我又沒有強迫你——這句話我說不出口，因爲方硯寒所做的一切都是出於關心。

「冷硯，考試加油。」溫亦霄拍拍方硯寒的肩，轉身走向停在路邊的轎車，打開駕駛座的車門坐進去。

我正要開副駕駛座的車門，方硯寒突然扯住我的手臂，低頭在我耳邊說：「妳師父求婚失敗，心情好像很鬱悶。」

「感覺得出來。」

「他看起來像在硬撐。」

我明瞭地點點頭，坐進車裡，揮手向方硯寒道別。

溫亦霄踩下油門，轎車平穩地行駛在路上，這是我第一次搭他的車。

車內很靜，沒有播放音樂，讓我非常不自在。我不斷覷著他的側臉，他凝視路面的眼神很冷，嘴脣抿成一條線，渾身透出疏離感，像是連心都失去了溫度。

「妳想說什麼嗎？」溫亦霄冷不防出聲。

「我想說……」我尷尬地搔搔臉頰，「我會找湯小姐出來談，是因爲聖誕節隔天，她傳了幾張照片給我，後來又傳了偷拍照。」

「聖誕節前幾天，雅郁從人事部那裡得知我連休，於是在聖誕節晚上帶著禮物來拜訪我妹妹。大家都是舊識，她以前也照顧過我妹妹，我們自然就留她下來吃飯了。後來大家小酌，聊到半夜，她喝得有點多，跟我說了不少事……關於過去的回憶，以及對未來的想法。」

「她想復合對吧？」

「嗯，因爲時間很晚了，她也喝醉了，我才讓她過夜。隔天大家一起出去走走，她對我示好，我即使想迴避，也不好當眾令她難堪，這樣會破壞大家出遊的興致。雅郁了解我的個性，這大概也是她的一種手段。」他神情無奈。

我這才明白，原來湯雅郁那天是主動纏著溫亦霄。

「師父後來是不是拒絕和她復合？」

「嗯，出遊回來後，我送她去車站搭車，當時明確地拒絕她了。」

方硯寒又說對了，湯雅郁是因爲提復合失敗，才會傳偷拍照給我。

「那湯小姐眞的把偷拍照傳給總經理了嗎？」我擔心地問。

「傳了。」溫亦霄嘴角微微勾起，「不過大老闆是我的大學外系學長，我可是因爲他千拜託、萬拜託，打了二十幾通電話懇求，才來這家公司幫忙統整他們的爛系統。我想做什麼，連大老闆都管不了，總經理能對我怎樣？」

哇！暗界大魔王就是不一樣，連大老闆都不放在眼裡。

我眨眨眼睛，不讓自己露出崇拜的傻樣，想了想又問：「師父……你和湯小姐分手的原因到底是什麼?」

「我想妳應該已經見識過雅郁說話的厲害,她可以把一件芝麻小事渲染成很嚴重的事,不順她的意就彷彿愧對天地。」

「她的理由都很正當,讓我無法反駁。」我用力點頭。

「當年我課業和打工兩頭燒,無法常常陪在她身邊,她正是用那種方式,每天不停地指責我,似乎不陪伴她是全天下最大的錯誤。」他苦笑著停下車子,在十字路口前等候號誌轉爲綠燈,「打個比方,就像妳不好好讀書,就是對不起妳家的列祖列宗,也對不起每天載妳去上學的公車司機,更對不起福利社賣便當給妳的阿姨。」

「公車司機和福利社阿姨關我屁事?」我覺得這實在太扯了。

「是啊,關我什麼事?」溫亦霄說得無奈,「但她就是可以用一百種理由來控訴我的不是,從來不曾選擇包容和理解,讓我很痛苦。」

「我可以體會那種痛苦,前段時間我的心情非常煩躁,每天晚上都很怕接到她的電話。」我感同身受。

「先前我一直跟她保持距離,就是因爲了解她的個性,怕自己會再度受傷。可是我並非無情之人,過去跟她交往了那麼久,對她還是存有一些舊情,所以剛才看她哭成那樣,我眞的心軟了,想好好補償她,重新開始。結果……反而使我更加看清現狀,現在我對她僅存的感情也都消失了,再也沒有任何牽掛。」

方硯寒又猜對了。

溫亦霄是認眞地想跟湯雅郁結婚，但湯雅郁不知出於什麼原因反悔了。

不願結婚的理由可能有哪些？

「那……湯小姐爲什麼悔婚？」我追問，雖然師父說是考慮到現實問題，我仍認爲這個理由有些籠統。

「因爲被我嚇到了。」

「嚇到？」我歪頭，不解地看著他，「難道師父有什麼隱疾，不能生小孩……」

「我現在很健康，沒生病喔。」溫亦霄笑了。

「還是……你有龐大的負債？」

「也沒有，不過我擁有的東西妳都看得到，就樓上那些。」

「我覺得很好啊，東西少好打掃，我的財產也只有一個房間，二哥老說我是米蟲。」

「我們師徒好可憐。」

「可是跟師父在一起很快樂呀。」

「能遇到妳這樣的徒兒，我也很幸運。」他側頭看我一眼，眼神不再冰冷，「對了，潑到茶水的筆電我會負責處理好。」

「拜託師父一定要把大哥的筆電救回來。」我雙手合十，「不然他以後可能不會再借我東西了。」

「那妳先說說看，妳怎麼證明雅郁是偷拍者的？」

「我檢視了照片的EXIF……」我說出查證的過程。

「很厲害嘛。」他微笑稱讚。

「那當然！因爲我是你的徒兒呀。」我拍拍胸口，笑得開懷，「那……我可以再問你一個問題嗎？」

「問吧。」

「你送我這個小金鎖，是不是被妹妹罵了？」我亮出左手的手鍊，要是他眞的被妹妹罵了，那還是物歸原主比較好。

「沒有，只是被她調侃而已。」他側頭看我一眼，嘴角微彎，笑得很神祕。

「調侃什麼？」我好奇。

「沒什麼。」他不肯回答。

「那這個手環……是不是一對的？」

「嗯。」

「另一個小金鎖上面刻了什麼字呢？」

「刻了長命、百歲。」

「長命百歲啊……」我低下頭，心跳不禁加速，「這樣……剛好你一個、我一個。」

「我們師徒的感情就不會散。」他笑笑接口。

十七歲的喜歡，眞的好簡單，光是聽他這麼回答，我就高興得心花怒放。

不過師父啊……

其實我很貪心，貪心地希望你能等等我，等我再長大一點，我會變得更成熟、更獨立，能力也會更好。

到時候，可不可以讓我當你的女朋友？

第十二章　香草再臨

元旦過後，新的一年開始，湯雅郁徹底從我的生活中消失了。

她不再打電話來，而我跟溫亦霄學電腦時，也不再見到他皺著眉頭接電話。

VAN後來重新上線了，他每天一樣會接我的挑戰書，跟我對戰三場。

自從了解搶幀和騙招的技巧後，我試著練習讀幀，思考香草師父每一招的用意。

除此之外，我的學業成績也進步了，這都要歸功於溫亦霄，是他讓我讀書更有目標和動力。

期末考結束，寒假的第一天，也是大學學測的第一天。

早上我傳訊息給方硯寒，爲他加油打氣。

下午開啟遊戲機上線，我正想打排位戰，螢幕上忽然跳出一則語音交談的邀請。

我眨眨眼睛，仔細看著那個帳號，再揉揉眼睛，確定自己沒有看錯，然後興奮地戴起耳機，按下確認鍵。

「是御皇大哥嗎？」我的聲音有些顫抖。

「小蘿莉，好久不見！」御皇焱的嗓音傳來。

「啊啊啊——」

「哈哈哈……」

「你怎麼會回來？」

「幾個小姪子放寒假來我家玩，一直喊無聊，在下只好掏出壓箱寶給他們解解悶。」御皇焱笑著解釋。

「我好想念你們。」我的心裡滿是感慨。

「不好意思，那時候遇到真命天女，在下怕錯過了這個就沒有下一個，決定使出百分之兩百的戰鬥力追求她，所以漸漸沒空打電玩了。」

「後來有沒有追到？」

「有啊，我們的兒子都一歲了。」御皇焱開心地笑。

「御皇大哥以前常說自己是魯蛇，現在明明就很幸福嘛。」

「哈哈……阿宅沒什麼本錢，遇到一個不嫌棄自己的乖女孩，就馬上娶回家了。妳呢？應該是高中生了吧？」

「我高二了，你不能再叫我小蘿莉。」

「叫小蘿莉比較習慣嘛。」他又笑了兩聲，「我剛剛看了下好友名單，紅蓮閻魔和轉角遇到鬼好像也沒再上線了，冷硯最後一次上線是去年年底。」

「你離開之後，紅蓮閻魔畢業出國進修，轉角遇到鬼跟一家大公司簽了實習約，兩人變得很忙，於是都沒有再出現了。冷硯其實也一度消失了兩年，直到去年夏天，我在火車上遇到他……」我簡單說明跟方硯寒同校的事，「他最近沒上線，是因爲閉關準備大學學測。」

「哇！妳跟冷硯太有緣了，什麼時候發喜帖呀？」御皇焱調侃。

「他老是喜歡虐殺我，我們只有挑戰書，沒有喜帖。」我冷哼。

「這妳就不懂了，有些男生小時候特別喜歡欺負心儀的女生，直到長大後才明白那就是愛。其實冷硯很早就喜歡上妳了，不過本人死不承認啦，哈哈哈……」

「呵呵……」我乾笑兩聲，其實他已經承認了，可還是以虐殺我爲樂。

「這幾天我剛好結束一個案子，沒什麼事，要不要約冷硯出來，我們三個見個面敘敘舊？」

「好啊！」我十分高興，「我晚上跟冷硯討論一下時間。」

「等妳的消息。」

傍晚，我打電話給方硯寒，告訴他御皇焱再次上線的消息。

方硯寒聽了也非常驚喜，我們很快和御皇焱約了一天見面。

約定日當天，我搭火車到臺北車站跟方硯寒會合，兩人再一起搭車前往聚會地點。

踏進裝潢洋溢中國風的茶飲餐廳，我報出御皇焱的本名，服務生領著我們走到裡面，進入一個半開放式的小隔間。

「小蘿莉、冷硯，好久不見。」御皇焱滿面欣喜，立刻起身跟我們打招呼。

「御皇大哥，好久不見。」我綻開笑容，瞥見店員聽到「小蘿莉」三個字時，用懷疑的眼神瞄了我一眼。

「御皇大哥，真的好久不見。」方硯寒嘴角輕勾，露出酷酷的笑容。

打從小六那年的PK賽之後，我們已經五年多沒見過面，在網路上則失聯了三年，御皇焱的模樣變得成熟穩重，身材也圓了一圈，身穿休閒衫和西裝褲，像個事業有成的小老闆。

「我已經不是小蘿莉了。」現實生活裡被人這樣喊，讓我怪不好意思的。

「可是妳有長高嗎？」御皇焱伸手比劃我的身高，「怎麼好像跟PK賽那時差不多高。」

「噗。」方硯寒沒品地噴笑。

「我有長高十五公分啦！」我用手肘撞了方硯寒的腰間一下。

「哈哈哈……雖然只長高了十五公分，不過女大十八變，變得漂亮了。」御皇焱好心地安慰我，再轉頭看方硯寒，伸手搭住他的肩頭，「冷硯，你當年只比小蘿莉高一點，現在竟然長得比我高，而且這顏值……一定很多女生倒追吧？」

「我對倒貼的雜魚沒興趣。」

「哈哈哈！你還是這麼猖狂！」

「他很過分耶，都說女生是雜魚。」我拉開靠內側的椅子坐下。

「妳問御皇大哥，他的眼裡是不是只有老婆，其他女人再漂亮，也統統看不上眼？」方硯寒神情無辜。

「這……」御皇焱怔了一下，隨即笑了，「也對啦，其他女人在我的眼裡也可以說全是雜魚。」

「對我來說，目前只有妳是BOSS級的。」方硯寒推推我的頭，跟著拉開我旁邊的椅子入座。

「喲，推倒了嗎？」御皇焱問得曖昧。

「還在推，她皮厚血多又附帶補血技，要慢慢打。」

「你才皮厚血多。」我側頭瞪方硯寒一眼。

大家坐定後，御皇焱點了一壺烏龍茶，我和方硯寒則分別點了珍奶和咖啡，再加上幾盤茶點和蛋糕，我們一邊喝著下午茶，一邊閒聊彼此的近況，笑聲不斷。

「御皇大哥現在是做什麼工作？」我好奇地問。

「我開了一間小小的廣告公司，專門設計廣告看板、大圖輸出、電腦割字等。」

「大老闆喔，難怪身材成長不少。」方硯寒壞心地奚落。

「我這是幸福肥。」御皇焱呵呵笑，伸手拍拍肚子。

「你有老婆和兒子的照片嗎？」我又問。

「當然有！」御皇焱掏出一台平板，擺在桌面中央，開啟相簿給我們看。

畫面上有一位外貌秀氣、笑容相當溫柔的長髮女人，她的手裡抱著一個可愛的小男孩。

「哇！你的老婆長得好正，難怪你那時候會放棄打電玩，非得追到她不可。」我揶揄。

「幸好兒子比較像媽媽，沒有遺傳到你。」方硯寒依舊毒舌。

「是啊，我老婆那麼優，像她才好！」御皇焱顯然十分引以為傲，再讓我們看了好幾張照片，「這張是我們全家去墾丁度假時拍的，我兒子那天剛學會叫爸爸。」

「御皇大哥，你會不會笑得太閃了？」方硯寒瞇起眼睛，假裝被閃得睜不開眼。

「對呀，眼前一片白光，什麼都看不到。」我伸手在面前亂揮。

知道昔日戰友現在過著美滿的生活，我打從心底感到高興。

不知香草師父是不是跟御皇焱一樣，也已經結婚生子，過著幸福快樂的日子？

「對了，冷硯，你學測考得怎樣？」御皇焱換了個話題。

「應該還可以吧。」方硯寒回答。

「我記得你想讀醫學系？」

「嗯。」

「弑夜呢？」

「我念資訊科。」

「追隨師父的腳步啊。」御皇焱笑了笑，「那妳的兩個哥哥呢？」

「我大哥在銀行工作，二哥正在讀研究所。」我拿出手機，打開上禮拜二哥過生日時拍的照片。

照片中，身為壽星的二哥坐在沙發中央，前方的茶几上擺了一個蛋糕，我和大哥分別坐在二哥的左右兩邊，溫亦霄負責幫我們拍照，後來大哥也拉他入鏡，我們四人合拍了一張照片。

「這張照片裡，中間是我二哥，右邊是我大哥。」我把手機擺在桌面，指著照片裡的人。

「我記得，當初PK賽妳打贏我時，妳二哥簡直高興到快瘋了，令人印象深刻。」御皇焱看著照片笑道。

「對呀，好像是他打贏了一樣。」方硯寒有同感。

「看得出來妳哥哥很疼妳。」

「那只是表面上，我二哥平常老是欺負我。」我的指尖輕觸螢幕，又往下滑了幾張照片給他們看。

「咦？」御皇焱忽然抓起我的手機，返回前一張照片，拿到眼前仔細查看。

「怎麼了？」

「妳……跟Vanilla還有見面？」

「Vanilla？」

「就是香草殿下。」

「沒有，師父不曾回來過。」我愣愣搖頭。

「可是……」御皇焱把手機螢幕轉向我，指著四人合照裡的溫亦霄，「妳有跟他合照啊？」

我傻住了，一時反應不過來。

「這個人是Vanilla？」方硯寒猛地抓住御皇焱的手腕。

「看起來很像，妳有他的其他照片嗎？」御皇焱有點不確定。

「有。」我顫著手接過手機，找出我跟溫亦霄的合照，再把手機遞給御皇焱。

御皇焱仔細打量溫亦霄的臉，語氣轉為篤定：「這張照片拍得很清楚，確實就是Vanilla。我在御夢幻境是元老級的，跟他在地下街PK過兩次，紅蓮閻魔和轉角遇到鬼跟他約戰時，我也曾經去湊熱鬧，算一算，我總共見過他五次。他那張帥臉，任誰看了都會印象深刻，我不可能認錯的。」

御皇焱的話像顆炸彈在我的腦內引爆，炸出一大片空白後，更多紛雜的思緒又瞬間湧入，阻塞住我的思路。我張著嘴巴，半晌說不出一個字。

「他真的是Vanilla？」方硯寒再次確認。

「嗯。」御皇焱點頭，「這到底是怎麼一回事？」

「他的名字叫溫亦霄，是弒夜家的房客，目前在一間大公司擔任資訊部經理，大概是去年暑假來租屋的……」方硯寒幫我把溫亦霄的事解釋一遍，「他還收弒夜當徒弟，教她組電腦寫程式，不收學費。」

「小蘿莉，妳問過這位房客以前有沒有玩遊戲機嗎？」御皇焱問。

「他剛搬來時，某天我的電腦因為突然停電而故障，那時他進了房間幫我修電腦。」我說明那天的狀況，想起溫亦霄站在書架前的情景，「他有抽出香草師父送我的《生存格鬥4》典藏版，看了一眼又放回去。」

「若不是彼此很熟悉，照理說應該不會隨便亂動別人家的東西，那個典藏版是不是有什麼特別的地方？」御皇焱提出自己的看法。

「盒子上有Vanilla的簽名。」

「難怪……他看到自己的簽名，當下就知道妳是誰了吧。」

「是嗎？」我的心亂成一團，「總之，我好奇問了他喜不喜歡玩遊戲。」

「溫亦霄怎麼回答？」方硯寒接著問。

「他說玩遊戲很浪費時間，而且當時我對他提起香草師父鼓勵我學電腦的事，他批評我不該崇拜一個未曾謀面的人，還說香草師父可能是現實生活不如意的魯蛇，我非常生氣，忍不住激動地反駁他。」

「後來呢？」

「我說香草師父能影響我的人生，就跟比爾蓋茲和賈伯斯一樣厲害，不准他批評我的師父，結果他好像無言以對……過了一會，他的態度突然轉變，向我道歉，還要我跟他上樓一趟，不僅送了我兩個很貴的電腦零件，又讓我測試大老闆的電腦，測試完就收我為徒了。」

「如果我有個這麼維護我的徒弟，應該也會被感動。」御皇焱笑了，「而且收徒得負起教導的責任，他還不收取任何學費，這種吃力又賠本的事，一般人是不可能去做的。」

御皇焱的話確實有道理。

以前哥哥們懂的電腦知識比我多，他們都因為嫌麻煩而懶得教我了，更何況溫亦霄當時只是一個房客，跟陌生人沒什麼兩樣。

「後來我發現他喜歡喝香草咖啡，再度懷疑他是不是香草師父，所以問他以前眞的沒玩過遊戲嗎？」我停了一下，回想溫亦霄的答案，「他說他以前其實玩過網遊，還花了很多錢，你們應該都知道，香草師父不喜歡網遊的。」

「但他喜歡香草咖啡，這也太巧了吧？」方硯寒質疑。

「啊！」御皇焱突然想起什麼，「我記得轉角遇到鬼和Vanilla打PK賽時，曾經問Vanilla，說他一個大男生，爲什麼會取香草這種暱稱？Vanilla回答，以前他媽媽很喜歡煮香草咖啡，在他的記憶中，香草的氣息就是幸福的氣息。」

「原來Vanilla這個暱稱是有涵義的。」我低頭看著手鍊上的小金鎖。

「小蘿莉，他應該是騙了妳，因爲他不想讓妳知道他的眞實身分。」御皇焱猜測。

「可是他的個性和說話的感覺，都跟香草師父完全不一樣。」

「很多人在網路上和在現實中展現出來的個性是不同的，像我現實中說話時，並不會刻意加上『在下』兩個字。」

「溫亦霄大四的時候，家裡發生了重大變故，這麼大的打擊多少會改變一個人的性情。」方硯寒說，他曾被綁架過，那件事的確深深影響了他的個性和想法。

「什麼樣的變故？」御皇焱好奇地問。

「大四的時候，他爸爸去世了，家裡因此出了不少問題……」我簡述溫亦霄當年的遭遇，「後來，他大學畢業入伍當兵，女朋友卻跟他分手了。」

「原來發生了這麼多事，怪不得他會說Vanilla是魯蛇，不值得妳崇拜。」御皇焱恍然大悟，「這麼說來，他當時的情緒狀況應該很糟吧？」

「嗯，他剛搬來的時候，整個人很清瘦，意志消沉，臉上都沒有笑容，待人非常冷漠。」第一次見到他時，感覺就像在跟一個沒有靈魂的人說話，「不過這幾個月來，他變得開朗許多，見到鄰居會微笑打招呼，上電腦課時，他本來挺嚴肅的，現在卻會跟我說笑。晚上來我家吃飯，他也經常跟我的兩個哥哥聊天，前幾天吃蛋糕的時候，他還說他胖了五公斤……」

「弒夜，妳……對那個房客……」御皇焱以微妙的眼神注視我，彷彿看穿了我對溫亦霄的心意。

我迴避他的視線，轉頭將目光投向方硯寒，他盯著桌面，顯得有點落寞，薄脣緊抿著，似乎很不甘心。

「我一直想不透，溫亦霄看我的表情總是很奇怪，好像跟我很熟一樣。」方硯寒的語氣滿是自嘲，「而且他都叫我冷硯，這是我在遊戲裡的暱稱，他卻喊得很順口，不曾用我眞正的名字稱呼，還說什麼欣賞我，現在我終於知道原因了。」

「Vanilla以前常稱讚你是聰明的小孩。」御皇焱試圖緩和氣氛。

「聰明?他明明把我當成笨蛋在耍！」

「他可能有苦衷，畢竟連弒夜都沒能和他相認，不是只有你而已。」

「哼。」方硯寒別開臉，表情微慍，「他明知道我……他什麼都知道的……」

我不知道該說什麼，我的心情跟他一樣混亂，許多疑問在腦中盤旋。默然收回目光，我又望向好像猜中了什麼的御皇焱。

「你們三個人的緣分從遊戲延伸到現實，眞是孽緣呀。」他一臉尷尬。

我明白他是在說我們之間的三角單戀，心頭不禁狠狠擰了一下。

「來來來，喝茶、喝茶。」御皇焱拿起茶壺，在我和方硯寒的杯子裡注滿清茶，「今天是屬於我們三人的聚會，其他事情暫且擱下，大家一起把茶言歡！」

後來，我們又聊了不少關於遊戲的話題，提到某個很有名、角色必須使用相機拍攝鬼魂、與鬼魂戰鬥的恐怖遊戲，現在都只以W遊戲機爲遊戲主機，所以X遊戲機無法玩到後續幾代遊戲，讓人深感遺憾。

還有另一個十分著名、以日本的陰陽師和民間故事當作背景的動作遊戲，只出到第二代就中止開發了，也令我們拍桌大呼可惜。

直到傍晚，這次的聚會才告一段落，互相加了臉書好友後，御皇焱開車載著我們去臺北車站搭車。

臨下車前，御皇焱對我說：「弑夜，Vanilla如果跟妳相認了，麻煩通知我一下，我也很想再跟他聚聚。」

「好，我們再聯絡。」我對他揮手道別。

「冷硯，你也別想太多，一切隨緣。」御皇焱又安慰方硯寒。

「我現在很想打爆老天爺，寫這什麼爛劇本。」方硯寒冷著臉，眼神充滿殺意。

我忍不住扯扯他的袖子，希望他冷靜些。

御皇焱離開後，方硯寒陪著我走進車站，來到售票大廳。

「妳幹麼哭喪著臉？」他伸手戳了下我的頭。

「我在想……回家後跟師父說出和御皇焱見面的事，究竟該問他是不是Vanilla呢？還是該繼續裝作不知情？畢竟他隱瞞這一切，就是不想讓我知道吧。」我的思緒依然混亂，不知該如何抉擇。

「妳真笨！」方硯寒伸手狠狠拍了我的頭，「那是他的問題，妳幹麼替他煩惱？」

「好痛！」我摀著被他拍疼的頭頂，「不然呢？」

「妳以前在遊戲裡喜歡上Vanilla，隔了這麼多年又喜歡上溫亦霄，這不就是命中注定嗎？」

是啊，的確像命中注定。

不管在什麼地方，不管用什麼身分相遇，我就是注定會喜歡上師父。

「而且溫亦霄早就知道妳是誰，也知道妳以前喜歡Vanilla吧？」

彷彿被一棒敲醒，我恍然驚覺這些日子以來，我不只一次在溫亦霄面前說過喜歡Vanilla，還說他是我的初戀、我的偶像，誰都無法取代。

我、我……我到底向他告白了幾次？

三次？

五次？

天啊！數不清了！

難怪溫亦霄吃飯時老是嗆到，原來是因爲我的告白。

「完蛋了！都是二哥害的，害我跟花痴一樣一直說喜歡他。」我糗得只想挖個地洞鑽到地心。

「這樣不是很好嗎？」方硯寒表情複雜，「溫亦霄已經知道妳的心意，那妳就不用再隱藏自己的眞心，而且他沒有迴避，反而待在妳身邊，這表示他不討厭妳，妳可以更大方地對他說喜歡。」

「更大方？」

「既然溫亦霄以爲刻意不說，妳就不會發現他的眞實身分，那妳正好將計就計，直接進攻呀。」

「可是……」

「身爲妳的單戀盟友，這是我的建議，因爲換成是我，我就會這樣做。」方硯寒伸手攬住我的肩頭，像哥兒們一樣，「幸好是在學測後知道這件事，否則我大概沒有心情考試了。」

「方硯寒……」我的心被他的話刺痛了。

「其實我很早就輸給殿下了，又不是被橫刀奪愛，妳不用對我感到抱歉。」他握住我的肩頭，將我往前推了一下，「快點回家吧，不准回頭，不然我會把妳抓回來，當眾讓妳難看。」

我背對方硯寒默默站著，很想回頭看看，可是又明白，他是不想讓我見到他此刻的表情。

躊躇了片刻，我艱難地邁步，緩緩走進驗票閘門。

不能回頭，不能辜負他的溫柔。

我不知道方硯寒是用什麼樣的表情望著我的背影，只知道，他現在所站的地方，是全世界最寂寞的地方。

站在家門前，我低頭看著地上，確定沒有溫亦霄的皮鞋後，不禁鬆了一口氣。

「哥，我回來了。」我踏進客廳。

「沄萱，吃過飯了嗎？」大哥一如往常地問。

「我吃飽了。」我快步進房，開啟電腦放入光碟，檢視湯雅郁給的照片。

先前看溫亦霄高中時期的照片時，他們兩人相愛的模樣令我備受打擊，所以我沒有繼續看下去。

後來處理偷拍事件，我只抓了最後面的畢業照來檢查，一舉便查出畢業照和偷拍照是用同一台相機拍攝的，因此中間還是有一部分照片沒看過。

我點開溫亦霄大學時期的照片，同樣全是甜蜜的情侶合照，不過湯雅郁已經退場，對我來說殺傷力也相對減弱了。

略過在戶外拍攝的照片，我針對溫亦霄待在家中的照片，仔細留意背景裡的所有物品。

有張照片裡溫亦霄滿面微笑坐在椅子上，湯雅郁從背後摟住他的脖子，兩人臉頰相貼，看起來既幸福又甜蜜。

我的視線下移，落到溫亦霄放在電腦桌的左手上，他的手裡握著白色的X遊戲機搖桿。

「找到了！」心臟狂跳起來，我先將那張照片另存到電腦裡。

接著，我再往後看，又發現一張溫亦霄和湯雅郁在用餐的照片，背景拍到了他的電腦桌，螢幕上是一個版面爲深藍色的網站，那個網站我再熟悉不過，就是御夢幻境。

除此之外，電腦桌最上層的書架整整擺了一長排的遊戲片，其中最明顯的正是《生存格鬥4》的典藏版，拍照時間是溫亦霄大三的時候。

這下子證據齊全了，溫亦霄確實是Vanilla。

「沄萱。」二哥的聲音在門外響起。

「來了。」我關閉螢幕，起身打開房門。

「有溫大哥的信件，妳拿上去給他吧。」二哥遞了一封信給我。

「不要啦，二哥，你拿去給他。」我推開二哥的手，因爲我還沒做好心理準備面對溫亦霄。

「我要洗澡，沒空。」

「又不差那三分鐘。」

「是啊，又不差那三分鐘。」二哥拿著信一拍我的額頭，「所以當徒弟的快點拿上去！」

「好嘛……」我一手摀著額頭，一手接過那封信。

來到頂樓，我深呼吸緩和忐忑的心情，伸手敲了敲門板。

隔了幾秒，大門打開，溫亦霄還穿著白襯衫，領口解開兩顆釦子，袖子捲到手肘處，渾身被溫暖的燈光包圍。

「師父，有你的信。」我低頭盯著地板，雙手交出信件。

「沄萱，妳又怎麼了？」溫亦霄沒馬上接過，似乎覺得我刻意不看他很反常。

「沒有呀。」我撒了謊，卻緊張地把信往前遞，不小心戳到他的胸口。

溫亦霄靜默了幾秒，轉身走進屋內：「妳過來，坐下。」

「我真的沒事，師父不要訓我話。」我脫掉鞋子跨進屋裡，怯怯地扯住他的衣角。

「那妳為什麼低著頭，不敢看我？」他雙手插腰轉身面對我。

「我沒有不看你，只是……」我只是很害羞。

慢慢仰起頭，我凝視著溫亦霄眉頭微蹙、帶點擔憂的臉龐，一陣熱氣湧上雙頰。

「妳的臉好紅，身體不舒服嗎？」溫亦霄伸出手，用手背貼著我的額頭。

我僵著身子不敢動，心跳的速度越來越快。

「體溫有點高，妳感冒了嗎？」他移開手，輕撫上我的左臉頰，彎下身看我。

「我沒有感冒，只是想到一些事。」我愣愣望進他溫柔的眼眸裡。

師父大笨蛋！

我的臉紅和心跳都是因爲你，你眞的不知道嗎？

「什麼事？」他偏頭追問。

「就……想到香草師父的事。」我在心裡嘟囔：你不要歪頭讓我覺得很可愛……

溫亦霄眨眨眼睛，顯然沒料到是這麼回事，他略顯愣然放開手，慢慢站直身子。

「我剛才突然很想念香草師父。」

「……」

「我好喜歡他。」

「……」

「眞的很喜歡他！」

「嗯。」他點頭，抽走我手裡的信。

「我眞的眞的很喜歡他！」我提高聲音。

「我知道，妳已經說過很多遍了，不用特地強調。」溫亦霄瞧著我，很快別開視線，轉身走到電腦桌前拿起美工刀拆信，嘴角抿著淺淺的笑意。

我發現他的耳根有一點點紅。

是害羞了嗎？

「這次跟以前不一樣。」我走到他身邊，雙手摀著熱呼呼的臉頰，低下頭，「我想要強調……我非常喜歡Vanilla，不管是以前的他……還是現在的他。」

溫亦霄手裡的美工刀停了一下，才繼續把信封劃開。他從裡面抽出一張卡片，默默讀起內容。

「我希望他天天都能快樂、生活一切順利，更希望這份心情可以傳達到他的心裡。」

「嗯，我收到了……」

我瞠大雙眼，倏地抬頭。

溫亦霄揮揮手裡的卡片，笑著說：「收到資訊安全會議的邀請卡。」

「喔。」我失落地垂下肩頭，看向他拿在手裡的卡片。

卡片上寫著邀請溫亦霄出席一場資安座談會，與學術界及工商業界人士一起交流最新的資安現況。

「弒夜徒兒。」耳邊突然傳來低沉的嗓音，「妳是怎麼認出我的？」

我的思緒驀地被抽空，一股委屈感湧了上來。

「妳的人生眞的開了一個大外掛。」

下一秒，我轉身撲進溫亦霄懷裡，緊緊抱住他，眼淚控制不住地掉了下來。

Vanilla終於肯認我了！

我泣不成聲，淚水浸溼了臉頰，身體也微微顫抖。

溫亦霄溫柔地拍著我的肩頭，一下又一下，逐漸撫平我激動的情緒。

不知過了多久，眼淚終於止住，哭到有點發暈的我放開他的腰，眨眨酸澀的眼睛，發現他的襯衫前襟都被沾溼了。

「對、對不起，弄溼你的衣服了。」我的聲音帶著沙啞。

「沒關係，我等一下就要洗澡了。」他擺擺手。

剛才哭得一塌糊塗，現在眼睛腫腫的，臉頰上還留有淚水乾掉後的緊繃感，讓我尷尬得不知所措，既不想用這麼醜的哭臉跟他說話，也不知該從何說起。

溫亦霄似乎看出我的不自在，輕巧地轉移話題：「快過年了，下個星期開始停課兩週。」

「師父要回妹妹家過年嗎？」

「嗯，吃晚飯時聽妳大哥說，你們也要回爺爺家過年，不是嗎？」

「過年又要休好久……」

「不然我出一些功課讓妳過年的時候寫。」

「你不要虐待徒弟。」我雙臂交叉打了個大叉叉。

「好啦，時間不早，我該去洗澡了。」溫亦霄輕聲笑了笑，揉揉我的頭髮，「妳也早點休息，有什麼話明天再說。」

「好！」我露出開心的笑容。

隔天是星期六，早上十一點，快遞送來了媽媽親手包的蝦仁水餃，我下廚煮了水餃和酸辣湯，邀請溫亦霄下樓一起用午餐。

我夾了顆水餃，沾了一點蒜泥醬油，送入嘴裡慢慢嚼著。

側頭瞥了眼溫亦霄，他淡定地喝著熱湯，神態跟平常沒什麼兩樣；再抬眸一看對面，只見大哥和二哥手拿筷子，像兩尊石像般定格不動，直直瞪著溫亦霄。

「溫大哥，你剛才說什麼？」二哥扯開一個古怪的笑容。

「我就是Vanilla，很抱歉，瞞了你們這麼久。」溫亦霄重覆剛才的話，口氣淡然得像是在聊天氣一樣，卻投下一顆震撼彈。

二哥嚇得往後彈了一下，震得椅子發出磨擦地面的聲響，扭曲的笑臉令他看起來像是身體哪裡抽筋了一樣。

「沄萱……」大哥放下碗，一臉快心臟病發似的看我。

我噗哧一笑，連忙解釋：「你們還記得御皇焱嗎？」

「記得呀，是跟妳PK的那個網友。」二哥曾經見過他，他們以前也在論壇交流過。

「前幾天御皇焱再度上線了，約我和冷硯一起聚餐，他看到二哥生日那天拍的照片，就認出師父了。」

「原來是御皇焱。」溫亦霄微笑。

「他說他見過你五次。」

「他的記性真好。」

「所以……你真的是Vanilla？」大哥將筷子擱在碗上。

「很抱歉。」溫亦霄也放下碗筷，認眞解釋，「去年的年中，因爲我妹妹結婚了，所以我退掉原來的租屋，想找間離公司近一點的房子。結果剛上租屋網，就看到你們家的照片，門前有個像小花園一樣的陽臺，讓人看了心情很舒服，於是我馬上發信給你們。沒想到這麼巧，竟然租到弒夜的家。」

「溫大哥是什麼時候知道沄萱是弒夜的？」大哥又問。

「沄萱在百貨公司附近遇到強迫推銷的那天。」

「爲什麼是那天？」我十分詫異。

「那天妳跟克里斯聊遊戲，不是有提到我嗎？」

「喔……」我恍然想起那天的情景。

克里斯說他在朋友家打過格鬥遊戲，我告訴他線上對戰能遇到很多神人，像我以前遇過一位比神人更強的魔人，位居臺灣格鬥榜第一名，世界榜最高達第十名。當我對克里斯說出這番話後，溫亦霄突然回頭看了我們。

「那時聽妳的口氣，好像跟我很熟的樣子，加上妳的年紀跟弒夜一樣，所以我因此懷疑妳會不會是弒夜。回家後，我找出御夢幻境論壇的備份檔，從資料庫裡調出妳的個人資料，確認地址就是這裡。」溫亦霄說。

「可是照理說，你寄典藏版遊戲給沄萱時，應該就看過我家地址了吧？」大哥再問。

「那是我請室友代寄的，御夢幻境其實有兩個管理員，我室友喜歡潛水，很少浮出來跟大家互動。」

「原來如此。」我點點頭，「我以爲是電腦故障那天，你在我的房間裡發現《生存格鬥4》的典藏版，才發現我是弒夜。」

「當時看到那個典藏版，我有些感慨，才會忍不住抽出來看看。」

「沒想到你早就知道我的身分了，可是你那時候都不太理睬我，讓我很鬱悶。」回想當時，我每天都覺得被他討厭著，沮喪了好一陣子。

溫亦霄微微一笑，沒再多說什麼。

「啊！」二哥忽然大叫，伸手指著溫亦霄，「那個強迫推銷後來不是很瞎地被警察抄了嗎？溫大哥，該不會是……」

溫亦霄聳聳肩，並不否認。

「欸、欸？喔、喔……」大哥和二哥一臉恍然，兩人笑成一團。

我不敢置信，原來溫亦霄沒有不理我，甚至還暗中替我出了氣。

二哥笑著笑著，瞥了我一眼，又想起什麼，結結巴巴地解釋：「溫大哥，我妹妹她……以前對你是小孩子的崇拜，我喜歡跟她鬥嘴，很多事都有加油添醋，你千萬不要當眞。」

「我知道。」溫亦霄淡淡一笑，「我玩遊戲已經是大學時的事，當年關閉論壇、把遊戲機轉送後，我就覺得Vanilla這個暱稱已經成爲過去式，沒什麼好值得再拿出來講的了。現實中能認識你們、成爲朋友，這比網友的關係更重要，因此我才會一直隱瞞你們。」

「我能理解你的想法，和網路相比，我也比較希望在現實中跟你成爲朋友。」大哥不在意地說。

「不過知道你就是Vanilla後，我覺得超幸運的！」二哥越說臉越紅，自從複製人事件後，他對溫亦霄也變得極為崇拜。

「那你會教沄萱電腦，是想延續師徒緣嗎？」大哥再度提問。

「沄萱有一顆積極向學的心，我想緣分難得，才會想教她電腦技能。」溫亦霄回答。

聽他這麼說，我有一種飄飄然的感覺，幸好這些日子都有認眞用功，令他留下很好的印象。

後來，溫亦霄跟大哥和二哥聊了自己的過去，關於家人、關於感情，他所說的與這些日子以來，我所拼湊出來的事實差不多，讓人聽了十分心疼。

「剛搬來時，我還處在人生的低谷，你們像家人、像朋友一樣，帶給我很多的溫暖，也改變了我許多想法，使我對生活重新燃起動力。」溫亦霄初次坦白內心的感受。

「這沒什麼啦。」二哥不好意思地撓著後腦，「朋友就是要互相支持，所以……那個……我妹妹目前雖然還是米蟲，但如果你不嫌棄，以後可以考慮……」

「哥！你要什麼白痴，講什麼瘋話啦？」我在桌下踢了他一腳。

「很痛耶！我是好心幫妳說出心聲。」二哥彎下身揉著小腿。

「不需要你的好心！」

「我是為妳著想……」

「這兩隻每天都要吵上一回。」大哥無奈地嘆氣。

溫亦霄微微低頭，嘴角抿著淺笑。

吃完午餐，二哥催我拿出遊戲機，說要驗明溫亦霄的正身。我將遊戲機從房間裡抱過來，接上客廳的液晶電視，回頭一看，大哥和二哥已經把溫亦霄「挾持」到沙發中央。

「這樣我要坐哪裡？」我不滿地嘟嘴。

「妳去蹲牆角畫圈圈。」二哥指著牆角。

「哼！」我雙手抱胸瞪他，坐到左邊的沙發。

「第一個先試試Vanilla的強項，格鬥遊戲！」二哥塞了一支搖桿給溫亦霄，接著啟動《生存格鬥》。

旁觀別人打電玩，也是件有趣的事。

尤其是看二哥這種「人劍合一」，玩遊戲玩到緊張刺激的地方，會不自覺晃動身子、猛戳按鍵的人。

例如遊戲角色跳躍時，他握著搖桿的手會跟著上下擺動；玩賽車遊戲時，他的身體會隨著轉彎的方向左歪右扭；當他使出大絕狂毆對手時，會猛力地虐待搖桿。打完一場後，他整個人便好像散架了似的，只有屁股留在原位，上半身朝旁邊傾倒，握著搖桿的雙手則直直往一邊伸出去，模樣看起來特別好笑。

因此，以前我和大哥跟二哥一起打電動時，總是被他的搖桿打到頭或身體，後來有經驗了，就知道要與他保持安全距離，而且每次只要搖桿故障，我們都直覺是被二哥弄壞的。

我的視線移到溫亦霄身上，他打電玩的模樣相當沉著，雙眼直視螢幕，握著搖桿的手修長漂亮。

在操控時，他的手指移動迅速，壓按的動作卻斯文優雅，沒什麼多餘的動作，不會像二哥一樣狂戳。

他那氣定神閒的姿態，有種「一切盡在我的掌控中」的感覺。

好帥！

忽然，溫亦霄轉頭對上我崇拜的目光，我眨眨眼睛，紅著臉慌張地趕緊望向電視。

半個小時過去，二哥委靡地癱在沙發上，果眞輸得慘兮兮。畢竟他升上大學後外務不少，已經很久沒打電玩了。

接著換大哥跟溫亦霄切磋，大哥以前喜歡動作類的遊戲，他啟動《忍者狂劍傳》一代的煉獄級模式，說明他打到哪一關就卡死，再也前進不了。

「你不能等BOSS出招才反應，那樣太慢了。其實BOSS在發動大絕之前，都會有一個發招的前置動作，例如第三關的魔王準備放大絕時，會有急衝的動作，而第四關的魔王會有踩腳下壓的動作，當牠們做出前置動作時，你就必須抓緊時間閃避了……」溫亦霄分析著魔王的攻擊型態。

接著，溫亦霄操控角色刷地抽出忍刀，迎戰一隻體型比玩家大上五倍的狼人BOSS。無論那頭狼人怎麼進攻，溫亦霄都彷彿完全看透了攻擊，悠然地及時閃避，再從容還擊，整個對戰過程不損一滴血，輕鬆破了大哥卡了好幾年的關卡，看得我們三人目瞪口呆。

魔人的境界就是不一樣！

即使知道BOSS使出大絕前會有什麼前置動作，後來大哥在對戰中還是不斷被BOSS各種輾壓，死得悽慘無比。

他們三人玩了一個多小時，大哥的手機忽然響起，是女朋友邀他出去約會。二哥也說要趕期末報告，回房間閉關了，客廳裡轉眼只剩下我和溫亦霄。

「師父眞的好厲害。」我自嘆不如。

「要跟我對打嗎？」溫亦霄拍拍他身側的位置。

「要！」我坐到他旁邊，拿起搖桿，感覺好像在做夢。我竟然可以和現實中的Vanilla面對面打格鬥遊戲。

「搶二。」

「好。對了，師父的格鬥訣竅是什麼？」

「壓制、騙招、搶幀。」

我愣了，瞪大眼睛：「VAN？」

溫亦霄沒有否認，輕輕笑了一聲。

「我傳訊問過你，你明明說你不是Vanilla的分身。」

「我確實不是分身呀。」

「啊！因爲是本尊。」我懊惱地拍頭。

「呵呵……呆徒兒。」他揉揉我的頭髮。

「你買了新的遊戲機？」

「不，當年我把遊戲機送給室友，先前有次休假，我去跟他要了回來，妳其實也看到了。」

「難不成……是你之前去了妹妹家後，帶回來的那個紙箱？」

「沒錯。」

「你說裡面是DVD的。」

「遊戲片也是DVD呀。」

「師父眞是無賴！」我皺了皺鼻頭。

「我句句實話。」溫亦霄笑說，「室友以前是我的同學，現在是我的妹夫，他曾經帶某個學長來我的租屋處，那時我利用學長公司的電腦讓妳下載了遊戲動畫。」

「啊！那個學長……該不會是……」

「正是大老闆。」

「哈哈哈……」我笑到肚子疼，原來我跟大老闆之間老早就有交集了。

溫亦霄噙著溫柔笑意，靜靜看著我。

「師父，讀幀好難喔，對戰中哪能算到那麼精細。」我擦去眼角笑出來的淚水。

「只能多多練習，將對搖桿的操作化爲手部的反射動作，這樣在很多情況下，幾乎不用思考便能應對自如。」

「我明白了。」我垂頭嘆氣，要達到那種境界，不知道得練上多少年。

「遊戲嘛，玩得開心就好，妳不要給自己太大的壓力。」

「好吧……對了，御皇焱很想見你，你可以再上線嗎？」

「好，妳通知他晚上見。」溫亦霄一口應允。

晚上八點多，我興奮地打開遊戲機，開了派對，等待溫亦霄上線。

「小蘿莉，那位房客眞的是Vanilla？」御皇焱向我求證。

「嗯，我跟他確認過了。」我笑答。

「學妹。」楊楷杰突然插話，「上次我說那個人很恐怖，三兩下就把我給KO了，你們都不相信，現在知道錯了吧？」

「學長，抱歉，當時我沒看到實際的對戰狀況，才會那樣認爲。」我不好意思地說，剛才拉方硯寒進來時，楊楷杰在旁邊吵著說想認識傳說中的魔人，我只好把他也加進來。

「學妹，小寒寒今天說想跟我一起出國念書。」

「方硯寒，眞的嗎？」

「考慮中。」方硯寒回答。

對於無法回應他的心意，我的心裡有點歉疚，也不好說什麼。

就在此時，系統跳出Vanilla上線的訊息。

「哇啊！殿下再臨了！」御皇焱大叫。

「哇哇！」我也大叫。

「可惡……」方硯寒竟然低咒。

「咦?上線了嗎?」楊楷杰一頭霧水，他不是Vanilla的好友，看不到他上線的動態。

我立刻邀請Vanilla加入派對，看著那個離線很久很久的帳號終於顯示在線，我感動得幾乎要哭出來。

「各位，好久不見。」溫亦霄語帶笑意，「我想……你們應該都知道了，我現在是弒夜的房客。」

我雙手緊緊按著耳罩。五年前，師父還是個無憂無慮的大學生，嗓音聽起來溫和明亮；五年後歷經許多滄桑，他的聲音轉爲低沉穩重，是很男人的感覺。

「看到殿下再次上線，在下心裡眞是無比感慨。」御皇焱有些激動。

「我也是，沒想到還有再上線的一天。」溫亦霄感嘆。

「殿下一直躲在暗處，會不會太卑鄙了?」方硯寒冷哼。

「冷硯，那天在資訊廣場見到你，我眞的非常驚喜，很想跟你坐下來聊聊。」

「我對你本人沒興趣喔。」

「冷硯，你太踐了吧！」御皇焱笑了。

我尷尬地撓撓頭，這傢伙竟然不肯放下私怨，沒一句好話。

溫亦霄沒有回應。

「殿下?」御皇焱輕喚。

耳機裡靜悄悄的。

「師父？」我接著出聲。

耳機裡依然沒動靜。

「小寒寒，你完蛋了，惹大神生氣了。」楊楷杰譴責。

「殿下……」方硯寒冷硬的語氣微微弱下，「我從小就很崇拜你，也很想再見到你，我只是……跟溫亦霄不熟而已。」

溫亦霄還是沒有反應，我不禁有些擔心，起身想上樓看看。

「抱歉。」溫亦霄的聲音驀地又響起，「呼……剛才被一堆挑戰書和私聊邀請轟炸了。」

「都是師父昔日的對手嗎？」我鬆了一口氣。

「嗯，想不到還有那麼多人在玩。」

「哇！大神就是大神，一上線就造成轟動。」楊楷杰讚嘆。

「請問你是？」溫亦霄詢問。

「大神，我被你暴打過一次，你忘了嗎？」

「噢，你是冷硯的表哥？」

「對！」楊楷杰呵呵一笑。

「什麼嘛……」方硯寒不滿地嘀咕。

「殿下。」御皇焱憋笑，「你剛才錯過冷硯的告白，他現在心裡很不爽。」

「御皇焱！」方硯寒急急叫了聲。

「什麼告白？」溫亦霄語帶疑惑。

「冷硯說，他從小就很崇拜你，也很想再見……」

御皇焱後面的話被方硯寒的吼聲蓋過：「御皇焱，你很吵！」

「冷硯一點都沒變，依然率直可愛。」溫亦霄輕笑。

「我天天看到他，怎麼不覺得他可愛？」楊楷杰噴笑。

「他心機超深沉，哪裡可愛了？」我忍不住吐槽。

「以大人的眼光來看，他挺可愛的呀。」溫亦霄說得很認真。

「對呀，有點中二，心思都藏不住。」御皇焱也笑。

方硯寒冷哼一聲，半晌沒說話，我猜他的臉可能已經紅透了。

「難得大家現實中都認識，要不要明天來我這裡聚聚？」溫亦霄提議。

「好啊！」御皇焱一口答應。

「小寒寒，帶我去。」楊楷杰要求。

「嗯。」方硯寒應聲，沒有多說什麼。

「太好了，大家明天見！」我興奮地叫道。

隔天早上，由於頂樓套房的客廳空間不大，加上廚房小，廚具和餐具不齊全，於是溫亦霄接受大哥的建議，讓大家來我家聚餐，這樣煮食和活動都比較方便。

我們決定中午煮火鍋，既方便又能吃得滿足，我跟著溫亦霄前往超市購買火鍋料。

「總共有六個男生，只有妳一個女生，既然男生多，肉就多拿點吧。」溫亦霄從冷藏櫃裡拿了幾盒肉片放進提籃。

「師父比較喜歡吃青菜吧？」我也提了個籃子，裡面裝著高麗菜、玉米和金針菇。根據這些日子的觀察，我發現他蔬菜吃得比肉多。

「吃清淡一點，身體比較沒有負擔。沄萱喜歡吃什麼？」

「我喜歡吃蝦球。」

「那蝦球也多買些。」他挑了兩盒蝦球放進籃子。

「要買蝦子和蛤蜊嗎？」我很想獨吞那兩盒蝦球，不讓其他人吃。

「好，妳去拿吧。」

生鮮區整齊排列著好幾個保麗龍盒，裡頭裝有各類新鮮魚貨。

我來到盛裝蛤蜊的保麗龍盒前方，將籃子先放在地上，抽了一個塑膠袋，用勺子舀了些蛤蜊，甩了甩水，再放入塑膠袋。

挑選完蛤蜊，我移步至裝著活蝦的保麗龍盒前，再舀起幾隻蝦子，準備放進塑膠袋時，一隻蝦子卻突然跳了下，朝我的身上彈過來。

我下意識倒退一步，隨即撞進溫暖的胸懷裡，腰間被一隻手輕輕扶住。

「怎麼了？」熟悉的嗓音自頭頂傳來。

我仰起頭，溫亦霄正側頭瞧著我，眉毛微挑，這樣的姿勢彷彿被他抱在懷裡。

「蝦、蝦子跳到我身上。」我結巴起來，耳根發熱。

溫亦霄若無其事地鬆開我的腰，蹲下身，將在地上彈跳的蝦子撿起，放入我拎著的塑膠袋裡。

「妳喜歡吃蝦子嗎？」他拿過勺子，多撈了幾隻蝦子。

「喜歡呀。」我連忙打開塑膠袋。

「那多買一點。」他連撈了好幾勺的蝦子入袋。

「謝謝師父。」

「花枝喜歡嗎？」

「嗯。」

「那也買吧。」他打包了一條花枝。

師父呀……

你都挑我喜歡吃的，我怕這一餐吃完，體重會胖個好幾公斤。

「還有什麼想吃的？」溫亦霄笑問。

「夠了，已經買很多了。」我搖搖頭，「要不要去買飲料？」

「好。」

來到飲料區，我挑了兩瓶果汁，回頭一看，溫亦霄抱著兩手啤酒。

「吃火鍋就是要配啤酒，御皇焱跟你大哥應該都會喝吧。」他理所當然地說。

「二哥也會喝。」我有點不是滋味，這就是大人跟高中生的差別。

結完帳離開超市，溫亦霄一手提著滿滿一大袋的火鍋料，另一手提著啤酒和飲料，我也提著一袋蔬菜，兩人並肩朝回家的方向走。

「師父，袋子很重吧？」我忍不住問。

「還好。」

「我幫你提一邊。」

「不用，我提就好。」

「兩個人提比較省力。」我擋在他的前面。

「好吧。」他拗不過我，只好放開提袋的一邊提耳。

我伸手抓住提耳，跟溫亦霄共提一個袋子，走著走著，不禁偷偷地笑了。

這樣好像間接跟他手牽手散步。

「妳在偷笑什麼？」溫亦霄冷不防地問。

「啊？」我抬頭看他，「因爲……等一下要跟大家聚餐，覺得很開心。」

「我也很開心。」溫亦霄回以一抹微笑，「因爲遇見了妳，才能再度串起大家的緣分。」

這句話讓我喜悅不已，緩緩呼了一口長氣才勉強壓抑住激動的情緒。

回到家，溫亦霄開始清洗食材、煮火鍋湯頭，我則從冰箱裡拿出雞蛋，準備做香草布丁給大家當飯後甜點。

十一點半，門口的對講機響起，御皇焱、方硯寒和楊楷杰已經抵達我家公寓樓下了。

我打開家門等了一會，三人魚貫從樓梯爬上來，邊走邊說笑。

來到門前，御皇焱遞了一個小紙袋給我，熱情地笑：「小蘿莉，這個送給妳。」

「謝謝。」我訝異地接過紙袋，打開一看，裡面裝著一盒餅乾。

御皇焱脫鞋踏進家裡，溫亦霄、大哥和二哥迎上前。

「御皇焱，我是弒夜的大哥，以前在御夢幻境跟你聊過遊戲。」大哥面帶微笑，伸出右手。

「我記得。」御皇焱握了握大哥的手，「我們一起討論過《忍者狂劍傳》第九關的BOSS要怎麼打，才能拿到高分。」

「我是她的二哥，你還記得我嗎?」二哥指著自己的鼻尖。

「記得，PK賽時見過。」御皇焱也跟二哥握了握手，再轉身面對溫亦霄，拎起一個長型手提袋，「Vanilla，我帶了紅酒，等等大家喝喝看。」

「人來就好，你太客氣了。」溫亦霄同樣和御皇焱握了握手。

我默默看著四人寒暄，他們好像要談生意一樣，簡直是不同世界的人。

「大人眞囉唆。」方硯寒走到我身邊，「我們兩手空空來的。」

「我家也有好多紅酒，早知道就帶個一瓶。」楊楷杰跟著過來。

「我們又不能喝酒。」我沒好氣地說。

「只有妳和小寒寒不能喝。」楊楷杰得意地以大拇指指著自己的胸口，「表哥我已經滿十八歲了。」

我和方硯寒對看一眼，接著朝餐桌比了個邀請的手勢，懶得理會楊楷杰。

大家圍繞著餐桌坐下，溫亦霄、御皇焱、方硯寒、楊楷杰四人依序坐在一側，大哥、二哥跟我坐在他們對面。

所有人以現實身分自我介紹，除了楊楷杰以外，大家都是在御夢幻境認識的，席間一邊享用火鍋，一邊聊著在論壇裡的回憶。

「冷硯當時才國一，怎麼會當上副版主？」二哥好奇地問。

「因爲我喜歡玩掌機，常去御夢幻境查攻略，注意到掌上型電玩版的版主課業忙碌，就申請副版主協助管理了。」方硯寒邊吃邊說，朝大哥和二哥露出純良的微笑。

雖然他笑得人畜無害，但跟他交手多次的我，對這番話持保留態度。

「原來如此，你對遊戲眞有熱忱。」大哥理解地點頭。

「才怪！你們不要被他騙了。」楊楷杰笑著揭方硯寒的底，「方硯寒跟我說，他想當的是版主，可是掌上型電玩版已經有版主了，他只好先申請副版主，然後每天都勤快地回覆玩家的提問，遇到版務方面的問題時，還會加上一句『版主事多，由我代答』，製造出版主都在偷懶的假象。後來有無聊的玩家統計了版主和副版主的發言數，發現副版主的發言比版主多上一百多則，於是吵著要罷免版主，扶正副版主。」

此話一出，眾人當場笑翻。

「冷硯，你好樣的！如此深謀遠慮，真是令在下萬般佩服。」御皇焱雙手抱拳，朝方硯寒拱了拱手。

「冷硯，你智商多少？有沒有一八〇？」大哥笑得合不攏嘴。

「你心機太重了吧！」二哥笑到用手壓著肚子，「不過我欣賞，男人就是要有野心。」

「冷硯，幸好我論壇關得早，否則大概會被你竄位。」溫亦霄單手托著下巴，微笑著揶揄。

「你們不覺得他超級中二嗎？哈哈！」我也大笑。

方硯寒忽然站起來，夾了一顆丸子塞進我嘴裡，「閉上妳的血盆大口。」

「泥才鞋嘖啊口。」我咬著丸子，含糊不清地反駁。

「可是PK賽後，你常跑來X主機版，該不會是蘊釀著要幹掉紅蓮閻魔這個版主吧？」御皇焱又笑問。

「PK賽後，我跟掌上型電玩版的版友筆戰了，所以對統治這個版失去了興趣。」方硯寒夾起一片肉，送入嘴裡細嚼慢嚥。

我噗哧一笑。

什麼「統治」，這難道還不夠中二嗎？

「爲什麼筆戰？」楊楷杰疑惑地問。

方硯寒似笑非笑看著我：「那天在地下街，PK賽開始前，我放在地上的背包絆倒某個人，後來版上有玩家在討論她的小褲褲顏色，全被我禁言……」

「方硯寒！你還敢講！」我在桌子下狠踩他的腳。

方硯寒大笑，竟然交叉雙腿夾住我的腿。

我用力抽了抽腳，卻被他夾得死緊，臉龐頓時熱起來。轉頭一瞧，溫亦霄、御皇焱、大哥和二哥笑成一團，只有楊楷杰一頭霧水。

後來，大家說說笑笑、吃吃喝喝，很自然地分成兩個小圈圈聊天，溫亦霄他們四人一圈，我和方硯寒這邊三人一圈。

大概是酒能助興吧，品嚐了紅酒後，四個人越聊越開懷，話題已經從遊戲轉到職場上，我無法插話，只能默默當聽眾，心情莫名地開始低落。

「對了，你們在哪裡當兵？」聊完工作，御皇焱換了個話題，「我是陸軍步兵第269旅，在楊梅高山頂。」

男人好像特別喜歡聊當兵，連我爸爸也不例外，只要再配點小酒，話匣子一開就停也停不住。

「我是臺中的陸軍空騎602旅。」大哥回答。

「Vanilla呢？」御皇焱問溫亦霄。

溫亦霄沒有回答，而是轉頭淡淡地看了我一眼，笑了笑：「這邊有三個人還沒當兵，一個人不用當兵，聊當兵對他們來說太無聊了。」

「說的也是，那換個話題吧，哈哈……」

溫亦霄拿起酒杯抿了口紅酒，眼神略顯落寞。

以前大哥也問過他當兵的事，他說在成功嶺新訓，沒有回答下哪裡的部隊，現在他又迴避了這個問題。

眞的有點奇怪。

吃完火鍋，大家移動到客廳進行飯後的X遊戲PK賽，氣氛沸騰起來。

溫亦霄理所當然又被拱在中間，跟大家進行車輪戰，結果他也不負眾望地把一干人打得落花流水，楊楷杰還直嚷著想拜他爲師。

忽然間，一絲靈光閃過腦海，我趁著大家在興頭上，起身走到客廳的櫥櫃前，打開其中一個抽屜，裡面收著溫亦霄的租屋契約。

我悄悄翻開租屋契約，印象中身分證有一個欄位是「役別」，只要是當過兵的男生，上面都會有記錄。

溫亦霄的身分證影本在契約的最後一頁，我看了微微瞠大眼睛。

役別欄是空白的。

空白是什麼意思？

沒當過兵嗎？

可是，溫亦霄說他在成功嶺新訓……

啊！

大哥和御皇焱問他下哪個部隊，但溫亦霄都沒有回答。

難道是沒有下部隊？

「沄萱。」

我嚇了一大跳，連忙放下租屋契約，把抽屜關起來，轉身對上溫亦霄帶著淡笑的臉龐。

「我去廁所一下，妳代師出征吧。」他指著玩瘋的大家。

「好。」我點點頭，目送溫亦霄走進廁所，隨即返回沙發處。

我們歡樂地玩到下午五點，御皇焱、方硯寒和楊楷杰才告辭，結束今天的聚會。

溫亦霄在廚房清洗鍋碗，我則趁他不在客廳裡，拿出手機上網查詢役別的分類。

身分證的役別欄空白，代表「免役」。

免役通常是因爲體檢不合格，或者因病停役，總之就是不用當兵的意思。

難道溫亦霄在軍中發生了什麼事，沒有當完兵？

「師父……」我滿腹疑問踏進廚房，「有件事我很好奇。」

「什麼事？」溫亦霄停下洗碗的動作，轉頭看著我。

「你當兵時是下哪個部隊？」

「在新竹空軍基地當防砲兵，那是很多人都不想抽中的單位。」

「很操嗎？」

「嗯，平常要跳防砲操、跑戰備、跑三千公尺、拉單摃……」

「聽起來就很累。」我稍稍鬆了一口氣，「可是你好像不喜歡聊當兵的事？」

「因為男人間很常聊，一聊就沒完沒了，同樣的事一講再講，講多了我也覺得煩了。」

「說的也是。」我也不喜歡不斷地提同樣的事，「那你的身分證役別欄為什麼是空白的？」

「因為退伍後，我沒有去換身分證，役別欄才會是空白的。」溫亦霄低頭繼續洗盤子，「政府沒硬性規定一定要換，等結婚時再換也可以。」

「原來如此。」

「妳想看我的退伍令嗎？」

「啊！不用不用。」

溫亦霄笑了笑：「今天謝謝妳，聚會很開心，好久沒有跟朋友這般玩鬧了。」

「不客氣。」我搖頭，「真希望我也可以喝酒。」

「酒喝起來苦苦的，不太好入口喔。」

「可是能夠喝酒的話，我就可以跟你小酌……聊心事。」我沒有說出口的是，我想為他分憂解勞。

溫亦霄沉默了下，將洗好的碗盤放進烘碗機。

「就算妳滿十八歲可以喝酒了，我也不會想跟妳一起喝酒。」

「喔……」我的心情跌到谷底。

「我會選擇跟妳一起喝咖啡、吃布丁，彼此分享開心的事，而不是煩心的事。」

我仰頭凝視他，溫亦霄深深看著我，眸光裡流露出一絲難以言喻的情愫。

師父，我可以誤解你的話嗎？

誤解你有一點點喜歡上我了。

第十三章　離別不哭

農曆春節，我跟著哥哥們回爺爺家過年。

爺爺的骨折已經痊癒了，不過老人家禁不起跌，他的身體不再像以前那般硬朗，還需要再靜養一段時間。

我問爸媽會不會想念我們，沒想到他們說，他們被小孩綁了二十多年，現在好不容易擺脫我們的糾纏，暫時想過著自由的生活。而且他們還要大哥別太早結婚生子，因爲他們目前不想帶孫子。

結果，二哥再度把罪怪到我頭上，說他和大哥早就獨立了，只剩我這條米蟲扯住爸媽的後腿，於是我忍不住又把他暴打一頓。

這分明就是爸媽太晚生我的問題！

可是爸爸竟然吐槽我，說我是他們二度蜜月的意外，把我氣得差點哭出來。

春節過後，寒假結束，學校接著開學了。

「……萬萬沒想到房客就是香草師父。」我和沈雨桐在學校餐廳吃午餐，聊著寒假發生的事。

「好羨慕喔！我也想跟大神在現實中相遇。」沈雨桐滿臉豔羨。

「這好像印證了妳之前說的話，我和師父雖然分開了，不過彼此的緣分其實沒有斷，反而一點一滴累積下來，五年之後，就像煙火一樣綻放開來，促成我們相遇的奇蹟。」

「但煙火的美，只是一瞬間的燦爛而已，你們之間有年齡差，香草師父已經出社會工作了，妳卻還是學生，高中畢業後還要讀大學，各方面都很難配在一起。」沈雨桐突然抬高視線，似乎有人從我的後方接近。

「不管未來如何，我還是想繼續喜歡師父……」話說到這裡，一隻手忽然從背後伸過來，輕輕蓋住我的眼睛，我不用想就知道是誰，「方、硯、寒。」

「蘇沄萱，我跟妳也分開了幾年又重聚，這同樣是奇蹟呀。」眼前重見光明，方硯寒站到旁邊，一手撐著桌面看我，「反正在妳和Vanilla的關係成爲定局之前，我是不會放棄喔。」

「硯寒學長！」沈雨桐小聲尖叫，雙眼彷彿冒出粉紅愛心，「我可以把你的話筆記下來嗎？」

「請便。」

「還有，恭喜你！學測滿級分，太厲害了！」

「謝了。」方硯寒酷酷地勾起嘴角，「這都要感謝蘇沄萱，是她給了我讀書的動力。」

「爲什麼？」沈雨桐歪了歪頭。

「六月的畢業舞會，她要當我的舞伴。」

「蘇沄萱，妳被學長預訂了！」沈雨桐的聲音拔高。

「噓……」我做了噤聲的手勢，「我是被他逼的。」

「提醒妳，要好好練舞喔。」方硯寒指著我的鼻尖警告，「不過不練也沒關係，因爲我更喜歡看妳出糗，最好是糗到我一輩子都忘不了。」

「我會幫你督促她練舞的。」沈雨桐狗腿地說。

方硯寒朝沈雨桐挑挑眉，轉身走向餐廳大門。

「抖S混蛋！」我好想衝上去咬他。

這傢伙學測滿級分，如果再憑繁星推薦上醫學系，學校肯定會大肆表揚，令他成爲全校矚目的焦點。到時候就算我再不喜歡跳舞，也不能不學，讓自己在舞會上出糗。

自從溫亦霄承認自己是Vanilla後，我們之間的相處變得更加自然，感覺關係又拉近了不少。

晚餐後如果有空，溫亦霄總會親自跟我對戰，教我怎麼壓制對手、如何騙招，還有傳授搶幀的技巧。

經過他的親身指導，我發現我在對戰時，已經不再單靠尋找對手的破綻，而是逐漸能夠預判對手的下一招，進而提前進行壓制。

因此，我在格鬥榜上原本不斷下滑的名次開始慢慢提升，現在已晉升至前二十強。畢竟每天跟我對戰的師父，可曾是格鬥榜的第一魔人！

禮拜日的下午，我依舊跟溫亦霄學電腦，以香草布丁來抵學費。喝著他泡的香草咖啡，我衷心覺得這樣的時光十分寧靜美好。

「沄萱，第五行的程式碼寫錯了。」溫亦霄一手撐著桌面，一手擱在我的椅背上，彎身看電腦螢幕。

「哪裡？」我瞧瞧螢幕，又轉頭看他的臉。

他的臉龐離我的臉很近，近到我只要微仰起頭，就可以偷偷親他一下。

「專心點，我的臉上沒有程式碼。」

我嚇了一大跳，眨眨眼睛，趕緊轉回頭盯著螢幕。

雖然害羞，但內心又不禁竊喜，既然他注意到我的小動作了，便表示他已經正視我的心意。

四月天，氣溫逐漸回暖，校園裡開滿了花，讓人心曠神怡。

這天晚上，我打了一篇關於手機APP的專題報告，準備列印出來。

印表機刷刷地印完第一頁，我抽出那張紙，卻發現紙上的文字印到一半就變得很淡，看來是沒墨水了。

我決定去超商列印，於是把檔案存在隨身碟裡，起身走出房間。

下了樓梯，剛打開公寓一樓的大門，就迎面遇上正要進門的溫亦霄。他一身西裝筆挺，手裡提著公事包，顯然才剛剛下班。

「沄萱，都十一點多了，這麼晚妳要去哪裡？」他語帶關心。

「印表機沒墨水，我要去超商印報告。」我拿出隨身碟。

「我陪妳去。」

「不用的，超商在轉角而已，幾步路就到了。」

「沒關係，我順便去繳停車費。」

「那……走吧。」其實聽到溫亦霄主動說要陪我去超商，我心裡可樂了。

不過超商眞的很近，走過去花不到三分鐘。

「影印機壞了？」站在收銀臺前，我傻眼地問女店員。

「不好意思。」女店員一臉歉然。

「沒關係。」我往旁邊讓開。

溫亦霄前進一步，從皮夾裡拿出一張百元鈔，連同停車繳費單遞給女店員。女店員的眼睛瞬間亮了起來，朝他露出燦爛的笑容。

繳完費用，溫亦霄回到我面前：「影印機剛好壞了？」

「嗯，下個路口還有一家超商……」我頓了下，「師父，你家有事務機，可以借我列印一下嗎？」

「下個路口挺近的，我們走過去吧，不然就白出來了。」

「喔……好。」我轉身走出超商，又愣了愣。

不對呀！

走過去跟回溫亦霄家印，明明是回溫亦霄家比較省時間。

師父，我可以理解成你是想跟我一起散步嗎？

我的心撲通撲通地狂跳，靜靜走在溫亦霄身邊，莫名有種幸福感。

一陣冷風迎面吹來，我打了一個噴嚏：「哈啾！」

今天白天出了大太陽，還挺溫暖的，因此剛才出門時，我並沒有加外套，只穿著一件薄薄的長袖T恤。沒想到夜晚的氣溫比白天低很多，一路上越走越冷。

我揉揉鼻子，溫亦霄解開西裝外套的釦子，脫下外套披在我身上。

「師父，不用啦。」我搖搖手。

「穿上，別感冒了。」他堅持。

我把兩手套進袖子裡，他的外套對我來說很大件，袖子好長，我的手只能露出一點點的指尖。內裡還留有他的餘溫，暖暖的，讓我再度心跳不已。

我們緩步前行，我聊起報告的內容，他忽然仰頭望著夜空，一輪明月高高掛在天頂，幾絲薄薄的浮雲自月下飄過。

「月亮很美吧？」我笑問。

「嗯。」他微笑點頭，「月亮這麼圓，明天大概是農曆十六號吧，得去買乖乖拜主機。」

「拜主機……」師父實在太沒情趣了，不過我還是有些好奇，「你們公司的電腦有放乖乖呀？」

我聽老師說過，很多公司的主機房都會放乖乖，希望藉此令主機運作順暢，乖乖地不當機。

「有，放奶油椰子口味的。」

「其他口味不行嗎？」

「奶油椰子是綠色包裝，而主機亮綠燈才正常，其他顏色的燈號都是有問題的，所以必須買這種口味。」

「噗，可以拍照給我看嗎？」我笑了，覺得很有趣。

「我明天拍給妳看。」他應允。

來到第二家便利商店，我印了報告，溫亦霄則買了三包奶油椰子乖乖，我們又一路散步回家。

「師父今天加班嗎？怎麼那麼晚回來？」我問。

「跟大老闆吃飯。」

「吃到這麼晚？」

「他廢話很多。」

「你們有喝酒嗎？」我一邊問一邊抬起手，嗅著西裝的袖子，檢查有沒有酒味。

身旁一片安靜，有點不對勁。我仰頭望向溫亦霄，他抿著笑意看我，眼神略帶一絲複雜。

我的臉頰忽地發燙，後知後覺地意識到，剛才我居然在聞他的西裝，這種行爲是不是很像變態？

「妳在管男朋友呀？」他促狹地說。

「哪、哪有！」我往旁邊彈開，不小心踩到地面的高低落差處，右腳拐了下。

溫亦霄一個箭步靠過來，右手臂環住我的後腰，穩住我傾斜的身子。

世界彷彿陷入無聲之中。

他的表情略帶緊張，深邃的眼眸中只映著我的身影，我不知道自己是哪根神經接錯，還是被迷了心竅，竟情不自禁張臂回擁他，踮起腳尖，一個輕吻點上他的唇。

冰涼柔軟的觸感將我的理智猛然拉回，同時一陣強烈的熱氣直衝頭頂。我羞窘得說不出一個字，被自己魯莽的舉動給嚇呆了，既不敢看他的表情，也不知該如何是好。

我沮喪得想哭，下一秒便摀著臉跑回公寓。

從一樓爬到五樓，我每一步都跨了兩階，將體力逼至極限。

抵達家門，我脫下西裝外套搭在扶手，進房跳到床上，把自己埋在棉被裡。

溫亦霄會不會討厭我？

我之後該怎麼面對他？

這晚，我失眠了。

隔天去學校上課，我癱在桌上當廢人，爲自己的衝動懊悔不已。

手機突然響起訊息提示聲，是溫亦霄。

我硬著頭皮點開，螢幕上出現一張照片——

電腦主機上躺著三包綠色乖乖。

噗哧一笑，我打起精神回訊給他。

「師父，我昨天不是故意的，可以請你忘掉那件事嗎？」

隔了一會，溫亦霄回覆了。

「徒兒，如果妳能把月亮變不見，讓我不會再看到它的話，我應該就能忘掉那件事，否則妳還是面對現實，繼續跟我學電腦吧。」

「嗚嗚嗚……呵呵……」高懸的心終於落下，我趴在桌上又哭又笑，四周的同學們都嚇到了。

只要師父沒有不要我，不會因此討厭我就好。

那天過後，溫亦霄的態度如常，一樣會對我微笑、陪我對戰、教我寫程式，並沒有特別拉開距離，好像什麼事都沒發生過。

我剛開始還羞於見他，不敢直視他的臉，不過過了幾天，也漸漸不再尷尬了。

我們依然維持著原本的關係，相處得很自然，唯一不太一樣的是，溫亦霄的笑容變得更多了。

就連坐在沙發上看電腦雜誌，他的嘴角都會時不時地揚起，總不可能是顯示卡和主機板長得很搞笑，讓他邊看邊笑出來吧？而且他笑的樣子害我好困擾，因為那總是會牽動我的心跳。

「這就是曖昧呀！」沈雨桐說得肯定。

「曖昧？」我其實不太明白師父的改變是因為什麼。

「妳師父可能也喜歡妳。」

「怎麼說？」

「因為喜歡一個人的時候，就算只是和對方呼吸著同樣的空氣，也會覺得很幸福。」

是嗎？

我的存在，讓溫亦霄有幸福的感覺嗎？

有距離。

我不敢深入思考、不敢預設任何答案，只怕自作多情，最後換來深深的失落。

就這樣，我們之間雖然沒有特別的進展，但是我可以成天在他身邊轉來轉去，彷彿沒

時序進入五月，天氣開始變熱，由於梅雨季來臨，好天氣往往持續不到幾天，就迎來一連幾日的雨天。

我不討厭下雨，反而覺得這樣的天氣十分舒適，可是季節的交替往往會令人不小心感冒，或是使人過敏發作。

大哥本身有過敏體質，最近早上起床總是不斷地打噴嚏，而溫亦霄則是感冒發燒，請了病假在家休息。

晚上，我上樓敲門，喊他下來一起吃晚餐。

「我怕把感冒傳染給你們，這幾天還是不下樓吃飯了。」溫亦霄懶懶地靠著門邊。

「那我裝些飯菜上來給你，好不好？」我擔憂地望著他。

「好，麻煩妳了。」

下樓後，我拿了個盤子認真地將飯菜擺盤，弄成像精緻簡餐的樣子，視覺效果非常可口。

端到頂樓，我敲敲門板，再輕手輕腳推開大門。只見溫亦霄倚坐在沙發上，單手撐頭，正在閉目養神。

我把餐盤擱在茶几上，在他的旁邊蹲了下來，忍不住伸手碰觸他的臉頰，體溫還有點燙。

溫亦霄突然驚醒，伸手抓住我的手，看了看我後微微一笑，才又放開。

「你有去看醫生嗎？」我關心地問。

「嗯，下午去看過了，拿了藥回來。」他坐直身子，再往前傾身，拿起餐盤上的湯匙。

他慢慢地吃飯，每吃幾口便休息一下，似乎沒什麼食欲，令我又感到擔心。

「別擔心，我吃個藥休息幾天，就會好起來的。」他露出無力的笑容，「妳趕快下樓吧，在這裡待太久的話，小心被我傳染感冒。」

「那你好好休息，這個星期日就停課吧。」

「嗯。」他揉揉我的頭髮。

兩天後，溫亦霄的燒退了，身體狀況復原許多，不再一副病懨懨的樣子。他重回工作崗位，但是上班了幾天竟又開始發燒，感冒似乎沒全好。

他再度請假在家休息。

放學後，我回家的第一件事就是上樓探視他。

輕輕敲門，門內沒有回應，我試著壓下門把。大概是因爲這幾天我常來看他，因此大門並未上鎖。

推門而入，客廳裡沒有人，我走到房間門口敲門，仍然毫無回應。

越來越擔心的我再度逕自壓下門把，將房門推開一條縫，小心地朝裡面望去。

房中沒開燈，不過窗戶半敞著，夕陽的餘暉斜灑進來，將整個房間染成淡淡的澄金色，一束柔和的陽光落在中央的床鋪，床上的棉被是隆起的。

我壯著膽子推開門，踮著腳尖走進去，第一次踏入溫亦霄的房間。

環顧四周，我的視線頓時被牆上的液晶電視攫住，下方的電視櫃擺著一台X遊戲機，櫃子裡還有幾張遊戲片。

師父就是在這裡用VAN的身分跟我連線對戰吧。

回頭望向床鋪，溫亦霄微微蜷起身體，一手摟著棉被沉沉睡著。

我蹲在床邊，靜靜凝視他的睡臉。

他的劉海軟軟地蓋下來，半遮住緊閉的雙眼，可能是由於生病的關係，溫亦霄的脣色帶點蒼白。

視線下移，只見他的襯衫領口開了兩顆鈕釦，鎖骨若隱若現。

我有點害羞地收回視線，看向床頭櫃，發現我送他的那個領帶夾的盒子擺在上面。

拿過盒子打開，盒裡裝的卻不是領帶夾，而是另一條小金鎖手環，正反兩面分別刻著「長命」和「百歲」。

將盒子放回原位，一種說不出的情愫在心頭翻騰，我跪在地上，雙手扶著床邊，探頭靠近溫亦霄的臉，在他的脣上輕輕印了一吻。

「你要快點好起來喔……」我用很輕很輕的氣音呢喃。

作賊般的羞恥感隨即湧來，我微慌地站起身，快步走向門口，伸手握住門把。

「沄萱。」

「啊！」我嚇了一大跳，旋身看去。

溫亦霄掀開棉被，慢慢坐了起來，面向窗戶背對我，低低嘆氣：「不要再有第三次了。」

「我……我只是擔心你。」我忐忑不安，雙腿有些發軟。

「妳出去吧，以後不准再進我的房間。」

「對不起……」

我難堪地奪門而出，忍著淚水下樓回房，心頭滿是做錯事後的懊悔。

不否認，當看到領帶夾的盒子裡裝著小金鎖手環時，我真的以為他有一點喜歡我，才會趁他睡著再度偷偷吻他。

第一次他容忍了我，第二次他警告了我，這表示我真的踩到他的底限了。

接著幾天，溫亦霄似乎還在氣頭上，加上感冒始終沒有好，他明顯變得安靜了，不再對我露出笑容，而是會以若有所思的眼神打量我，讓我越來越不安。

星期五放學回家時，大哥告訴我溫亦霄有事去妹妹家，過幾天才會回來。

以往他要去妹妹家前，都會跟我說一聲，這回卻改成和大哥說，這令我更有種不妙的預感。

師父是不是不想再幫我上課了？

他是不是在迴避我？

我有預感事態會變得更糟，我們也許無法再維持像以前那樣的師徒關係了。

溫亦霄離開的第三天，吃完晚餐，門鈴響了起來。

「應該是溫大哥的下屬克里斯。」大哥走到門前，按下對講機的按鈕開了公寓一樓的大門，再打開家門。

「你怎麼知道是克里斯？」我疑惑地問。

「稍早溫大哥聯絡我，要我幫他代收克里斯拿來的東西。」

「這樣啊。」我的心情瞬間墜到谷底。以前這種事溫亦霄都會交代我幫忙處理，這次他居然請大哥幫忙，是擺明要跟我劃清界限吧。

不久，克里斯的身影出現在門口，他和我第一次見到他時一樣，身穿襯衫打著領帶，背著一個大背包，臉上戴著黑框眼鏡，看起來宅宅的、憨憨的。

克里斯從背包裡拿出一個資料袋，大哥收下後，客氣地請他進來喝杯茶。

「房東妹妹，好久不見。」克里斯坐在沙發上，露齒而笑。

「好久不見。」我也回以微笑，「聽師父說，你們公司在更換系統，資訊部一定很忙碌吧？」

「對呀，去年年底，北部專櫃的新系統剛上線時，那陣子真的挺亂的，有不少BUG

的回報，畢竟這不完全是資訊部自行開發的程式，修改起來有點麻煩。」

「咦？不是你們寫的嗎？」

「不全是。」克里斯搖頭，「聽前輩說，我們公司原本的系統很舊，因爲當時的董事長認爲收銀程式不需要用到很好的電腦，所以整整十多年沒有升級過系統。後來大概在五年前，公司的主機被一位駭客入侵，變成動漫畫的下載點，董事長的兒子因此向父親建議，最後才決定全面升級電腦系統。」

我揉揉太陽穴，尷尬到了極點，因爲這件事情我其實有參與。五年前，入侵電腦的人正是溫亦霄，而我是幫兇，負責連線至主機下載遊戲動畫。

「後來，前資訊部經理找了一家程式設計公司，承包新系統的開發。沒想到那家公司內部發生問題，程式設計師陸續離職，新進人員又搞不清楚狀況，程式被很多人經手過，結果整整拖了三年，付了幾百萬的設計費出去，卻設計得亂七八糟，最後我們公司告上法庭，折價買斷了那個程式。」

「董事長是想叫資訊部收尾吧？」大哥猜測。

「沒錯，但那個程式算半成品，問題眞的太多，而資訊部的同仁……有些是很混的，就連前資訊部經理，也因爲沒有繼續進修，許多新的技術都不懂得運用。」克里斯越說越無奈，「大家根本沒辦法承接，這時董事長的兒子上任，他馬上把前資訊部經理降職，找了溫經理過來收拾殘局。」

「所以，溫大哥是來救火的？」大哥又笑。

「沒錯。」克里斯抓抓頭髮，也露出不好意思的笑容，「溫經理眞的很厲害，他重新規劃和整頓系統，帶領我們將那個爛程式修改到好，從去年年底程式上線到現在，BUG越除越少，現在已經運作得非常順暢。」

「師父眞的好厲害！」我忍不住讚嘆，原來暗界大魔王還是救世主。

克里斯看著我和大哥，嘴巴動了動，一副欲言又止的樣子。

「你想說什麼嗎？」大哥察覺他的不對勁。

「呃……其實我有件事想問你們。」克里斯面露尷尬。

「什麼事？」

「溫經理……跟你們簽了多久的租屋契約？」

「一年，到七月底。」

「現在快六月了，他有說要續租嗎？」

我心驚了一下，溫亦霄會不會續租，對我來說也是一個非常重要的問題。

「因爲離約滿還有兩個月，我還沒問他。」大哥回答。

「嗯……」

「怎麼了？」

克里斯低聲解釋：「我最近在公司裡聽到一個消息，溫經理原本是在千億資訊公司任職，大老闆找他過來救援，其實是跟那家公司借人，以簽合約的方式，一年一期簽下的。」

人。

我的心一沉，既然是簽合約，那麼合約到期不再續約的話，溫亦霄便可以拍拍屁股走

「他的價碼應該不便宜吧？」大哥有些詫異。

「嗯，據說價碼很高，還附帶不加班的條件，不過去年年底，他還是破例加班了幾天。」克里斯喝了一口茶，「最近溫經理的合約快到期了，聽說大老闆一直在想辦法挽留他，可是經理還沒有做出決定，因此我才會想問你們，他有沒有打算要續租房子。」

我想起去超商列印報告的那天，溫亦霄很晚才回來，說是跟大老闆吃飯，那時大老闆應該就是要挽留他。

「這一年來，溫經理一直把我帶在他身邊，教我很多東西，感覺……他未來好像會把資訊部交給我，所以我有點不安，這個責任太重大了。」克里斯伸手抹了下額頭，竟然緊張得出汗了。

大哥微微一笑，給予鼓勵：「克里斯，溫大哥懂得識人，你一定有過人的長處，讓他很欣賞，他才會把你帶在身邊。」

「是嗎？哈哈……我覺得自己只是個宅宅而已。」

「而且溫大哥的任務是來救火，既然新系統已經穩定，可以撐上很多年，那麼他的任務也結束了。接下來只剩維護的工作，這種事資訊部的員工應該能搞定吧？」

「說的也是。」克里斯搔搔後腦，露出憨厚的笑臉。

他們又聊了一會，大哥送克里斯離開後，我情緒低落地坐在沙發上發呆。

「沄萱。」

我抬頭恍惚地望著大哥：「哥，師父眞的會走嗎？」

大哥在我的旁邊坐下，嘆了一口氣：「妳對他的感情，大哥其實都看在眼裡，溫大哥是很好的人，我和妳二哥都十分喜歡他，他又是妳從小就喜歡的人，大哥當然希望妳的愛情能有好結果。可是……你們之間確實有差距，如果溫大哥最後決定要走，大哥覺得，妳還是只能選擇放手。」

「是不是我不夠努力？」我的淚水在眼眶裡打轉。

「不是，妳已經很努力了，只是愛情並不是單靠努力就會有好結果。」大哥摟住我的肩頭，「放手的過程可能很痛，不過我和妳二哥都會陪著妳的。」

我把臉埋進大哥懷裡，將這幾天的難過和不安全部化為滾燙的眼淚。

兩天後的晚上，我在房間寫功課，一邊寫一邊搔著頭髮，心情有點煩躁。

手機忽然響起來，來電顯示是方硯寒。

「喂。」我按下接聽。

「蘇沄萱，已經五月底了，妳有在練舞嗎？」方硯寒酷酷地問。

「我沒空練，反正到時候夾在人群裡，燈光又打得暗暗的，跳不好也無所謂吧。」

「誰跟妳說要在人群裡跳了？」

「不是嗎？」

「畢業生中有三對要在舞臺上跳，我跟妳是其中一對。」

「爲什麼？」我震驚地瞪大眼睛。

「這是校長要求的，舞臺上會打燈光，不可能暗暗的喔。」他哼笑。

「方硯寒，你可以找別的女生嗎？」我一手扶著額頭，這才知道事態嚴重了。

這傢伙不久前通過繁星計畫的二階面試，確定錄取北部某校的醫學系，學校在放榜當天除了放鞭炮外，還找了新聞記者來採訪，現在中廊那裡貼著大大的紅榜，恭賀他考上醫學系。

「我只想找妳當舞伴，不然妳放學後來北大樓跟我一起練習。」他堅持。

「我現在心情很亂，根本沒心思練舞。」

「爲什麼？」

「不想跟你講了。」我直接掛他電話。

提筆寫了兩個字，我輕嘆一口氣，煩躁地起身出了房門，二哥正好待在客廳，我快步走過去。

「二哥，教我跳舞。」我央求，他大學時常參加聯誼舞會。

「妳幹麼學跳舞？」二哥挑眉。

「方硯寒要我在三年級的畢業舞會上當他的舞伴，我根本不會跳舞。」

「跳什麼舞？」

「像華爾滋那種慢舞吧，那傢伙很麻煩，搞到我要跟他一起在臺上跳。」

「我不會跳華爾滋耶。」二哥裝傻地指了指我的背後，「溫大哥會跳嗎？」

我的心跳被嚇得漏了一拍，僵硬地轉過身。大哥和溫亦霄站在門邊，溫亦霄手上拿著克里斯帶來的資料袋。

「溫大哥會不會跳華爾滋？」二哥又問。

我轉頭看二哥，見他神祕兮兮地眨了下右眼，心裡頓時明白，他是想製造機會讓我和溫亦霄增進感情。無奈二哥根本不知道，我前幾天已經踩到師父的雷點了。

「我來教沄萱跳舞吧。」大哥出聲幫我解圍。

「大哥，你要加班……」二哥朝大哥用力擠眼。

「那就麻煩大哥了！」我打斷二哥的話，裝作沒事似的走到溫亦霄面前，朝他露出微笑，「師父，你的感冒好了嗎？」

「嗯。」溫亦霄面無表情看著我，眼裡的情緒卻很複雜，然而我讀不太懂，「這次回去談事情，順便讓熟悉的醫生看病，現在已經好很多了。」

「那就好，我回房間寫功課了。」我轉身想逃。

「沄萱。」

我停下腳步，雙手不自覺在身側握拳，直覺溫亦霄是準備攤牌了。

「嘉睿、嘉鴻、沄萱，有件事要跟你們說。」溫亦霄的語氣淡淡的，「我原本是在我妹夫的公司工作，由於一些原因，才暫時來現在的公司任職。現在合約快到期了，我妹妹和妹夫都希望我回去，幫自家的公司寫程式。」

「溫大哥，你要離開嗎？」二哥一臉震驚，克里斯來的那晚他不在家，所以什麼都還不知道。

「幫助自家人，這是應該的。」大哥和我一樣早有心理準備。

「可……可是你走了，我妹妹……」二哥想過來，馬上被大哥按住肩頭阻止。

「大哥說的對，當然要幫忙自家人呀！」我明白擅自越界的後果，就是讓溫亦霄決定快刀斬亂麻，「那……師父要跟我解除師徒關係嗎？」

「我沒有打算解除，妳有電腦方面的問題就傳訊問我，我還是可以用遠端教學的方式指導妳。」

「眞的嗎？」我不敢相信自己聽到了什麼，「可是我會一直、一直、一直問你問題，問到你很煩，煩到可能不想理我。」

「不管是什麼問題，我都一定會回覆，永遠不會覺得煩的。」他認眞地承諾。

「師父……謝謝你的教導，無論是遊戲，還是電腦。」我的眼眶逐漸溼潤，不禁用力咬住下脣，強忍住即將奪眶而出的淚水。

「我也很謝謝你們這些日子的照顧。」溫亦霄抬起手，似乎想摸我的頭，頓了頓又放下來。

我擠出一個微笑，努力忽略心口的疼痛。

蘇沄萱，妳不能太貪心，只要緣分不斷，這就是最好的結局了。

❧

由於公司還有事務要交接，溫亦霄決定在六月十日離開。

這段時間裡，我停止上電腦課，不再去找他，想給自己一個緩衝期，以習慣沒有他的生活。但隨著日子持續倒數，我的心也越來越慌，想阻止什麼卻無能為力。

之前學校的畢聯會上傳了一支慢舞的教學影片，大哥每晚都會陪我在客廳練舞，而二哥倒是變得安靜了，好幾次見到我都欲言又止的。我想，這是他最大的溫柔吧。

六月三日是高三的畢業舞會，時間訂於下午五點半到八點半，所有人必須穿著正式服裝入場。

當天下午，大哥特地帶女朋友回家幫我打理造型，對方姓張，留著一頭柔順的長髮，臉蛋相當清秀，但說話的聲音很清脆，表達也條理分明。

二哥在我耳邊偷偷笑說，這位姊姊是外柔內剛的類型，大哥以後可能會被老婆吃得死死的。

張小姐帶了一套白色小禮服和皮鞋借我穿，並替我化妝和設計髮型。大概是她平常上班需要打扮，化起妝來也特別專業。

裝扮完畢，我看著鏡子裡被巧手打理過的自己。褪去宅女的模樣，整個人變得清純可愛，我頓時眞心認爲化妝是最大的騙術。

張小姐把我推出房間，像在展示成果一樣。

「喂！妳誰呀？」二哥瞪大眼睛上下打量我，「幹麼跑進我妹妹的房間？」

「沄萱，舞會結束時，妳可別掉了鞋子，我怕一堆男生會搶破頭。」大哥用灰姑娘的梗來揶揄我。

「你們不要取笑我了啦！」我輕輕跺腳，視線往旁邊移去。

溫亦霄坐在沙發上，沉靜地注視我，幽暗的眼神略帶傷感，不知道在想什麼。

「師父，我看起來是不是很奇怪？」我不安地問。

「不會，很漂亮。」他起身走到我的面前，嘴角揚起淺淺的弧度，「難得打扮得這麼漂亮，不拍張照就太可惜了。」

眼看溫亦霄拿出手機，我突然很想摸摸他的額頭，確認是不是又發燒了，因爲他以前從不曾主動要求合照，每次都是我提議的。

也許他是想當成離別前的記念吧。

大哥接過溫亦霄的手機，幫我跟他拍了三張合照，拍完後，我便出門搭車去學校。

抵達學校時，只見禮堂前方聚集了許多學生，男生們都穿著襯衫或西裝，女生們則穿著小禮服或小洋裝，場面相當熱鬧。

「萱萱，妳太漂亮了吧！」沈雨桐小跑步過來。

「禮服是跟我大哥的女朋友借的。」我拉起沈雨桐的手，她身穿黑色小禮服，因爲身材挺有料的，看起來略帶一絲性感，「雨桐也很漂亮！」

「要是妳平常都打扮得這麼美，肯定會迷倒全資訊科的男生。」

「算了吧，化妝比寫程式還難。」我困窘無比，還是不習慣漂亮這個詞被用在自己身上。

「蘇沄萱。」

我轉過身，方硯寒穿著剪裁合身的西裝，領口繫著蝴蝶結，頭髮用髮蠟抓出層次感，看起來帥氣有型。

「妳挺有潛力嘛！」方硯寒也在打量我，雙眼綻放出驚異的光采，「我越來越佩服我自己的眼光了。」

我翻了個白眼，這傢伙好意思自誇。

「哇！學妹今天很不一樣。」楊楷杰隨後走來，一手搭在方硯寒的肩上。

「我家萱萱超美的，誰都不能跟我搶。」沈雨桐伸手抱住我。

「那個……時間到了，大家快入場吧。」我被他們誇得滿臉通紅，詞窮到不知該說什麼。

我們四個人一起走進禮堂大門，環顧四周，整個空間聚滿了學生，有些在聊天、有些在拍照，人來人往好不熱鬧。

到了五點半，快節奏的開場音樂響起，五顏六色的投射燈在舞臺上來回閃爍，兩位舞會主持人攜手來到舞臺中間，揭開畢業舞會的序幕。

畢聯會邀請了剛出道的無肆樂團，以節奏強烈的搖滾樂曲率先炒熱氣氛，臺下的學生們跟著音樂吶喊，盡情地擺動身子。

當主唱揮舞雙手，帶動臺下的大家繞圈和彼此衝撞時，我和沈雨桐被人群衝散了。因爲禮堂是熄燈狀態，我一時也找不到她。

樂團表演結束，換熱舞社上場，他們直接在禮堂中央尬舞，令氣氛沸騰到最高點。

我不知道自己是怎麼了，心情越來越沉，周遭的歡騰喧鬧彷彿與我無關，一股強烈的寂寞感逐漸擴散。

我退到禮堂角落，垂頭站在陰影裡，忽然好想哭。

「幹麼跟幽靈一樣躲在這裡？」方硯寒的聲音從前方傳來。

「我想回家。」

「溫亦霄十號要離開吧？」

「你怎麼知道？」我抬頭看他。

「他打了通電話給我，說要回妹夫的公司工作，十號會搬出妳家的套房。」他走到我身邊，背靠著牆。

「師父有自己的人生規畫，如果繼續待在這裡，反而會束縛了他。」

「這幾天妳很難過吧？」

「我一直告訴自己沒關係，這樣就好，卻還是非常傷心。」

「妳喜歡他那麼久了，怎麼可能會沒關係呢？」

「你是不是覺得我很笨？」我有些哽咽。

「能夠死心塌地喜歡某個人這麼多年，我覺得是很厲害的事。」他認眞地回答，仰頭望著禮堂天花板，「如果這樣叫笨，那我應該也是傻的，我們兩個又成了笨蛋同盟。」

我勾起脣角，很想笑，又很想哭，心酸得不得了。

「蘇沄萱，我問妳一件事，妳要老實回答。」

「什麼事？」

「從我們在去年暑假相遇開始，妳跟我在一起時，有沒有心動過？或者擔心會喜歡上我過？」他頓了一下，「還是妳就是篤定自己不會喜歡我？」

「有。」我坦誠以對，「其實……我對你心動過幾次，例如烤肉會那天在泳池邊的時候、在圖書館溫書的時候、一起去買遊戲的時候，就連被你欺負的時候，都是雖然感到困擾，卻又不討厭。」

「哈哈……原來妳是抖M。」他笑出聲。

「說眞的，你成績那麼好，長得又帥氣，像我這種在學校裡一點都不起眼的宅女，根本不可能認識你，所以之前我們明明同校一年，還是各方面都沒交集。要不是因爲有遊戲牽線，我怎麼可能幸運地認識現實中的你？」我眞心地說。

「我跟妳一樣宅好不好。」方硯寒聳聳肩。

「只是，溫亦霄是我從小就喜歡的人，我想努力追求一次，如果不試試看，我以後肯定會後悔，所以在理智上，我對你的感情就踩煞車了。」

「我明白了。」方硯寒轉身面對我，伸出雙手捏住我的臉頰向兩邊扯，「從今以後，我還是會繼續欺負妳，想辦法讓妳的煞車失靈。」

「好痛！」我用力拍開他的手。

「既然不能當戀人，那就好好跟溫亦霄說再見吧，不要像那個前女友一樣，把場面弄得很難看。」

「好。」我點點頭，跟他聊過以後，心情變得平靜了些。

此時，熱鬧的樂音暫時停歇，主持人拿著麥克風表示，下一個節目是眾所期待的慢舞，要大家開始尋找舞伴。

「蘇沄萱，可以跟我跳一支舞嗎？」方硯寒優雅地朝我伸出手，做出邀舞的動作。

我將手放進他的掌心，讓他牽著我，穿過人群走上舞臺。

面對面站在舞臺上，我感覺到投射燈打在身上的熱度，白色禮服被照得更加潔白燦亮。仰起頭，方硯寒凝視我的眸光比投射燈更加熱烈，使我羞得不敢直視。

音樂一下，我的右手輕輕放在方硯寒的肩頭，他的左手摟著我的腰，我們空出的那隻手交握，一起踩著舞步，時而前進、時而後退、時而旋轉。

跳著跳著，我驀地意識到——溫亦霄離開後，緊接著就是方硯寒的畢業典禮。

不只是溫亦霄，方硯寒也即將要離我而去。

溫亦霄離開的那天，天氣非常晴朗。

早上，陽臺吹來陣陣微風，花草在晨光中搖曳，彷彿也和我一樣想挽留他。

他住在這邊的日子裡，每天都會替盆栽澆水，也會定期施肥，這些花草應該都捨不得他走吧。

溫亦霄的妹夫一大早就派了輛貨車過來，幫他先載走所有行李，而方硯寒在九點多來到我們家，大家聚在客廳聊天。

說聊天，其實都是大哥、二哥、方硯寒和溫亦霄在說話，我只負責陪笑而已，偶爾才搭個一、兩句。

中午，大哥叫了一桌菜爲溫亦霄踐行，吃完飯後，大家一起到公寓一樓送溫亦霄。

離別在即，所有人都沉默了，僅是相視而笑，雖然好像還有很多話要說，卻說不出口。

「以後就電話聯絡了。」溫亦霄說。

「冷硯也住臺北，有空可以去找Vanilla玩吧？」大哥別具深意地看著方硯寒。

我猜大哥這個問題是爲我問的，他想試探溫亦霄接不接受我們的拜訪。

「要來的話，務必先打個電話給我。」溫亦霄點頭。

「殿下，我不會跟你客氣的。」方硯寒輕哼。

「師父還會再上線嗎？」我笑笑地問。

溫亦霄轉身看我：「工作忙的話，可能就不會再上線了，其實能教的東西我全都教妳了，妳不要太執著於勝敗，這樣在對戰中，視野才能更廣闊。」

「我明白了。」我咬著下脣。

「溫大哥。」二哥走上前，期期艾艾地開口，「那個……不、不是我在自誇，我……我妹妹很可愛的，她雖然還是高中生，但再過個幾年，我保證她會變得成熟……」

溫亦霄微微蹙眉，露出複雜的神情。

「哥！你在講什麼啦？」我生氣地拉了二哥一下。

「真的，雖然她有很多缺點，不過也有很多優點……」

「嘉鴻，你快把妹妹弄哭了。」大哥伸手摀住二哥的嘴，迅速將他拖走。

我低頭盯著地上，雖然知道二哥是想幫我，可被他這麼一鬧，我一時不知該怎麼面對溫亦霄了。

「沄萱。」

抬起頭，只看見溫亦霄朝我張開雙手，嘴角帶著溫柔的微笑。

下一秒，我撲進他的懷裡，緊緊地抱著他，顫聲說：「師父……如果我沒有喜歡上你就好了，但是能夠喜歡你，是全世界最美好的事，如果讓我重新選擇，我還是會選擇喜歡上你。謝謝你來到我身邊，讓我第一次感受到這種心痛，可以和你相遇，真的是太好了……」

溫亦霄一手環著我的肩頭，一手輕拍我的後腦，低頭在我耳邊柔聲說：「妳的心意，我全都明白。謝謝妳，讓我成爲妳的初戀。」

我強忍住眼角的酸澀，深深吸了一口氣，再慢慢放開他，燦然一笑。

溫亦霄凝視著我，幾度欲言又止，最後又放棄般抿抿脣，勾起淺淺微笑。

跟哥哥們和方硯寒道別後，溫亦霄打開車門坐進駕駛座，又轉頭看我，好像有點依依不捨。

我笑著對他揮手，他才收回目光發動車子。

轎車朝路口駛去，我的力氣好像瞬間被抽乾了，眼前的景物逐漸蒙上一層水霧，兩道溫熱的液體順著臉頰滑落。

恍惚地站在陽光下，心臟每跳一下就痛一次，我連抬手拭淚的力氣都沒有，只是任由淚水凝聚，一滴一滴落在地上。

「蘇沄萱！」一道身影擋在我的面前，阻斷我望向路口的視線，「我喜歡妳，可以當我的女朋友嗎？」

「啊？」我慢了半拍才回過神。

「我喜歡妳，可以當我的女朋友嗎？」方硯寒放柔了嗓音。

「你在說什麼？」

「我說，我喜歡妳……」

「你白痴啊！」我生氣地猛推了一下他的胸膛，「是不會看場合嗎？沒看到我在哭嗎？你是故意要讓我難堪嗎？」

「我是在正式向妳告白，不是要給妳難堪。」他的態度再正經不過。

「你很誇張耶，趁我失戀的時候告白……你以爲……這樣我就會答應你嗎？」我氣得不停喘氣，握拳搥打他的胸口。

方硯寒抓住我的拳頭，將我拉進他懷裡，用力抱著。

「放開我！」我在他的懷中拚命掙扎，「我不會跟你交往的！」

「妳聽我說。」方硯寒收緊雙臂，聲音很柔很柔，「剛才我跟喜歡的女孩子告白了，卻被她狠狠拒絕，我跟妳一樣失戀了，現在我們是失戀同盟。」

我愣住，停止掙扎。

「蘇沄萱，妳的心痛、妳的難過、妳的不捨、妳的無能爲力、妳的所有心情和感受，我全部都懂。」

我忍不住放聲大哭，雙手揪著他的衣服，靠在他的懷裡哭得無法自抑。方硯寒環抱著我，一手拍著我的背，默默給我依靠。

隔了一會，大哥和二哥也圍過來，輕拍我的肩頭，說了很多安慰的話。

我想……

我的人生眞的是開了個大外掛，或者是花光了所有好運，才能跟溫亦霄再度相遇，結爲師徒。

我曾經祈求過無數次，只求再見Vanilla一面，而原來當去年溫亦霄坐在客廳裡，和大哥簽完租屋契約，轉頭對上我的眼睛時，這個願望就已經實現了。

我們相處了這麼多個月，每一天都是上天額外的恩賜，我真的應該知足了。

師父……

謝謝你，讓我做了一場很美的夢。

溫亦霄離開後不久，方硯寒也畢業了。

每天的晚餐時間，坐在我身邊的人換成二哥，生活回到遇見溫亦霄之前。以前沒有他，日子明明也過得很快樂，現在卻覺得異常寂寞。

午休時間，我趴在桌上望著窗外發呆。

「蘇沄萱！妳又在耍廢了！」沈雨桐拍拍桌子，跨坐在前方的座位上，「妳師父和硯寒學長離開，妳就一副要死不活的樣子，到底把我擺在哪裡？」

「擺在心裡。」

「那妳把心掏出來給我看！」

「妳自己挖。」

「喂！起來啦！」她拍拍我的頭，「我已經幫妳安排好暑假計畫了。」

「什麼計畫？」我有氣無力。

「我要畫同人本、設計胸章和卡片，妳必須來當我的助手，陪我去同人展擺攤和COSPLAY！」

「妳這是壓榨朋友。」我抬起頭，下巴抵在手臂上。

「錯！我是在幫妳治療情傷。」她兩手貼住我的臉頰，像揉麵糰似的猛揉一陣。

我露出笑容，被她這麼一逗，感覺精神好多了。

度過被沈雨桐充分壓榨的暑假，我升上三年級，明年即將面臨大考，課業的壓力逐漸增加。

而方硯寒高中畢業後，搬回了臺北的家，楊楷杰則前往美國留學，不過我們還是常在線上一起打電動。

由於溫亦霄離開的那天，方硯寒對我告白的那番話，讓大哥和二哥留下很好的印象，因此後來哥哥們經常邀他來家裡玩，很明顯想把我和他湊成一對。

那傢伙畢業後考了汽車駕照，只要放假有空便會開車來我家。而且更心機的是，他會在哥哥們面前認真地幫我複習功課，可是當哥哥們不在，他就馬上開啟毒舌教學模式，氣得我總把他壓在沙發上狂打。

實在搞不懂，喜歡欺負心儀女孩的男生，到底都抱著什麼心態？

眞是太幼稚了！

至於溫亦霄，我還是跟以前一樣，不時研讀程式書，找出疑問傳訊息請教他，而他也一直信守承諾，都會仔細回答我的問題。

十月份的時候，我忍不住問溫亦霄，可不可以去找他玩。溫亦霄卻說他要到國外出差，沒有時間與我見面。

聖誕節的時候，我又問了他一次，他說他在中部和某公司的主管開會。

隔年二月開始，溫亦霄回訊息的速度變慢了，經常遲個一、兩天才回覆。

我問他：

「師父，你是不是工作很忙？」

他回覆：

「最近在趕一件案子，回訊息會比較慢。」

我感覺得出來他在敷衍我，於是不得不面對現實——溫亦霄可能不想再跟我有交集了。

我不再提出見面的要求，也減少問他問題的次數，以免造成他的困擾。

隨著大考逐漸逼近，我每天埋首在書堆裡，全力衝刺，所以更少傳訊息給溫亦霄。

統測當天，我在考場自拍了一張照片傳給溫亦霄，告訴他我要參加大考了，但是直到兩天後考試結束，訊息都顯示未讀。

我心酸地走出考場，又覺得這樣也好，就讓這份感情慢慢淡去，和他恢復成網友的關係吧。

統測結束當週的星期日，方硯寒約我吃飯，慶祝我終於從考試解脫。

午餐時間，我們坐在一家義式餐廳裡，點了沙拉、義大利麵、濃湯、飲料和甜點，一邊品嚐一邊閒聊。

「妳最好選臺北的學校，這樣我約妳比較方便。」方硯寒用叉子捲起麵條。

「你上了大學後，都沒有遇到條件很好的女生嗎？」我咬著湯匙。

「有啊，條件比妳好的滿地都是。」

我癟嘴瞪他。

方硯寒噗哧一笑：「好到不知道該怎麼挑，就覺得妳醜得挺有特色的。」

我伸腳踢了他的腿一下。

突然，手機傳來訊息的提示音。

我放下叉子拿起手機，發現居然是溫亦霄傳來的，於是趕緊點開訊息，裡面附了張照片，照片中是一扇窗戶，窗外藍天飄著一朵海豚形狀的白雲。

「哈哈……好可愛。」我不禁笑了，立刻回覆訊息。

「誰傳的？」方硯寒好奇地問。

「師父呀。」我把手機螢幕轉向他。

「妳還喜歡著溫亦霄嗎？」方硯寒沒有看手機，只是凝視我的臉。

我沉默了一會，點點頭：「喜歡呀，不過僅此而已，不會再前進了。」

「我也還喜歡著妳。」

我嚇得手一鬆，叉子落到餐盤上。

無力地壓著胸口，我只覺心跳得好快，這突然的告白就像一記暗箭。

「妳還好吧？」他低聲笑起來，很滿意我的反應，「喜歡妳是我自己的事，不管妳喜歡誰，我都還是會繼續喜歡妳。」

可惡！第二發是火箭炮。

我的臉頰發燙，這傢伙的暗殺術又升級了，剛才有種差點被攻陷的感覺。

「那張照片在哪裡拍的？」他隨口笑問，緩和尷尬的氣氛。

「師父沒有說。」我看看手機，剛才的回覆還未讀，「不過手機如果有開啟GPS定位，就可以查出照片是在哪裡拍的。」

「要怎麼查？」

「我教你。」我把海豚雲的照片原檔載下來，打開GPS相片瀏覽器，「在照片的詳細資訊裡，可以看到GPS定位欄上有經緯度的數值。」

「這代表溫亦霄的手機有開定位？」

「沒錯，接著點選『地標』，就會開啟地圖，地圖上將標示出拍照的地點。」我點了一下螢幕，畫面切換到地圖，一個紅色標記落在一棟建築物上。

建築物的名稱是「××紀念醫院」。

我愣愣盯著手機，腦袋像當機了一樣。

見我臉色不對，方硯寒一把抽走我的手機，看了之後神情也變得凝重。

「我知道這家醫院的網站有病友查詢的功能。」他連上醫院的網站，在病友查詢頁面的搜尋欄輸入「溫亦霄」三個字，網頁很快跑出一行字：

溫亦霄　男　二十七歲　10X0612　826病房

其中0612是住院日期，竟是他離開我家後的第三天。

第十四章　最後的吻

「妳要不要先打電話問問？」方硯寒把手機還給我。

「師父可能會敷衍我，不跟我說清楚，我想直接去找他。」我打開背包掏出皮夾，確認自己帶了多少錢。

「妳多少依靠我一點好嗎？」他握住我的手，「Vanilla也是我的朋友，我們一起去見他。」

「謝謝你。」我感激地點頭。

無暇顧及吃到一半的餐點，方硯寒迅速結完帳帶著我走出餐廳，來到停車場上了車。他在導航系統設定好路線，便開車載著我朝溫亦霄所在的醫院而去。

沿途，我看著窗外飛逝的景色，想起跟溫亦霄相處的每個情景，僅僅是待在他身邊，不管做什麼事情都非常快樂。就如沈雨桐所說，只要呼吸著相同的空氣，便感覺很美好。

接著，我又想起我們一起散步的那個晚上，我忍不住吻了他，他說除非把月亮變不見，他才會忘記那件事，當時我真的覺得……他好像也喜歡我。

「師父……」我打破車內的安靜，「他開始對我冷淡，是在他感冒之後。那時他看醫生吃了藥，卻一直沒痊癒，反覆地發燒。」

「當時有流鼻水或咳嗽的症狀嗎？」方硯寒問。

「沒有，只有發燒而已，整個人看起來沒什麼精神，飯也吃不太下。」

「發燒未必是感冒，有可能是身體出狀況的警訊。」

「我問過他，師父說是感冒而已，所以我沒有想太多。」我有點懊惱。

「不是妳的錯，臨床上很多人都會忽略發燒的症狀，以爲只是小感冒。」他安慰。

「後來，他回妹妹家好幾天，說有再去看醫生，回來後就決定離職了。」

「我猜，他應該是去醫院做了詳細的身體檢查，可能檢查出什麼，才會離開後就直接住院。」

「是我不夠細心，只顧著煩惱他不理我，什麼都沒有想到……」我自責不已，雙手下意識拉扯著頭髮。

「沄萱，剛才那些都是揣測，妳先不要胡思亂想。」方硯寒空出右手，將我的手拉開。

我明白，在見到溫亦霄之前，再多的猜測都是徒增煩憂，但是此刻我也無法安慰自己，認爲溫亦霄生的只是小病，畢竟住院了一整年，那絕不會是普通的疾病。

師父，我好想好想見你。

經過一個多小時的車程，我們終於抵達那家醫院。

方硯寒將車子停在停車場，我忽然害怕得不敢下車。

有時候，無知比較幸福，只要不去面對眞相，就可以假裝壞的事情沒有發生過。

「很害怕嗎？」方硯寒握住我的手。

「嗯。」

「那我們在車裡再坐一下。」他體貼地給我時間，讓我調適自己的心情。

我發著呆，什麼都不想，只是靜靜坐著。

不知待了多久，我深深吸了一口氣：「我們走吧。」

下車後，方硯寒牽著我的手踏進醫院，經過一樓的掛號櫃檯，再穿過長長的走廊。

我的腦袋依舊處於放空狀態，呆呆跟著方硯寒往前走，用眼角餘光窺視四周。

一路上遇到不少人，有移動著病床的護理師、推著坐輪椅的病人的家屬，還有扶著點滴架的病患，沉重的氣氛加深了我的不安。

搭乘電梯來到八樓，由於是病房區，整個空間很安靜，不像一樓人來人往的，冰冷的空氣充滿消毒水的氣味。

方硯寒帶著我繞過幾個轉角，在一間病房門前停下腳步。

房門上的名條眞的寫著「溫亦霄」三個字，我的雙腿頓時發軟了一下。

感受到我的恐懼，方硯寒溫柔地摟了摟我的肩頭，接著走上前，伸手輕敲門板。

隔了一會，房門打開，走出一名氣質嫻雅的年輕女子。

她有一頭長長的直髮，穿著淺藍色的連身長裙，眉目看起來和溫亦霄有點相像，我曾在湯雅郁傳來的聖誕節合照裡看過她。

女子禮貌地自我介紹：「我叫溫苡倩，是溫亦霄的妹妹，你們是方硯寒和沄萱吧？」

「嗯。」方硯寒低應。

就來了。」

「那張照片是我傳的。」她凝視我，微微彎起脣角，「不愧是我哥的愛徒，妳這麼快

「是……」我點點頭。

聽了這句話，我的眼眶頓時發熱，喉頭一哽，半句話都說不出來。

「哥哥之前吃了藥，正在休息，晚一點才會醒來，我們先坐下來聊聊吧。」

我和方硯寒跟著她來到家屬休息室，三個人圍著桌子落坐。

溫苡倩對我說：「哥哥向妳家租屋的那段日子，我們晚上常常聊天，他總是會跟我說到妳的事，語氣聽起來很開心。我要他帶妳來我家玩，他卻一直不肯。」

「眞的嗎？」我笑了。

「嗯，關於我家以前發生的事，妳都知道吧？」

我點點頭。

「我父親去世後，哥哥和我一起在外生活，我們兄妹倆半工半讀，雖然過得很辛苦，不過還是堅持下來了，也完成了大學的學業。可是哥哥入伍當兵後，新訓期間忽然身體不適，不斷發燒和肚子痛，後來經過檢查發現是罹患癌症，跟我媽媽一樣的病，醫生說可能是遺傳。」

「師父沒有下部隊吧？」我想起他的身分證背面空白的役別欄。

「嗯，後來他入院治療，也因爲確診癌症而停役。」

「師父騙我，他說他只是沒有去換身分證。」我雙手緊握，指甲刺進掌心。

溫苡倩溫柔地微笑：「哥哥說，他的徒兒是個好奇寶寶，那時他發現妳在偷看租屋契約，於是藉故上廁所，然後在廁所裡傳訊息給我先生，問他是什麼軍種、下哪裡的部隊、平常都進行什麼樣的操練。」

「原來防砲兵是妳先生的經歷？」

「沒錯。」她點點頭，「哥哥花了一年治療和休養，開刀切除腫瘤以及化療的痛苦就不多說了。總之出院後，哥哥的意志還是很消沉，因爲癌症有所謂的五年存活率，醫生說，他的機率是百分之二十。」

「五年存活率是什麼？」我對這方面的知識不太了解。

方硯寒解釋：「癌症的可怕，就在於即使經過開刀和化療，未來還是有可能復發，所以必須持續追蹤。而五年存活率百分之二十，是指根據以往的統計，這種病一百個人裡只有二十人能活超過五年。」

我的心一陣抽痛，換句話說，有百分之八十的人活不過五年，復發的陰影有如埋在身上的不定時炸彈。

「哥哥病後一直很迷惘，想著他會幸運地成爲那百分之二十呢？還是另外的百分之八十？」溫苡倩雙手交握，長長嘆了一口氣，「他不知道怎麼面對未來，是該當成沒有明天，恣意地揮霍？還是該小心謹慎地保護自己，讓自己有機會延續生命？但萬一將來復發了，如果平時沒有好好工作，龐大的醫療費用豈不是會拖累家人？」

「我聽我父母談過病人的心情，可以理解他的想法。」方硯寒沉聲表示。

「我跟我先生都勸哥哥別想那麼多，好好完成自己的夢想，去做自己喜歡的事，讓自己活得精彩就好。可是哥哥說，他的夢想只是有份穩定的工作、跟心愛的人共組家庭，過著平平凡凡的生活而已。」

然而對溫亦霄來說，這麼簡單的幸福，卻是最難擁有的。

「就在這時候，哥哥的學長來電請他協助處理公司的程式問題，哥哥再三考慮後才答應，成爲那家公司的資訊部經理。」

「這件事情我知道。」我點點頭。

「哥哥剛赴任那時，還處於非常憂鬱的狀態，不想和別人有任何交集，也不想參加同事的聚會，直到我結了婚，他說要自己搬到公司附近之後……」溫苡倩停頓了下，又微笑起來，「很神奇的，我發現他越來越有精神，會說會笑，彷彿重生了一樣。」

方硯寒看了我一眼，眼神滿是複雜。

「有次哥哥回來，跟我先生討回以前送他的遊戲機，我想盡辦法逼問，哥哥才招認，他遇到以前在遊戲裡收的小徒弟，現在正在教她電腦技能。」

我回想起那天，溫亦霄抱著一個紙箱回來，後來我才知道裡面裝著遊戲機，他還特地開了VAN這個新帳號，每天晚上和我對戰。

「那時候，雅郁也經常騷擾你們吧？」

「嗯，湯小姐一直想跟師父復合。」我點點頭，看來溫亦霄眞的什麼事都和妹妹說，兄妹倆的感情果然相當好。

溫苡倩斂起眼底的笑意，無奈地嘆氣：「雅郁跟哥哥交往了很久，但是她上大學後，因爲外在條件好，所以追求者始終不斷。而她有一個很現實的媽媽，在我家出事後，湯媽媽便持續灌輸雅郁一個觀念，要她多接觸其他男人，挑一個最好的，不要只注視著一個人，意思顯然是要她跟我哥分手。」

「原來分手的事還有隱情？」我傻眼。

「這也沒辦法，父母都會希望自己的女兒能嫁得好。後來，雅郁便開始找各種理由數落我哥，反正不愛的時候，最不缺的就是吵架的藉口。」

「她劈腿了嗎？」

「雅郁堅持她沒有劈腿，只是跟男性朋友出去吃飯而已。當時哥哥的身體開始不舒服，加上新訓期間無法回家，才會在收到雅郁的分手訊息時，心灰意冷地同意。後來雅郁很快跟一個學長交往，從此對哥哥不聞不問。」

「妳看，我之前沒罵錯吧？」方硯寒用手肘頂頂我。

「罵得好。」我笑了。

「咖啡廳那件事，我也覺得你罵得好！」溫苡倩朝方硯寒眨眨眼，「聖誕節那天，雅郁是自己跑來的，說以前她是被媽媽施壓，才不得不和哥哥分手。我想，其實是後來她交過三任男友，繞了一大圈，發現哥哥還是待她最好的那一個，才會費盡心思想跟他復合吧。」

「但在咖啡廳裡，師父曾經向她求婚，她怎麼又反悔了？」我始終想不通這件事。

「因爲……哥哥坦白了自己的身體狀況。」溫苡倩露出心疼的表情，「雅郁不知道哥哥得了癌症，當聽到他的五年存活率只有百分之二十時，她整個人嚇呆了，說結婚的事要和媽媽商量，然後就離開了。」

「哼。」方硯寒一臉不屑，「這女人要不到就鬧，要到了又嫌棄人家，還把問題推給媽媽。」

我想起溫亦霄站在咖啡廳外的模樣，他的臉上雖掛著笑意，但心裡大概痛得在淌血。

「所以，哥哥不敢再碰觸愛情，他怕會傷害自己所愛的人。」溫苡倩看著我，目光隱含深意。

她的欲言又止，讓我恍然明瞭了溫亦霄拒絕我的原因。

「師父的病……是什麼時候復發的？」我鼓起勇氣詢問。

「去年五月，他反覆發燒的時候。當時他回原治療醫院進行檢查，結果……」

「他什麼都不跟我說。」我忍不住鼻酸。

「哥哥不想讓妳擔心，因爲妳準備升高三了，再過一年就要大考，必須讓妳專心念書。他說妳的笑臉很可愛，希望妳天天都能夠快樂。」溫苡倩輕輕握住我的手。

淚水逐漸模糊我的視線，我以爲師父不想理我了，原來他是因爲在乎我才這麼做。

「住院後，哥哥總是很期待妳的訊息，也經常在看妳的照片，說是妳偷玩他的筆電拍下來的。」

「我玩過很多次。」我笑了出來，伸手擦去眼角的淚水，「自從知道他的筆電有裝防盜程式後，我便把它當成自拍機，他一開始還會打我的頭，最後就放棄管我了。」

「哥哥其實很想見妳，後來妳越來越少傳訊息，他老是拿著手機發呆，我看到他那失落的模樣，心裡眞的十分不捨。」溫苡倩說到這裡，眼眶也紅了，「今天早上，哥哥說拍到一朵很可愛的雲，想傳給妳看，我慫恿他傳，可是他說不行，因爲妳可能會跑來。說眞的，我不太相信他的話，覺得他高估了妳，所以我趁他中午吃完藥睡著的時候，偷偷把照片傳給妳，沒想到……妳眞的來了。」

「那……師父現在的病情……」我艱難地開口。

「因爲癌細胞已經轉移，情況不太樂觀。」

我倒抽一口氣，身子一僵，無法控制地顫抖起來，胸口彷彿被大石頭重重壓住，疼得無法呼吸，幾乎要暈過去。

「沄萱，放鬆身體。」方硯寒摟住我，牢牢抓著我緊繃的手臂。

我把頭靠在他的頸窩處，大口喘氣，努力慢慢放鬆，這時眼淚才滾落。

「對不起，我違背哥哥的意願，才會害妳這麼難受。」溫苡倩神情歉然。

「不會，溫姊姊，謝謝妳告訴我這些事。」我哽咽地說，「我、我想見師父……」

「好，哥哥差不多要醒了，我帶妳去見他。」溫苡倩起身，顯得有些欣慰。

我和方硯寒跟著她走回病房，手機突然響起訊息提示聲，我拿出來一看，是溫亦霄。

「妳在哪？」

可以想像他傳這句話時，肯定帶了些慌張，我忍不住輕笑，一邊走一邊打字。

「師父躲了這麼久，徒兒我要去抓你了！」

來到病房門口，我轉頭看著方硯寒，無法不在意他的感受。

「就照妳的心意去做吧。」方硯寒笑了笑，眼神微微黯下，伸手撫著我的臉頰，「我很喜歡妳，而妳喜歡的人也是我喜歡的人，我希望我喜歡的人都能夠幸福。」

我對他露出感激的笑容，伸手推開病房門，毅然跨進去。

小小的病房裡有一大片玻璃窗，可以看見外頭的藍天，也可以看見四周高高低低的建築。在夕陽餘暉的映照下，一片片窗玻璃反射出燦爛光芒。

在那美麗的景致前，溫亦霄坐在病床上，正低頭盯著手機，好像被我剛才回覆的訊息嚇呆了。

我走到病床旁，伸手拉住他的袖子：「抓到你了。」

溫亦霄緩緩抬起頭，萬般複雜的眼神中隱含一絲驚喜，還有深深的眷戀。他顯然不知如何是好，表情有一點羞慚。

他的面容蒼白削瘦，往日的光采早已不復，這令我的胸口痛得像要裂開似的。

「我……很難看吧？」他揚起一抹虛弱的笑。

「可是我對你的喜歡，還是沒有減少半分。」我在床邊坐下。

溫亦霄愣了愣，無措地再度低下頭，右手緊緊揪著被子。

「你喜歡我嗎？」

「沄萱，我不能再好起來了，無法陪妳一輩子。」

「所以，你不喜歡我嗎？」

溫亦霄嘆了一口長氣，很輕很輕地搖頭。

「我有一個願望，雖然偷偷許了很多次，可是都沒有實現。」

「什麼願望？」

「我可以當你的女朋友嗎？」

溫亦霄倏地抬頭，一臉不敢置信。

我微微一笑：「御皇大哥曾經告訴我，你是一個很專情的人，因爲專情於自己喜歡的人，所以不得不對別人無情。但我希望你這一次不要因爲愛護我，就對自己無情，因爲我會心痛的。你希望看到我心痛嗎？」

溫亦霄又搖搖頭，帶著三分無奈。沉默了片刻，他慢慢伸手輕撫我的頭。

我往前挪移，坐到他身側。

他淺淺地微笑，看起來好溫柔。

「我的願望實現了嗎？」

「嗯。」

溫亦霄用額頭輕輕碰著我的額頭，我們在夕陽的餘暉中相視而笑。

在我跟溫亦霄互訴心意後，方硯寒和溫苡倩也進來，談起溫亦霄的身體狀況，討論關於癌細胞轉移的事，以及後續該如何療護。

那些療程我有些聽得懂，有些聽不太懂，總之每個治療似乎都是痛苦的，因此我越聽心情越沉重。反倒是溫亦霄的態度平淡，彷彿已經看開了。

我想，沒有人可以接受自己的身體有病痛，溫亦霄的瀟灑淡然，不知道是多少次和病魔交戰，最終才妥協的。

回家後，我向哥哥們說了溫亦霄的事，他們都相當震驚。雖然沒有反對我的決定，不過他們非常擔心，怕我會承受不住必然的悲傷結局。

可是，無論還剩下多少時間，我都決心陪在溫亦霄身邊，如果不這麼做，我一定會後悔一輩子。

六月初，我終於從高中畢業。

暑假期間，我幾乎每天都去醫院陪伴溫亦霄，假日還會留在醫院裡過夜，讓溫苡倩可以休息。

大哥和二哥同樣常到醫院探望溫亦霄，御皇焱知道消息後也趕來了，還責怪溫亦霄不夠朋友，什麼都不說。

方硯寒更是為溫亦霄的病情，查閱了中外的許多醫學資料，也透過父親的關係詢問其他醫院的醫師，雖然最後沒有奇蹟出現，不過這份用心還是令人感動。

後來，連傳說中的大老闆也帶著克里斯來探病了。

大老闆是個年約三十出頭、看起來性格帥氣、說話略帶王者氣勢的男人。

以前克里斯和溫亦霄站在一起，就像隨從和王子，現在他畢恭畢敬站在大老闆身邊，瞬間降級成僕人和國王的感覺，特別有趣。

大老闆探病完要回去時，突然轉頭睨著我，皮笑肉不笑地說：「以前潛進我公司的電腦，在我眼前大剌剌下載影片的人，好像就是妳？」

我坐在病床邊，瞪大眼睛坐直身子，一聲都不敢吭。

「學長，你別嚇我的小徒兒。」溫亦霄笑笑地制止。

「她現在是你的弱點，我不能反擊一下嗎？」大老闆冷哼。

「可以呀，那我保證你公司的系統明天就會崩潰。」

「你流氓啊！這麼寶貝。」

我的臉頰熱烘烘的，望著溫苡倩送大老闆和克里斯離開，收回視線時，對上了溫亦霄溫柔的眸光。他直直看著我，心裡不知道在想什麼。

「你的身體又不舒服了嗎？」我擔憂地問。

「只是想到以前幫妳清除電腦病毒的事。當時妳才小六，現在都十八歲了。」他的語氣有些感慨。

「那時候我好希望時間可以快轉，讓我趕快長大。」我的手臂撐在床邊，傾身向前對他說話，突然想起一件事，「轉角遇到鬼曾經寄給我一張你的照片，可是後來不見了。」

「幫妳清除病毒時，聽妳提到桌布，我好奇偷看了下，發現妳把我的照片設成桌布，我覺得不妥就刪掉了。」

「你生氣了嗎？」

「沒有，我會刪掉它，只是因爲覺得自己很普通，不希望妳過度崇拜。」

「你明明很厲害呀……」我小聲嘟囔，「後來我們在現實中認識，你又怎麼會想收我爲徒？」

「因爲被妳臭罵一頓，還把我比喻成比爾蓋茲和賈伯斯，我實在很羞慚。」他伸手蓋住我的頭，輕柔地撫摸，「當時一個念頭忽然閃過，如果上天在幾年後，眞的會把我召回，那麼……我可以留下什麼呢？」

我抿抿脣，心頭隱隱抽痛。

「名字嗎？回憶嗎？程式嗎？照片嗎？」溫亦霄微笑注視我，「如果可以培養妳，把我會的東西都傳授給妳，去成就妳的夢想，也許我的存在會變得更有意義。」

「可惜我學得不夠好。」我不禁鼻酸，原來他收我當徒弟，背後有著重大的意義。

「不，妳學得很好，已經超出我的預期了。」

「真的嗎？」

「我看起來像在說謊嗎？」

「師父，你可是前科累累的大騙子！」我戳戳他的胸口，「你說！你隱瞞身分，欺騙了我多久？」

溫亦霄笑了起來，壓住我的手，貼在他的心口。

掌心隱約感受到他的心跳，牽動我的心跳跟著加速。我深深凝視他的臉龐，心裡有滿滿的話想訴說，可是又覺得他其實都懂，一切盡在不言中。

「咳咳……哥。」溫苡倩的聲音從門口傳來，「有訪客喔。」

我把手抽回來，轉頭看向門口，只見湯雅郁神情木然站在那裡，複雜的眼神裡帶著三分震驚，身邊還跟著一名衣著華麗的中年婦人。

「雅郁、阿姨。」溫亦霄淡淡和她們打招呼。

「昨天回總公司開會，看到大老闆找克里斯，說今天要來探望你，我才知道你的病情。」湯雅郁走過來，一副傷心不捨的樣子。

「沄萱，幫我去地下街買麵包好嗎？」溫苡倩對我招招手。

「好。」我起身，跟湯雅郁擦肩而過，明白溫苡倩是想讓他們單獨談話。

離開病房，我搭電梯前往地下街所在的樓層，買了幾個麵包，又隨意逛了一圈才回去。

返回八樓的走廊，遠遠便看見方硯寒雙手抱胸，背靠在病房門邊。

我快步走向他，一發現我，他比了個噤聲的手勢。

病房門被推開一道小縫，裡面傳來一個似乎很慈祥的女聲，苦口婆心說著。

「其實阿姨是刀子嘴豆腐心，認識我的朋友都知道，我心腸很軟的，只是比較嚴格而已。當年我對你並沒有惡意，只是因爲你家裡出了事，我怕你年紀輕輕就意志消沉，才會對你苛刻了點。我嘴巴上說不會把雅郁嫁給你，要你別再打電話來，其實只是一種激將法，希望你能振作起來……」

「她幹麼跟師父講這些？」我小聲問方硯寒，有點生氣。

「罪惡感吧。」方硯寒低聲說，「因爲溫亦霄生病了，前女友和媽媽覺得愧對他，畢竟兩人也曾經交往了快十年。電視劇裡不是很常看到這種戲碼嗎？在其中一方命不久矣的情況下，結仇的雙方在醫院病房裡來個大和解，將所有恩怨情仇一筆勾銷，好讓另一方未來活得心安理得。」

「你跟雅郁從國中開始交往，我從來沒有反對過，你來我們家玩，我也對你很好，常常留你一起吃飯……」湯媽媽放柔了嗓音。

「阿姨，那些事我們沒有忘。」溫苡倩打斷她的話。

「媽，我只是想來看看亦霄，妳不要再說了。」湯雅郁也出聲。

「不說就來不及……」湯媽媽的聲調拔高，又馬上壓低下來，「我不是那個意思啦，我是說難得見面，一定要把以前的誤會好好解釋清楚。」

「眞是開了眼界。」方硯寒用手指掏掏耳朵，「雖然感情的事往往只有局內人才清楚，旁人不太適合插手，不過她的說法聽來聽去都是推託，沒有一絲眞心的關懷。」

湯媽媽的聲音再度傳來，帶著矯情的溫柔：「苡倩啊，阿姨覺得亦霄對我們可能有所誤解，希望他可以體諒，不要責怪我們……」

「她居然在逼師父原諒她以前的作爲！」我越聽越火大。

「阿姨，我沒有責怪妳們，過去的事就算了吧。」溫亦霄低聲說。

「沒有怪我們就好。」湯媽媽明顯鬆了一口氣。

「雅郁、阿姨，我哥哥必須休息了。」溫苡倩下了逐客令。

「那我們先回去了，下次再來看你。」湯媽媽假惺惺地承諾。

方硯寒摟著我的肩膀，往旁邊退了幾步，房門打開，湯雅郁快步走出病房，往電梯的方向而去，僵直的背影看起來像在生氣。

「雅郁，妳走那麼快幹麼？」湯媽媽隨後出來，小跑步跟上女兒。

我忍不住拔腿朝她們追去，滿腹的怒火瀕臨爆發。

隨著距離拉近，我聽見湯雅郁怒氣沖沖質問：「媽！妳幹麼跟亦霄講那些話？」

「我覺得要解釋清楚呀，免得讓他認爲你們的感情會失敗，全都是我的錯。」湯媽媽的口氣極爲無辜。

「等一下！」我叫住她們，「麻煩妳們以後不要再來了。」

「我還會再來看亦霄的。」湯雅郁回過頭，雙眼紅通通的，顯然剛才在病房裡哭過。

「那天在咖啡廳的時候，妳就已經捨棄師父了！」

「我還是愛著他的，只是我有很多考量。」

「有什麼考量能比他重要？」

「什麼考量？」湯雅郁嘲諷地撇撇脣，「那妳願意嫁給一個可能活不過五年的男人嗎？」

「我……」我一時說不出話，想了想才回答，「我不曾想過結婚的問題，但是我不會丟下他，我會一直陪著他。」

「長大後要面對各種現實壓力，我曾經和現在的妳一樣，把愛情擺在第一位，等妳到了和我同樣的年紀，再來評判我的選擇對不對吧。」

「妳一個小孩子又不用工作，整天閒閒沒事只要念書就好，怎麼會懂得大人的辛苦？」湯媽媽挺身維護女兒，不滿地瞧著我，「如果雅郁沒有跟亦霄分手，等發現他生病才放掉的話，一定會被人家講閒話，可是不放掉的話，他的病絕對會拖垮大家。」

「妳怎麼可以這樣說？」我感覺一股怒氣直衝頭頂。

「這分析眞是太精闢了。」一隻手按住我的肩頭。

方硯寒走到我身邊，湯雅郁一看到他，臉色立刻變了。

「這位美麗的歐巴桑。」方硯寒對湯媽媽笑了笑，顯得單純又無害，「按妳的意思，妳可要趕快跟妳女兒斷絕母女關係，否則將來妳年老生病了，她想放掉妳的話，會被人家講閒話的，可是不放掉妳的話，妳的病痛就會拖垮妳女兒，妳捨得看她為難嗎？」

湯媽媽像咬到舌頭一樣，瞠大眼睛瞪著方硯寒，啞口無言。

此時，隔壁的電梯門突然打開，一位白袍醫生領著兩名實習醫生，匆匆走向不遠處的護理站。

「幾號房的病人？」

「八二六號房。」

聽見病房號碼，我的呼吸幾乎停止，驚慌地追了過去。

快步衝進病房，只見溫亦霄喘息著，整個人在床上蜷縮成一團，溫苡倩雙眼含淚不停喚著他，醫護人員全都圍了過去。醫生還在診斷當中，而劇烈的疼痛已經讓溫亦霄失去意識。

我嚇傻了，雙腿顫抖不已，前所未有的恐懼海嘯般襲來。

方硯寒從背後抱住我，一隻手遮住我的眼睛，沉聲說：「我們先出去，不要干擾到醫護人員。」

我木然被帶出病房，方硯寒放開手。我的臉上全是淚水，他的掌心也沾滿我的眼淚。

「我、我可以做什麼？」我喃喃問，腦袋呈現恍惚的空白狀態，根本無能爲力。

忽然，方硯寒猛地緊緊抱住我，我的臉埋在他溫暖的胸懷，鼻尖的微疼拉回神志，我慢慢抬起雙手環住他的腰，兩人相互依靠、相互支撐。

「沄萱，我會努力成爲醫生。」他承諾，聲音有一點沙啞。

這一刻，我知道，我所有的擔憂和驚惶，還有面對生命逐漸消逝的無能爲力，他全部都懂。

他的心跟我一樣痛。

那天晚上，溫亦霄轉入加護病房，觀察了三天，直到病情暫時穩定了，才轉回原來的病房。

接獲溫苡倩的通知後，我帶著一束花前往醫院。

溫亦霄靜靜躺在床上睡覺，短短幾天，他看起來又瘦了一點。

溫苡倩將花放進花瓶裡，隨後去地下街買東西，我坐在病床旁的椅子上，默默注視溫亦霄的睡臉。

這幾天睡得不太好，看著看著，有些疲累的我趴在床邊，一隻手探進被子裡，覆上他的手。不知道趴睡了多久，忽然感覺有個人正溫柔地輕撫我的頭髮。

我瞬間驚醒過來，只見溫亦霄已經睜開眼睛。他對我微笑，笑容裡帶著一絲心疼和不捨。

我極力忍住眼裡的酸澀感，也朝他露出微笑：「師父，我考上X科大的資訊管理系了。」說完，很不爭氣的，我的視線還是變得模糊。

「眞厲害，不愧是我的徒兒。」他伸手貼著我的臉頰，用拇指的指腹抹去眼角的溼潤。

「差多了，你是奧林匹亞的國手，拿了金牌保送入學，我只能用考試的。」

「可是如果沒有保送，我靠考試可考不上，所以妳比師父厲害。」

「眞的嗎？」

「嗯。妳想要什麼獎勵？」

「我……」我握住他的手，害羞地垂下眼簾，「可以跟你約會嗎？」

溫亦霄一愣，顯然沒想到我會提出這個要求。

「約會好呀！」溫苡倩走進病房，鼓勵地一笑，「哥，你不能辜負沄萱，趕快把身體養好，陪她去約會。」

我一臉期待望著溫亦霄，他凝視我半晌，終於點了點頭。

之後，溫苡倩謝絕湯雅郁再次探病，而湯雅郁也眞的沒有再出現。溫亦霄的情況逐漸穩定，並未持續惡化，食欲也增加了一點點，精神慢慢恢復當中，可以下床活動片刻了。

八月底，溫苡倩徵得醫生的同意，向醫院請了一天假，請她先生開車載我們一同出遊。

我們四人來到山上的一座花卉農場，農場的視野很好，可以眺望遠方層層疊疊的山巒，涼爽的山風一陣陣拂來，令人心曠神怡。

農場裡種了許多漂亮的花草，還有一棟歐式風格的民宿，可愛的彩繪牆面、木馬、鐘樓、動物風鈴等造景四處可見，是情侶約會打卡的熱門地點。

難得穿上一襲小洋裝的我，扶著溫亦霄在花叢間漫步，他的心情似乎不錯。溫苡倩和她先生跟在旁邊，不時拿起相機幫我們拍照。

因為擔心溫亦霄體力不支，我們散步到園區中間的草坪後，便找了張木椅坐下。溫苡倩則和她先生繼續往山下走，聽說那邊有綿羊牧場。

「我昨天做了香草布丁。」我從背包裡拿出一個圓形保鮮盒，打開盒蓋。

「好久沒有吃妳做的布丁了。」溫亦霄伸手想接過。

「我餵你。」

「這……」

「一次就好。」我用湯匙挖了一口布丁，湊到他的嘴邊。

溫亦霄略顯羞赧，低頭吃下布丁，我又餵了他幾湯匙，他安靜地吃著，整張臉漸漸被紅暈淹沒，看起來非常可愛。

「妳快開學了吧？」他淡淡地問。

「嗯，下星期開學，不過我放學後還是會來看你的。」我說。

「這樣太累了，我們可以講電話和傳訊息，妳假日再來。」

「我很想休學陪你……」

「不行，這樣我不會開心的。」

我垂下頭，心情變得低落。

溫亦霄望著遠方山景，語調沉靜：「沄萱，我有話要跟妳說……」

「我不要聽！」我頓時心驚，從木椅上跳起來，和他拉開距離。

我討厭那種像要交代遺言的口吻，可是又不能丟下他，自己一個人躲起來。

「沄萱，過來。」

我盯著地上，搖搖頭，固執地不想聽話。

溫亦霄沒轍地起身，我倒退一步，雙手緊緊揪著裙襬。

「沄萱，到我的身邊來。」他放柔嗓音，張開雙手。

我猶豫了一下，終究還是朝他跨前一步。

溫亦霄將我擁進懷裡，一手輕輕撫著我的後腦，低低開口：「沄萱，這個世界少了我一個人，太陽還是會照常升起，人們照樣過自己的生活，就像這片花海少了一朵花，也不會有太大的變化。但是對妳來說，我是妳所有情感的寄託，當我不在之後，妳的世界可能會整個崩毀。」

是啊。

我從小學四年級開始就注視著你，直到現在。

我無法想像，沒有你的世界會變成什麼樣子。

「我不在的時候，妳會覺得失去依靠，心好像被挖空了。妳會傷心難過、嚎啕大哭，妳會吃不下飯，想讓自己沉進睡夢裡，妳會覺得失去追逐的目標，不知道是爲了誰而努力，妳會暫時不想再碰觸愛情，不願我被任何男孩取代。妳會很希望時間停留在這一刻，害怕把我孤單地留在過去……」

溫亦霄用最溫柔的語氣，描述最殘酷的未來，一個字一個字，如利刃般刻進我的心。

「妳要記住我的話。」他又抱緊我一點，臉頰貼著我的髮鬢，在耳邊輕喃，「哭完以後，要好好吃飯、好好休息、好好讀書，不可以做出傷害自己的事。妳會慢慢變得堅強，打起精神繼續往前走，妳會再遇到很好的男孩，心裡的感情缺口重新被塡補。妳會得到幸福，而我會成爲妳心裡的一個回憶，每當妳想起我的時候，妳會微笑，不再哭泣。這些事做起來很難，但是我相信妳可以克服的，因爲妳是我最自豪的徒兒，也是我最摯愛的女孩。」

「你都不會害怕嗎？」我緊緊回擁著他，臉頰貼著他的胸口。

「比起害怕，我更捨不得妳，怕妳傷心難過。」

「如果……以後我很想很想見你，那該怎麼辦？」

「那就來一杯香草咖啡，再來一個布丁。」他輕笑。

「如果還是很想見呢？」我哽咽。

「那就找冷硯打電動。」

「什麼嘛……」

「沄萓。」

「嗯？」我含淚仰起頭。

溫暖的大掌貼著我的臉頰，他充滿柔情的臉龐慢慢俯了下來，距離越來越近。微熱的呼吸拂過鼻尖，我閉上眼睛，在淚水滑下眼角的同時，感覺一抹微涼的柔軟觸感壓上我的脣。

那是個帶著淡淡香草氣息的吻，甜美而餘韻悠長。我聽見風聲、花草搖曳的沙沙聲和鳥鳴聲，在他許下一個很美的誓言後，同時在我們四周低低唱和。

「來世，我一定不會負妳。」

開學後，大哥幫我在學校附近租了房子。

身爲大一新生，我理應對新的生活充滿好奇和新鮮感，可是由於掛念著溫亦霄，我始終處在搞不清楚情況的狀態，心不在焉的，因此缺席了很多活動。

這段期間，溫亦霄的病情持續惡化，必須依靠大量的止痛劑減輕痛苦。每次去醫院探望他，發現他比上次更加消瘦病弱時，我總是心如刀割。

我曾經希望時間能過得快一點，讓我趕緊長大追上溫亦霄，然而現在每天早上起床，我卻非常抗拒日子又過了一天。

我每天都害怕會失去他，難以言喻的恐懼逐漸吞噬我的笑容。

時序進入十月，溫亦霄清醒的時間越來越少。

月中的晚上，溫苡倩打了通電話過來，我搭著計程車火速趕至醫院。

「師父，我答應你，會堅強、會幸福。」我跪在溫亦霄的病床邊，淚流滿面，緊緊握住他冰涼的手，「可是我還有最後的願望，希望下輩子……你不要太早出生，你一定要等我，別讓我追得那麼辛苦，我們要當同班同學，坐在隔壁座位、成爲情侶，一起牽手走過最美的年歲，然後結婚……」

溫亦霄的手微微回握了我的手一下，像是承諾。

不久，他的血壓和心跳開始下降……

最終章　初戀，是香草的味道

溫亦霄剛離開時，我請了一個星期的假，每天食不下嚥，時常陷入一發不可收拾的悲傷。

那是一種很深層的、無法言述的心痛。

痛到我必須把自己的臉壓進棉被裡，用力地哭得撕心裂肺。除了哭泣之外，我找不到其他方法，可以減輕一絲心頭的痛楚。

大哥和二哥安慰過我，可是任何關懷的話語都起不了作用。

我沒辦法像溫苡倩一樣，堅強地處理溫亦霄的後事，也沒辦法像哥哥們一樣，想成是溫亦霄終於從病痛裡解脫。

我很懦弱。

休息了一個星期，我回到學校上課。

不管做什麼事，回憶都會猝不及防地湧入腦海，讓我時常在下課後躲進廁所裡流淚，連睡覺時也會夢見溫亦霄在跟我說笑，早上總帶著淚痕醒來。

自小學四年級開始，我就將溫亦霄當作努力的目標，如今他不在了，我的心好像徹底被挖空了，覺得做什麼都沒有意義，無論是念書或打電玩。

方硯寒和御皇焱打了電話關心我，我只是倔強地表示需要自己靜靜。

告別式那天，送了溫亦霄最後一程，返回租屋處，我又哭了一陣。就在我哭得迷迷糊糊，半睡半醒之間，溫亦霄溫柔的嗓音忽然在腦中響起。

「哭完以後，要好好吃飯、好好休息、好好讀書，不可以做出傷害自己的事。」

這彷彿是一道命令，讓我驀地驚醒，強撐著虛脫的身子下床，幫自己煮了一碗麵。其實我根本沒有食欲，只能逼迫自己一口一口吃完。

從此，在無止盡的悲傷裡，我好像找到了克服的攻略，每天按照溫亦霄交代我的話，在流完淚後，乖乖吃飯、休息、念書。

漸漸地，我哭泣的次數減少了，可是我覺得自己還是停滯不前，只是任由時間慢慢把我往前推進。

溫亦霄離開的第一百天，我跟溫苡倩在傍晚去祭拜他。回到家，我又整個人縮在棉被裡悶睡。

隔天一早，一個重物猛地壓在我的棉被上，害我差點把胃酸嘔出來。

「蘇沄萱，起來玩啦！」二哥在我的棉被上扭動。

「哥……你很重耶。」

「妳再不起床，我就把妳壓扁。」

「哥，你好幼稚。」

「我要壓扁妳！妳要不要起來？不起來我就壓扁！」二哥像滾輪一樣，從棉被的這頭滾到那頭，「壓扁壓扁壓扁壓扁壓扁……」

「大哥！你快來把他拖出去！」我召喚大哥。

大哥很快進來把二哥拖下床，數落著：「嘉鴻，你幹麼鬧妹妹？」

「不是啊大哥，都已經三個月了，她放假回來還是老這樣窩在棉被裡，我怕她再這樣下去會長菇的。」

「眞是的，你先出去。」大哥把二哥推出門，回到我的床邊坐下，「沄萱，身體有不舒服嗎？」

「沒有。」我把棉被往下拉，探出頭來。

大哥摸摸我的頭，欲言又止，最後笑了笑：「我等等要出門，冰箱裡有飯菜，妳餓了記得起來加熱吃。」

「好。」我點點頭，十分感激大哥的體貼，沒有對我說什麼安慰的話。我眞的很怕聽到那些話，因爲我一直覺得自己無法振作。

大哥離開後，我躺在床上發了一會兒的呆，然後下床走到書架前，抽出《生存格鬥4》的典藏版，輕輕撫摸溫亦霄的簽名。

「我好想見你……」我把盒子緊緊抱在懷裡，腦海裡又閃過溫亦霄的聲音，彷彿在跟我對話。

「那就來一杯香草咖啡，再來一個布丁。」

我把遊戲放回架上，出了房間踏入廚房裡，開始打蛋做布丁。忙碌一陣，我做了兩個香草布丁，泡了兩杯咖啡，將布丁及咖啡放在托盤上，捧著托盤來到頂樓。

自從溫亦霄搬走後，大哥就應我的要求，沒有再把這裡租出去。站在套房門口，我和以前一樣，先伸手敲敲門。

可是裡面不再有人回應了。

我打開大門，走進客廳，把托盤擱在小茶几上。

坐在沙發的右邊，我看看左邊的位置，以前溫亦霄總是喜歡坐在那裡。屋內的擺設沒變，我彷彿可以看見他站在餐櫃前煮咖啡，坐在電腦桌前使用電腦……一切的一切，就好像昨天才發生的事一樣。

我舀了一匙布丁送入嘴裡，再搭配一口咖啡。咖啡很苦，不如溫亦霄煮的好喝，苦得我的眼眶都酸澀了。

放下咖啡杯，我起身進了房間，在床上躺下來，抬起左手看著。左手的手鍊上有兩個小金鎖，一個刻著富貴平安，一個刻著長命百歲。溫苡倩在百日祭拜後，特別幫我把溫亦霄留著的那個小金鎖串了上去，她說溫亦霄在天堂裡，一定會時時守護我。

師父……

我好想你，好想再見你。

我閉眼靜靜躺著，意識朦朧間，感覺身側的床墊陷了下去。

一個溫暖的身軀靠過來，把我抱在懷裡，一隻手溫柔地拂過我的臉頰，我忍不住朝那人懷中鑽了鑽。

微溫的柔軟觸感貼上我的額頭，停了一會，竟大膽地再落到我的唇上，帶著淡淡的香草氣息。

我睜開眼睛，方硯寒側躺在旁邊，一手撐著頭對我微笑：「天氣這麼冷，妳這樣睡會感冒喔。」

「你偷吃我的布丁。」我瞪他。

「是妳的布丁誘惑我吃的。」

「哼。你怎麼會跑來？」我翻身坐在床上。

「妳二哥叫我來玩。」他也坐起身，「他說有人快長菇了。」

二哥眞是的。

我撇撇唇，沒有回話，直接下床走出房間，發現原本用來悼念溫亦霄的布丁和咖啡，全都被方硯寒解決了。

方硯寒跟在我的身後，笑道：「這裡好像可以改造成一間遊戲室。」

我愣了愣，環顧四周。

大哥好像計劃年底結婚，以後乾脆搬上來住好了，把我的房間讓出來，將來給他們當嬰兒房。

「方硯寒……」

「嗯？」

「可以陪我打電動嗎？」

「好啊，妳已經超過半年以上沒玩，功力應該退步了吧。」

「就算這麼久沒玩，我還是可以把你電得唉唉叫。」自從得知溫亦霄生病後，我就不曾再打過電動。

「那比試一下吧。」方硯寒的眼神深了深。

我們一起下樓，我將遊戲機搬到客廳裡，接上電視，跟方硯寒拿著搖桿並肩坐在沙發上。

啟動遊戲機、登入玩家帳號，我不禁打開好友名單，將名單慢慢往下拉，找到那個熟悉的帳號。

Vanilla，離線。

他永遠不會再上線了。

愣愣看了半晌，我回過神想起方硯寒還在等我，連忙跳出好友名單，進入遊戲。

電視螢幕的畫面很快轉換，我們兩個的角色站在庭園中，旁邊有日式屋舍和一座紅色拱橋，片片櫻花花瓣像下雪般，飄落在我們身上，這是我和溫亦霄第一次PK的場景。

格鬥開始。

我立刻施展四連拳，朝方硯寒的頭一陣狂打。

挨了我幾拳後，方硯寒及時防住我的第二波攻擊，因爲被他格擋住，我明白自己陷入了幀數不利的狀態，於是迅速預判他如果出拳回擊，或者用抓技摔我的話，後續該如何應變。

之後，方硯寒改變戰術，跟我拚速度，以血換血，因此我轉攻爲守，並且學溫亦霄不把招式出滿，一方面擾亂方硯寒的步調，一方面逼迫他蹲身或防禦。

其實腦袋裡並沒有幀數浮現，看到他的出招，我的手指就下意識動作了。

這種感覺像是眼前所見、搖桿控制、專注力，全都結合在一起，達到隨心所欲的境界。

方硯寒連輸了我幾場，忽然噗哧一笑：「妳身上有溫亦霄的影子。」

「咦？」

「打電動的模樣簡直是他的翻版。」

我低頭看看握著搖桿的手，而方硯寒說起他和溫亦霄之間的小祕密。

「國一那年，我的家人太過注重課業成績，給了我很大的壓力。在妳和御皇焱的PK賽後，我加了Vanilla爲好友，後來大概是因爲跟陌生人聊反而不需要顧慮太多，所以我常私訊他，抱怨關於家人的一切。」

「我沒有聽師父說過。」我非常訝異。

「我要Vanilla不能說，所以他幫我保密到底了吧。」

「原來如此。可是你後來見到他時，對他好像都抱著敵意。」

「一方面是因爲妳，另一方面是因爲，一個本來只是網友的人突然在現實中現身，他知道我的祕密，就等於掌握著我的弱點。」方硯寒解釋。

「你防備心太重了。」我沒好氣地笑。

「總之，我向Vanilla吐過很多苦水，他也開導了我很多。」方硯寒傷感地笑了笑，「所以，我也很想念他，剛才看著妳的樣子就覺得他還存在，還守在妳身邊。」

這番話讓我如夢初醒。

對啊，無論是電腦技能或電玩技巧，我會的所有東西，全是溫亦霄傾盡最後的生命所栽培出來的，而他曾經說過，這是令他的存在變得更有意義的一件事。

「方硯寒……」

「嗯？」

「我想繼續往前走，成爲和他一樣厲害的暗界大魔王！」我打起精神，重新找回我的目標。

方硯寒張臂擁抱我，我們開懷地笑成一團。

吃晚餐時，哥哥們發現我的食欲變好了，都一愣一愣的。

可是二哥又見不得我好，竟然問方硯寒，醫學院裡專門用來進行人體解剖教學的實驗樓裡面，有沒有什麼鬼故事，聽得我頭皮發麻，很怕晚上睡不著覺。

用餐完畢，方硯寒表示可以順道載我回租屋處。

跟大哥和二哥道別，我們下樓離開公寓，朝車子停放處走去。

我仰望天空，一輪明月已經半升起。

「怎麼了？」方硯寒好奇地問。

「我要買乖乖拜電腦主機。」我笑回。

「徒兒，如果妳能把月亮變不見，讓我不會再看到它的話，我應該就能忘掉那件事……」

月亮還在。

所以師父，不管你去了哪裡，應該都不會忘記我吧？

我在超商買了一包奶油椰子口味的乖乖，回到車裡。看著綠色包裝的乖乖，我的嘴角勾起微笑，又想起溫亦霄的話。

「妳會慢慢變得堅強，打起精神繼續往前走……」

「而我會成爲妳心裡的一個回憶，每當妳想起我的時候，妳會微笑，不再哭泣。」

師父，原來你比方硯寒還要心機、還要狡猾！

不愧是格鬥榜的前霸主，預判了我所有的情緒反應，斬斷了我所有的退路。

我很想天天爲你流淚，你卻要我把眼淚收起來；我很想停滯不前，你卻不斷地推著我，將我從悲傷裡驅逐出去。

你知道我肯定會乖乖聽你的話，每一項要求都會做到，利用我喜歡你的心意，下了這麼狠的命令。

溫亦霄！你到底還有什麼招數沒對我使出？

我嘆了一口氣，拿出從昨天關機到現在的手機，開機檢查有什麼訊息。

除了班上同學聯絡要討論報告的訊息以外，還有沈雨桐的訊息，她說了許多鼓勵的話，還邀我寒假一起去COSPLAY。

「咦，溫姊姊傳了訊息給我。」我點開溫苡倩的訊息。

「她寫了什麼？」方硯寒問。

「她說……」我念出內容，「她正在整理師父的遺物，師父的筆電和電腦相關的書籍，我都可以拿去用……然後師父之前有交代，他的保險金要預留一筆款項，將來給我當獎學金，要我好好念書，還說……師父留下了一小段錄音，要等到我以後結婚時，才能給我聽……」

太過分了！

這是騙招！

「溫亦霄！你怎麼可以這樣對我！」我不禁大叫，又氣又好笑，師父就是要我乖乖談戀愛嗎？

「妳可以馬上跟我求婚喔。」方硯寒大笑。

「你想得美！」我冷哼。

「我會讓妳別無選擇。」

「方硯寒……你喜歡我的理由到底是什麼？」我始終不明白。

「妳打電動很厲害呀。」見我白他一眼，方硯寒才正經地說，「好吧，其實我的個性很宅，又會下意識提防別人，所以只要習慣了一個東西，就會懶得改變。」

「所以我是你習慣的東西？」

「對呀，從國一到現在，我習慣聽到妳的聲音、習慣跟妳鬥嘴、習慣上線跟妳打電動、習慣虐殺妳、習慣捉弄妳，看妳臉紅、習慣妳翻白眼瞪我……還有很多很多，總之妳已經是我生活中不可或缺的習慣。」

我紅著臉注視方硯寒的側臉，被他的話深深感動了。

「妳會再遇到很好的男孩，心裡的感情缺口重新被填補。」

「下個星期日，妳要不要來我家，欣賞我的遊戲收藏？」他忽然提出邀請。

「你有什麼收藏？」我好奇地問。

「非常多，有遊戲角色模型、海報、畫冊、《生存格鬥》的3D巨乳滑鼠墊……」

「大色狼！」

「哈哈哈……」方硯寒笑得很開心，「不過我的房間只讓女朋友進來。」

「那……」我抿嘴一笑，「我要去你的房間，沒收3D巨乳滑鼠墊。」

方硯寒愣住，轉頭看了我一眼，明亮的眼神裡閃過一絲欣喜和激動。

每個女孩的心裡，都藏著這麼一個人。

他曾經走進妳的生命，帶給妳初次心動的感覺，他教會了妳什麼是愛，卻也傷過妳的心，讓妳躲在棉被裡偷偷哭過好幾回。

即使那個人最後只是路過妳的生命，在妳心裡留下一個遺憾的缺口。

即使每當想起他時，心頭總會有一點酸酸的。

即使他離開妳之後，你們一輩子都不會再見面。

但妳還是會在內心深處，永遠幫他保留著一個角落。

我的初戀，是香草的味道。

溫亦霄，我會努力讓自己幸福。
因爲我是你最自豪的徒兒，也是你最摯愛的女孩。

（全文完）

番外一　刺客的溫柔

溫亦霄離開後的第一百天，我被方硯寒一語點醒，明白自己的存在很重要。

我唯有繼續學習，才能讓溫亦霄花費在我身上的苦心綻放出更美麗的成果。

因爲溫亦霄曾說，這是讓他的存在更有意義的事。

我重新找到了目標，覺得體內一點一點湧出動力，使我能夠徐徐前進，不再只是被時間推著走。

雖然步伐不快，雖然悲傷有時還是會突然襲來，雖然想到溫亦霄還是會難過，不過我知道，一切都會好轉的。

學校裡有個由學長們組成的群組，專門討論駭客技術。

其中有幾位學長還成立了一支戰隊，連續兩年都參加國外的世界駭客大賽，並且曾經奪下冠軍。

我很厚臉皮的請直屬學長幫忙引薦，加入了那個群組，跟著學長們學習，努力精進。

時光飛逝，經過一年半，我已經是大二的學生。

大哥在六月結婚了，二哥也從研究所畢業，進入一家外商公司任職，平常住在公司宿舍裡。

而我順勢搬進頂樓的小套房，將客廳布置成遊戲室，不過平常上課還是住在學校附近，只有假日才回來。

暑假的一天晚上，我打完工回家，剛洗完澡，LINE跳出了一則訊息，是方硯寒。

「蘇沄萱，《刺客教團》，十點上線。」

我回訊給他。

「OK！」

方硯寒回了我一個很恐怖的大笑臉。

我拿著毛巾擦拭溼髮，坐到電腦前，打開臉書瀏覽同學們的近況。

滑鼠滾輪滾著滾著，我點入方硯寒的臉書，他的感情狀態顯示爲「一言難盡」。

沒錯，我跟他還沒在一起。

雖然一年多前，我答應方硯寒要去他的房間，沒收他的3D巨乳滑鼠墊，不過最後我並沒有去。因爲我還思念著溫亦霄，這樣對他不公平。

方硯寒只是笑了笑，說他早就預料到了，因爲有其師必有其徒，我和溫亦霄完全是同類人。

十點一到，我開啟遊戲機上線，戴上耳麥進入方硯寒的派對。

「學妹，早安。」楊楷杰開朗的聲音傳來。

「學長好，我這邊要說晚安。」我微笑，楊楷杰現在在美國留學，和臺灣的時差有十二個小時。

「蘇沄萱，妳都沒叫過我學長。」方硯寒輕哼。

「你只會欺負學妹，哪有一點學長的風範？」

「打是情、罵是愛，小寒寒至少有男友的風範。」楊楷杰替方硯寒說話。

「算了吧。」我嘖了一聲，啟動《刺客教團》的線上對戰。

我們三人選好遊戲角色，後來又加入五個不認識的玩家，總共八個人一起開戰。

遊戲背景是十八世紀美國革命的年代，地點在西部某個小鎮，街上停著載貨的馬車，鎮民來來往往，有的聚在一塊聊天，有的在販售貨物，其中還夾雜著士兵和牛仔。

【任務時間】十分鐘

【暗殺說明】「？」→我→「木匠」

系統顯示有一位玩家要暗殺我，但我不知道他是誰，而我要去暗殺木匠這個角色。

螢幕右上角出現木匠的頭像，螢幕下方則有一個羅盤，指示出木匠所在的方位。

線上暗殺模式就是要跟其他玩家鬥智，從整個小鎮的鎮民裡找出自己的暗殺目標，同時避免自己被其他玩家暗殺。

爲了防止被發現，玩家必須僞裝和隱藏行蹤，避免做出不符合NPC行爲的動作，例如跑跳甚至翻牆，否則一下就會被抓包。

我朝羅盤指示的方向跑去，穿過小巷來到一座廣場，接著放慢腳步跟隨一個鎮民，模仿NPC走路的方式，緩緩跨上一道階梯。

羅盤瞬間發亮，提示我暗殺目標就在附近。

半空中驀地掠過一道黑影，從左邊那棟房子的屋頂跳到右邊另棟房子的屋頂。

我立刻也攀牆爬上屋頂，尾隨由某位玩家扮演的木匠。

木匠跑到屋簷邊，探頭觀察下面的狀況，我迅速衝過去，抽出匕首一刀刺入他的後頸。

但是螳螂捕蟬、黃雀在後，同一時刻，又一道人影從屋側竄了上來，將我壓制在屋頂上，一刀劃過我的喉嚨。

白霧在眼前散開，我被某個玩家暗殺了。

遊戲時間總共十分鐘，角色死亡後，隔幾秒就會重生。

重生後，我快跑穿過一條小巷，再步行走進市集裡，藏身於一群買菜的女人間，邊聽她們閒聊菜價有多貴，邊觀察四周的人群，留意有無異狀。

市集左側，一列士兵從木製倉庫前經過。

這時，楊楷杰從麥草堆裡竄出，一刀捅了那個跟在士兵後面的玩家。

羅盤再次發亮，我轉身走向楊楷杰，趁他暗殺完畢正要收刀時，一刀宰了他。

刺殺完畢，一陣涼意竄上心頭，我四下搜尋，發現有個人蹲踞在教堂尖塔上，低頭俯瞰著我。

是方硯寒！

我應該是他的暗殺目標。

這個抖S的中二病八成又犯了，所以剛剛才沒有直接斃了我。

突然，方硯寒張開雙臂，像隻獵捕兔子的老鷹，從尖塔上飛躍下來。

我心一抖，轉身拔腿就跑。因爲在線上暗殺模式中，玩家只能暗殺系統指定的目標，無法反殺要暗殺自己的敵人，只能打暈或甩開對方。

方硯寒追在我後面，享受獵殺的快感，我跳上屋頂，他跟著跳上屋頂；我鑽進小巷，他跟著鑽進小巷；我掉頭想打暈他或對他丟毒霧彈，他又閃得比我快。

我完全甩不開他，巨大的壓迫感彷彿泰山壓頂一般。

此時，羅盤亮了起來，我停下腳步搜尋，發現我的暗殺目標跟NPC坐在椅子上聊著天。

正要過去刺殺他時，一支袖箭冷不防插進我的後背。

中箭後，我的動作會遲緩五秒，只能眼睜睜看著暗殺目標逃掉。

「方硯寒！你混蛋！」我氣得回頭想揍人，發現屋頂上有道黑影往方硯寒所在處跳下去，正是他的暗殺者，「快！那個誰，快殺了他！」

沒想到黑影還沒落地，方硯寒的頭上像是有長眼睛似的，瞬間朝地面投擲毒霧彈。煙霧瀰漫間，黑影被毒煙一薰，就像蚊子被殺蟲劑噴到一樣，直直墜落在地，暗殺失敗。

方硯寒迅速揮出一拳擊暈對方，再狠踹屁股一腳。

趁著方硯寒凌虐他的暗殺者時，我攀上屋頂跳牆逃掉，繼續找尋下一個暗殺目標。

但是，當我好不容易找到目標時，又一記袖箭射中我的背，我再度眼巴巴看著獵物溜走。

遊戲結束，系統秀出八個人的暗殺分數。

楊楷杰第一名，冷硯倒數第二名，我最後一名。

因為我只暗殺了兩個人，後面的行動全被方硯寒破壞，而方硯寒在接到暗殺我的任務前，短短時間竟然已經殺掉五個人，分數自然比我高。

這傢伙在《刺客教團》裡根本是邪神級的！

方硯寒曾經上傳一支多人對戰的影片至YouTube，十分鐘內，他運用華麗的暗殺和藏匿技巧殺了四十人，自己只被殺了五次，積分高達三萬多分，第二名的分數則連一萬分都不到，令人咋舌。

退出遊戲，我返回方硯寒的派對裡。

「學妹，感謝妳的犧牲，讓我拿到第一名，哈哈哈……」楊楷杰愉悅的笑聲傳來。

「方硯寒！」我生氣地大叫。

「在！」方硯寒忍笑。

「你眞的很卑鄙！要麼就一刀殺了我，幹麼妨礙我暗殺人？」

「因爲我捨不得殺妳，更捨不得妳被別人殺。」

「少來了，你只是想讓這場對戰變得更好玩吧！」這傢伙肯定是因爲這樣，才會要殺不殺地把我強占住。

「學妹，這是小寒寒專屬於妳的溫柔。」楊楷杰大笑。

「我不需要這種溫柔！」

「小寒寒只會在遊戲裡對妳逞威風。」

「他在現實生活中一樣欺負我。」我強烈抗議。

「因爲沒名分嘛，有名分就不一樣了。」楊楷杰笑得曖昧。

「我先滅了他再說。」我冷嗤一聲。

「快點，我讓妳秒殺，絕不還手。」方硯寒悠悠笑道，「滅完該給的就要給。」

我的心一跳，忽然覺得自己再拖下去，好像委屈了方硯寒。

八月初，某天早上我回了學校一趟，處理幾件事情。

下午三點多，當我離開校門準備回家時，手機忽然響起。

拿出手機一看，才發現並不是有來電，而是記事本程式的提示音。

記事本上記錄著，今天是我在現實裡和溫亦霄相遇的日子。

四年前的今天，二哥買了三個蛋糕回來，我跟他打打鬧鬧地跑進客廳，大哥皺眉說有客人。我轉頭瞧去，坐在沙發上氣質溫雅的男人也轉過頭，與我的目光交會。

一切彷彿歷歷在目。

這次手機真的響起，來電顯示是方硯寒。

「喂？」我按下接聽。

方硯寒的語氣聽起來很苦惱：「沄萱，我的WORD不知道出了什麼問題，一直顯示程式發生嚴重錯誤，自動關閉，重新安裝後還是一樣。」

「我得看到實際狀況才能確認原因。」我的聲音有些無力。

「妳怎麼了？」他似乎聽出我的語氣不太對勁。

「沒事。」

「妳在哪裡？」

「在……學校門口。」

方硯寒靜了一下，沉聲說：「我急著要用電腦寫報告，現在馬上過去載妳，妳幫我檢查看看電腦，好嗎？」

「嗯。」

「太陽很大，妳到學校隔壁的超商坐著等我。」語畢，他掛了電話。

我依言走進超商，趴在桌上休息，不知隔了多久，一隻手輕輕撫上我的頭。

我睜開眼睛，抬頭對上方硯寒的笑臉。

「小睡豬，妳已經被我買了，乖乖上車吧。」他掐著我的臉頰。

「誰是賣家？」我笑了。

「妳二哥。」

「他沒有資格。」

方硯寒握住我的手，將我從椅子上拉起來，我們出了超商，坐進車裡。

車內播放著輕柔的流行鋼琴曲，我望著窗外的景色發呆，方硯寒專注地開車，留給我沉澱思緒的空間。

轎車駛進一棟大樓的地下停車場，下車後，方硯寒帶我走進電梯：「我爸媽今天去參加醫學座談會，哥哥和姊姊都出門約會了，只有我宅在家。」

「我……只是來幫你看電腦而已。」我低聲說。

「那當然。」他輕笑。

電梯抵達方硯寒家所在的樓層，我跟著他踏入屋內。

環顧四周，客廳十分寬敞明亮，裝潢風格簡約，家具樣式質樸，配色清新素雅，整個空間窗明几淨。

記得楊楷杰出國前，曾經邀我去他家參加歡送會，他家的裝潢非常華貴，擺放了許多藝術品，跟方硯寒家完全不一樣。

「你家看起來好舒服。」我卸下背包，在沙發上坐下來。

「我爸媽工作忙，沒時間做家事，他們覺得擺設簡單好整理比較重要。」方硯寒打開冰箱，拿了一個玻璃壺出來，在兩個馬克杯裡注滿飲料，遞了一杯給我。

我端起馬克杯喝了一口，是水果茶，冰冰涼涼的相當消暑。

方硯寒進房間把筆記型電腦拿過來，擺在茶几上，接著坐到我的身側。

我放下杯子開啟筆電，不意外的，電腦桌布是《刺客教團》官方提供的桌布。

打開WORD，錯誤訊息隨即跳出，我將程式解除安裝，把磁碟機裡、註冊表和暫存檔中，所有跟WORD有關的檔案以手動方式清除得乾乾淨淨，再重新安裝一次程式，程式便能夠使用了。

「我弄了一個小時都弄不好，妳一來不用十分鐘就搞定，眞厲害。」方硯寒稱讚，伸手揉揉我的頭。

「一般的解除安裝很難把程式清乾淨，你不會處理也是正常。」我笑了笑。

「既然來了，要不要順便看看我的收藏？」

「好啊。」

方硯寒起身來到自己房間的門前，打開房門，朝我做出歡迎的手勢。

我雙手背在身後，像皇帝出巡一樣，大搖大擺地走進去。

首先映入眼簾的是一張單人床，床頭的牆上貼著《刺客教團》的海報，不遠處的電腦桌擺著一台大尺寸的液晶螢幕，左右兩邊分別是X遊戲機和P遊戲機，前面還有一張坐臥兩用的電腦椅。

轉頭再看向左牆，我忍不住噗哧一笑：「你太誇張了！」

那裡有個大玻璃櫃，櫃子裡擺滿了遊戲片和周邊商品。

「哈哈哈……你眞的好誇張！」我笑得停不住，走近玻璃櫃欣賞他的收藏，有角色模型、畫冊、攻略本、吊飾、馬克杯……還有3D巨乳滑鼠墊。總之，琳琅滿目。

「妳的房間應該也差不多吧。」方硯寒雙手抱胸，側靠在櫃子上。

「我只有養一台X遊戲機，不像你那麼多台，收藏也只有你的三分之一而已。」

「我哥哥和姊姊都大我很多歲，我是意外出生的，他們沒耐心跟我玩，我只好自己跟自己玩。」

「我也是爸媽二度蜜月的意外。」

「原來是因爲我的意外出生，老天爺才會特地安排妳出生，專門和我配對，難怪我們的興趣一樣。」他眨眨右眼。

「最好是，誰要跟你配。」我冷哼，順便搥他肚子一拳，回頭繼續看他的收藏。

方硯寒伸手摀住肚子，笑了起來：「說眞的，因爲哥哥姊姊都不甩我，國中時跟妳在網路上打電動，感覺眞的很快樂，我好像是從那時候開始……就喜歡上妳了。」頓了一下，他的語氣轉爲認眞，「後來發生那件事，我在高中的前兩年一直無法信任同學，直到妳出現……很奇妙的，我一點都不排斥妳，反而非常想跟妳拉近距離。」

我的臉頰發燙，努力佯裝在研究櫃子裡的東西，掩飾心跳近乎失控的事實。忽然，一個相框無預警地闖進眼底。

那是溫亦霄跟我、大哥、二哥、御皇焱、方硯寒和楊楷杰聚餐那天的大合照。

「方硯寒……」我喃喃喚著，情緒無法控制地下沉。

「嗯？」

「今天……是我和師父在現實裡相遇的日子。」

「原來如此。」

我轉身走出房間，想拿起背包離開。方硯寒快步跟過來，從後面牢牢抓住我的手，似乎不希望我躲避他。

「你的心意我都明白。」我低頭，不敢看他，慌張地想扯回自己的手，「但是，你不怕我心裡永遠都會有師父的影子嗎？」

「我自己都忘不了他了，怎麼會要求妳忘掉他呢？」方硯寒按住我的肩頭，將我的身子轉過來，面對著他，「況且，我想永遠記得他，所以我希望妳同樣要永遠記得他。」

我的鼻頭隱隱發酸，一時不知所措。

「只要還記得他，妳一定會傷心難過，甚至為他哭泣。而我只有一個要求，我希望妳可以把傷痛分一半給我，讓我陪在妳的身邊。」

聽著聽著，眼淚忽然掉了下來，我伸出雙手掩住臉，想要擦去眼淚。

方硯寒拉開我的手，低頭凝視眼中盈滿淚水的我，溫柔地笑：「沒關係的，想哭就哭，不要壓抑自己，大聲地哭出來，跟我說妳很想念溫亦霄，我什麼都願意傾聽。」

「我……現在好想他……」我無法克制地投入他的懷抱裡。方硯寒擁著我在沙發上坐下，我在他的懷裡哭到有點昏沉，細細碎碎說了些話，直到將難過的情緒完全宣洩。

這一年多來，方硯寒不曾對我說悲傷遲早會過去，也不曾要我放下溫亦霄，甚至連安慰的話都很少說。

他只是在我感到低落的時候，陪我聊聊溫亦霄、打打電玩，或者給我一個擁抱。

我相當感激他無條件的陪伴。

對於他的感情，我很想好好回應，可是心情又十分不安。

「其實，我很害怕……」我把頭靠在他的肩膀上，第一次對他坦白自己的想法，「怕自己會喜歡上你，這樣好像對不起師父……可是又常常被你打動，覺得不應該忽視你的心意……這又讓我更加害怕，因為如果我最愛的不是你，那樣對你並不公平。」

「笨蛋！」方硯寒笑了，「我沒有要妳二選一，也沒有要妳從我和溫亦霄之間，選出最愛的人是誰。妳可以花心，我允許妳一直愛著他，因為我也喜歡溫亦霄。」

我心裡非常詫異。我可以保留對師父的感情嗎？

「我相信，溫亦霄在天上會繼續愛著妳。」方硯寒的嗓音轉為低柔，「只是他離妳遠了一點，而我離妳比較近，我可以替他保護妳。所以，我希望妳能讓我愛妳，因為見到妳露出笑容，是溫亦霄最大的期望。」

我感動不已，抬頭望著方硯寒，眼眶又微微發酸。

方硯寒伸指抹去我眼角的溼潤，傾身在我的額頭上印了一個吻，再微微拉開距離，深深凝視著我的臉。

我被他深邃的眼眸攫住目光，彷彿受到催眠似的，不禁閉上眼睛，感覺一股溫熱的氣息拂來。

他的吻壓上我的唇，小心翼翼地，彷彿怕會傷害我一樣。

我的身體緊張地往後縮，他卻不讓我猶豫和逃避，直接把我鎖進沙發的角落，無比溫柔地吻散我的不安，在我的心間注入溫暖。

片刻後，方硯寒離開我的唇，露出羞澀的微笑：「下星期，我們去電玩展約會，好嗎？」

「好啊，不過……」我投降了，伸手掐掐他的腰，「你要交出3D巨乳滑鼠墊，以後打電動也不准再虐殺我。」

「遵命！女友大人。」他的眼底充滿驚喜。

電玩展的最後一天，展覽館的門前一大早就擠滿了人，大家都在排隊等入場。

方硯寒帶著我排在隊伍中段，我們一邊等待開館，一邊閒聊暑假打工時發生的趣事。

「妳看我的臉書留言。」方硯寒忽然把手機遞給我。

「怎麼了？」我接過手機，見到他把臉書的感情狀態改成跟我交往中。再往下一瞧，他的臉書被某個人用留言洗版了。

蘇嘉鴻：方硯寒，你敢欺負我妹的話，我就把你的頭扭下來！

蘇嘉鴻：我妹生理期晚來的話，會痛到在地上打滾。

蘇嘉鴻：我妹很討厭吃苦瓜……

「二哥只是怕你對我不好，或是不夠用心，才會留言洗你的臉書。」我微微一笑。能夠擁有兩個這麼好的哥哥，我真是全世界最幸福的妹妹了，「我回家後再跟他說，叫他適可而止。」

「不，妳二哥來留言很好，這樣我才能獲得更多有利的情報，畢竟妳的臉書好友幾乎都是男生，還加入學長的駭客團，周遭的威脅太多了。」方硯寒笑著揶揄。

「我們班的男生才看不上我，都跑去追外文系的女生了。」

「妳都不知道我TAG得多辛苦……」

「TAG什麼？」我歪頭想了想，趕緊查看他的臉書，這才恍然發現方硯寒過去發了很多動態，幾乎每一則都會刻意TAG我。

例如這則：

跟蘇浛萱一起打電動，感覺很開心！

還有這則：

跟蘇浛萱一起買遊戲，感覺很幸福！

或是這則：

跟蘇浛萱一起吃飯，感覺很好吃！

那些曖昧的動態都TAG了我，我的臉書好友應該都會看到，這樣一來，誰還敢約我？

「方硯寒，你一直在布局搞暗殺？」我斜眼瞪他。

「啊，門終於開了，我們進去吧！」方硯寒徹底裝傻，拉著我往門口走去。

電玩展的最後一天，通常會有更多促銷活動，藉以刺激買氣，每個攤位都有漂亮的SHOW GIRL帶領民眾體驗遊戲，還有遊戲角色的COSPLAY。

開館不久，展場裡就人潮爆滿，走路都要用擠的，而且放眼望去，參觀者明顯以男性居多。

由於SHOW GIRL和COSER眾多，不少人拿著相機拍照，還有人扛著專業的長鏡頭攝影機，現場閃光燈閃爍不斷，熱鬧得不得了。

因爲沒有玩網遊和手遊，我和方硯寒便直攻X遊戲機和P遊戲機的攤位。

人潮實在太多，加上許多攤位都在舉辦活動，把通道堵得水洩不通。

我的身高較矮，幾乎要被一大群男人圍擠住，方硯寒怕我被沖散落單，於是把我拉到他的前面，微微彎身將我擁進懷裡，並交叉雙臂護在我的胸前，幫我隔開周邊人群的碰觸。

「人這麼多，一點約會的氣氛都沒有。」他低頭在我耳邊說，推著我慢慢往前擠。

「如果你沒有帶我來，就可以跟SHOW GIRL一起玩遊戲了。」我看著旁邊的攤位，SHOW GIRL一字排開，人群持續朝舞臺湧動。

「哼。」他冷笑，「通常女朋友會這樣說，只是想聽男朋友回答，我的眼裡只有妳，SHOW GIRL全是雜魚吧？」

「我哪有！」

「沒有嗎？」

「沒有。」

「那我待會去P遊戲機的攤位跟SHOW GIRL打電動，妳也不會介意嘍？」

「不會，隨便你。」我怎麼可能介意這種芝麻小事？

來到P遊戲機的攤位，裡面同樣擠滿了人，試玩機前有幾位SHOW GIRL正在教玩家怎麼操控遊戲。

「哪個SHOW GIRL最漂亮，我就挑哪個機台試玩。」方硯寒仔細打量每位SHOW GIRL的模樣，「第二位的腿很修長，第五位的身材很好，第六位笑起來很甜美……」

我拉下臉來，癟嘴瞪他，心頭有種酸酸的感覺。

「每個女孩都很美，我不知道該試玩哪一台，眞難選擇。」方硯寒苦惱地搖搖頭，忽然噗哧一笑，伸手捏捏我氣鼓鼓的雙頰，「不過看來看去，妳才是最順眼的，最讓我想欺負一把。」

「你以爲這樣說，我就會開心嗎？」

「妳可以繼續吃醋，這樣我會更開心。」

「混蛋！我憋了你！」我抬腿用膝蓋頂他。

方硯寒一邊笑一邊閃躲，還不小心撞到旁邊的人。

後來，方硯寒買了一款新遊戲，我們離開P遊戲機的攤位，再往展場裡面擠，好不容易擠到X遊戲機的攤位。

上個月《生存格鬥5》已經發售了，橫跨X遊戲機、P遊戲機和電腦三個平台，攤位上也擺出試玩機，開放給民眾進行格鬥比賽。

雖然已經買了遊戲片，我還是忍不住跑去排隊試玩，方硯寒則直接去挑選新遊戲。

約莫等了二十分鐘，終於輪到我上場，跟我對打的人是一名年約二十多歲，身穿紅色休閒衫的男子。

我朝他的衣服望了一眼，後背印著「沅剛科技」四個字，那是一家很有名的電腦顯示卡製造公司。

這個人是那家公司的員工嗎？

我回頭看向液晶電視，抱著好玩的心態，開始對戰。

第一場對戰，場景是在建築工地裡。

我迅速揮拳擊中對手，可是第二招馬上被擋住，我側移閃到他的右側，試圖進行壓制，對方卻同時走位迴避，不理睬我的騙招，更抓住空隙攻向我，第一招直接命中，第二招被我防住。

是勁敵！

我收起玩玩的心態，因為男子的攻防十分嚴謹，反擊速度也很快，一找到機會就進攻，令我無法喘息。

拳來腳往間，我跟那名男子來回走位爭奪地利，無論彼此如何進攻，都會被對方防禦，因此兩邊的血量減少的速度很緩慢。

「到底會不會玩啊？怎麼打得那麼慢？」後面等待試玩的人不耐煩地抱怨。

「這不是慢。」方硯寒的聲音冷冷響起，「因為兩個人都是絕頂高手，雙方的攻防非常嚴密，實力相當的話，其實很難出現大爆血的場面。」

方硯寒說的沒錯，我的確遇到一個實力相當的對手。

但是現場有些觀眾並不了解，以為沒有瞬間大噴血量就是不會玩。事實上，我跟那名男子都處在只要出了一點小差錯，就會被對方一擊KO的險境。

眼看雙方血量逼近見底，我注意到男子目前所站的位置後方有一台發電機，機殼上閃過一絲藍色電光。

我拚盡全力將他踹向發電機，他雖然防住我的攻擊，可是身體還是收勢不住地撞上去，因此觸發電擊的場景陷阱，血量歸零。

我鬆了好大一口氣，像是被逼出了百分之兩百的戰鬥力，差點虛脫軟倒在地。

將搖桿交給下一位試玩者，我走回方硯寒身邊，他拿出一包面紙，抽了張給我，我這才發現自己的額頭都冒汗了。

「小姐，不好意思。」背後傳來一道男聲。

我疑惑地轉身。

剛剛和我對戰的男子跑來，滿面微笑自我介紹：「我是沅剛科技贊助的電競選手，今年年底要去日本參加《生存格鬥》的練習賽。」

「難怪！你好強喔。」我恍然大悟，也回他一個微笑，「比賽加油喔！」

「可是剛才還是輸給妳了。」男子不好意思地笑。

「我只是運氣好，站的位置比較有利，不然我應該會輸給你。」

「妳真的很厲害，我可以加妳好友，以後在網路上和妳對戰嗎？」男子期待地問。

「好哇。」我拿出紙筆，跟他交換玩家代號。

男子離開後，方硯寒伸手勾住我的脖子，笑道：「我的女朋友好厲害，竟然打敗了電競選手。」

「我眞的只是運氣好，那個人打得很輕鬆，我卻滿頭是汗，程度還是有差距的。」我認眞地說。

「可惜《生存格鬥》是近兩年來才有競賽活動，否則憑溫亦霄的實力，肯定能拿下冠軍的。」

「對呀，師父是最強的！」我和方硯寒相視而笑。

此時，舞臺上開始進行《忍者狂劍傳3》的發售宣傳，大批人群往舞臺移動。

我拉著方硯寒來到舞臺外圍，臺前已經塞滿了人。

方硯寒不准我再擠進去，因爲人群裡大多是高大的男生，活動中主持人有時候會朝臺下丟贈品，容易造成大家的搶奪，我可能會因此被撞傷。

活動開始，遊戲代理商請了一位男模裝扮成主角忍者，在舞臺上耍長刀和射手裡箭，看起來非常帥氣。

表演結束，主持人開始提問，答對的人可以獲得製作人親筆簽名的特製海報。

前三道題目，我雖然迅速舉手，可是都被前面的男生擋住了，主持人大概連看都看不見我的身影。

第四道題目，我賣力地在人群裡跳啊跳的，可是依然沒有被主持人選中。

方硯寒笑了一聲，彎下身雙手環抱住我的腰，把我整個人舉高起來。

我嚇得一手攀住他的肩頭，可是爲了製作人的簽名海報，我決定豁出去了。

沒想到直到第十題，主持人才終於點我，還對著麥克風笑說：「那位女孩，我是故意不點妳的，想看看妳男朋友可以撐多久。」

周圍響起一陣爆笑聲。

我糗到整張臉燙得可以煎蛋了，隱約聽見方硯寒低咒一句：「我祝你滾下舞臺。」

「既然撐到第十題，看在男朋友那麼賣力的分上，不點妳好像說不過去。」主持人提出最後一道問題，「《忍者狂劍傳》第二代，第八關的BOSS叫什麼名字？」

「阿露莉鬼姬！」我大聲回答。

「答對了！恭喜妳獲得製作人簽名海報一張。」

方硯寒把我放下來，我興奮地勾住他的手臂，很想大聲尖叫。

活動結束，圍觀的人潮散去，方硯寒走到舞臺前方，向主持人領取海報。

我伸手想拿海報，他卻把海報高高舉在頭上，擺明了不給我。

「你幹麼不給我？」我有些焦急。

「我出了那麼多力氣，妳不表示點什麼嗎？」

「你要什麼？」

方硯寒指了指臉頰，意思是親一個，神情滿是得意。

我困窘地抓著頭髮，想想他確實出了很多力氣，只好順從他的要求，踮起了腳尖。

方硯寒卻故意抬高下巴，不讓我親到他的臉，我拉著他的衣服，往上跳了三次，還是親不到他的臉頰。

「我不理你了！」我假裝生氣，轉身要走。

方硯寒忍著笑意，伸手摟住我的腰，低下頭把臉頰對著我。

我伸手貼住他的臉頰，將他的頭轉過來，在他的脣上輕輕吻了一下。方硯寒呆呆望著我，整張臉逐漸被紅暈淹沒，一句話都說不出來。

我抽走他藏在背後的海報，打開一看，激動地叫：「哇！製作人的簽名看起來好霸氣，我記得師父以前說過，他非常欣賞這位遊戲製作人。」

「我就知道妳是幫他拿的。」方硯寒回過神，「十月的時候，我們再帶著海報跟溫亦霄炫耀。」

「他一定會很開心。」我猛點頭。

「遊戲買完了，我們出去吃飯吧。」

「嗯！」我收起海報，從身後撲抱住方硯寒，他也回頭對我燦笑。

師父……

幸福，是兩個人一起努力爭取的吧。

我會聽你的話，跟方硯寒一起攻略幸福。

番外二　香草的留言

病房裡，溫苡倩把新的花束裝進花瓶，轉頭看向病床。

溫亦霄斜倚在病床上，面前架起餐桌板，桌上擺著平板電腦，右手指尖在螢幕滑動。

「哥，昨天出去約會感覺怎樣？」溫苡倩在床邊坐下，見到螢幕上是溫亦霄和蘇沄萱在花卉農場裡的合照。

溫亦霄低頭，笑而不語。

「怎樣啦？」

「很好。」

「不行！感想只有兩個字，太敷衍了。」溫苡倩搖著他的手。

「感想就是……」溫亦霄拗不過自家妹妹，想了想才說，「好像回到了十七、八歲，想起那種很純粹的喜歡。」

「你臉紅了。」溫苡倩伸指刮刮他的臉。

「妳別逗我。」溫亦霄別開臉，耳根完全羞紅了。

「沄萱笑起來真可愛。」

照片裡，蘇沄萱挽著溫亦霄的手，笑容裡略帶嬌羞。

「之前只要看到她不笑，我就會把她抓過來問話。」溫亦霄以指尖輕輕撫過蘇沄萱的笑臉。

「你該不會都擺出經理的架子訓她話吧？」

「呵……」

「哥！你眞是的。」溫苡倩蹙眉搖頭，「你應該對她坦率一點。」

「可是……沄萱已經對我投入太多感情了。」溫亦霄的眼底浮現一絲擔憂，他怕自己若對這女孩再好一點，會讓她將來更放不下。

「哥，你就不能自私點嗎？」

「苡倩，當初我剛搬到她家，得知她是弒夜時，本來是想離開，不想跟她有太多牽扯的。」

「後來怎麼會留下來？」

「因爲她很珍惜Vanilla，我才忍不住留了下來，這難道不算自私嗎？」溫亦霄嘆了一口長氣，「只是萬萬沒想到，她不再是個小女孩了，而現在……我捨不得她哭。」

溫苡倩忽然明白了，這就是湯雅郁和蘇沄萱之間的差別。湯雅郁要溫亦霄捨棄自己的喜好去迎合她，蘇沄萱卻珍視溫亦霄的一切。

只可惜，他們彼此錯過了好幾年。

不然，這兩個資訊宅加電玩咖，湊在一起應該會很契合。

兩人看著照片說笑了一會，溫苡倩起身去地下街買晚餐。

當妹妹離開病房後，溫亦霄望著窗外的天空。

今天是晴朗的好天氣，夕陽也特別美麗。

沄萓晚上會來醫院嗎？

他忍不住開始期待，期待她的到來。

這樣的期待很自私吧？

這樣……會不會害她以後流更多眼淚？

他眞的捨不得她哭泣。

沉思了片刻，溫亦霄拿過桌上的手機，開啟錄音程式放在嘴邊，溫柔地說：「沄萓……當妳聽到這則錄音時，應該就是妳要結婚的日子吧。」

蘇沄萓參加畢業舞會的那天，他坐在沙發上看著她身穿白色小禮服走出房間。

當時他忍不住想像了她結婚穿上白紗的模樣，一定會更加漂亮。

可惜，他可能看不到了。

「我可以想像，此刻身穿白紗的妳，一定非常美麗。」溫亦霄停了一下，感覺胸口深處傳來一陣痛楚，「在我的人生裡，曾經有過一段痛苦的日子，我自怨自艾過，也覺得這個世界不公平過。還好，我很幸運地又遇見妳，因此重新擁有快樂、重新相信愛情，跟妳相處的點點滴滴，全是最美好的回憶。沄萓，謝謝妳在我人生的最後，刻下了這麼美的軌跡，而現在……妳的身邊即將有另一個男人代替我照顧妳，我無法爲妳做到的事，那個人都會幫我完成吧，我也要謝謝他。祝福你們，永遠幸福。」

錄完音，溫亦霄對著手機發呆。不久，一則訊息跳了出來。

「師父，你等等我，我們要一起共進晚餐喔！」

溫亦霄讀完訊息，唇角輕輕揚起一道弧度，流露出幸福的笑意。

後記

半路被刺客截殺的劇情

首先告訴大家，後記裡有爆雷！

請還沒讀過下集內容的讀者們忍一忍，把故事看完再讀後記，否則我很怕大家看了後記會想踢飛我。

一開始先聊聊故事裡的兩大宅男男神吧，不知道大家是哪一派呢？

我原本是師父派的。

最初是想寫師徒戀、寫年齡差的萌點，所以撰擬大綱時，我給冷硯的戲份其實非常少，當時總編輯還提醒我，由於結局的緣故，必須增加冷硯的戲份。

我其實為此有點苦惱，因為滿腦子都是師徒間的互動，反而想不出關於冷硯的劇情。

在上冊的後記中，我提到由於寫了打電動的劇情，勾起我很多的回憶，導致這個故事從三萬字開始便脫離了原訂大綱。

但也因為寫到遊戲的情節，冷硯的形象跟與浤萱的對手戲頓時生動地蹦出來，雖然跟原大綱的設定產生許多衝突，不過正好可以補強他的戲份。

於是，這個故事之後的劇情，就這樣被冷硯這個刺客給截殺了（笑），寫到最後，我對冷硯的好感度已經跟師父並列，因此覺得浤萱不管和誰在一起都很好。

再來，師父溫亦霄是一個讓我非常心疼的角色。

我過去曾待過一間大公司，公司的資訊部經理是個不苟言笑的面癱男人，溫亦霄的形象便源自於他。

由於那家公司的系統十分老舊，許多功能皆已故障，每到月底結帳時，各部門都需要請資訊部人員幫忙，從電腦資料庫裡直接抓數據。

但這位經理掌控了大半的電腦權限，甚至連對自己部門的員工都不開放，造成各部門需要調資料時，都必須直接找他，月底大家就得一個一個排隊拜託他協助。

記得有一次，大老闆的電腦故障，於是打電話請資訊部經理修理。如同故事裡寫到的，大老闆的電腦只讓他修，其他人都不能碰。

沒想到，經理竟然告訴大老闆，他正在幫會計部調資料，沒空。

因此大老闆一通電話打到會計部，要求抓資料的事暫緩，好讓經理先處理他的電腦。結果，資訊部經理就在經理室閉關修了兩天的電腦，電話一律不接，急死一票等著月結的員工，從此我都稱他為暗界大魔王。

雖然《香草之吻》是用第一人稱的方式敘述，大家讀起來是沄萱的視角，可是我本身很容易入戲，因此在寫倒數三個章回的時候，我一直在揣摩溫亦霄的心境變化。

只要一打開WORD檔，我的心情便會鬱悶起來，很排斥、很抗拒，不想面對後面的劇情，以致必須半強迫地逼自己寫下去。

尤其是閉關趕稿的最後一個星期，寫到溫亦霄將離的橋段，只要開始打字，我的情緒就變得很低落，眼淚掉個不停，整張電腦桌都是衛生紙，直到打下「全文完」三個字都還在哭，哈哈哈……

所以呀，有讀者問我怎麼都寫喜劇收尾的故事？

原因很簡單，我太容易受劇情影響，無法控制自己的情緒，難以從悲傷裡抽離。

雖然這個故事也不是那麼圓滿的結局，不過以溫亦霄的人生來說，我不覺得這算悲劇收場。若命中注定如此，至少他在生命的最後，能夠遇見沄萱、方硯寒、沄萱的大哥、二哥和御皇焱，也重新擁有愛情、友情和快樂了。

對於上下冊極大的劇情反差，希望大家不會想宰了我。

這邊要再度謝謝總編輯馥蔓，在這段埋頭寫稿的日子裡，時常有不知道自己寫得怎樣的疑惑，因此每次跟她討論劇情時眞的很快樂。

寫作時我有點囉嗦，喜歡把遊戲設定或參數寫得很詳細，寫完後又擔心讀者看不懂，幸好馥蔓都給予正面的回饋。

另外，在進行下冊的稿件確認時，我又看到責編思涵的強大，謝謝她把這個故事修得更容易閱讀，彌補了我不足的部分。

最後是題外話。

我已經高中畢業很多年了，今年意外地有熱心的同學將所有人重新召集起來，設立了一個LINE群組，使大家可以彼此分享畢業後的種種經歷。

我因而回憶起從高中畢業後到現在的生活，由於來到POPO原創，透過寫作與大家相遇、在留言版聊天互動，原本平淡的生活多了不同的色彩，好像轉了一個方向，遇見不同的風景。

謝謝你們一路的支持和鼓勵，我會繼續努力，下個故事見！

琉影

國家圖書館出版品預行編目資料

香草之吻／琉影著. -- 初版. -- 臺北市；城邦原創出版：家庭傳媒城邦分公司發行, 2017.08
面；公分. --（戀小說；80）

ISBN 978-986-94706-6-7（上冊：平裝）.—
ISBN 978-986-94706-9-8（下冊：平裝）

857.7　　106011353

香草之吻（下）

作　　者／琉影
企畫選書／楊馥蔓
責任編輯／陳思涵

行銷業務／林政杰
總 編 輯／楊馥蔓
總 經 理／伍文翠
發 行 人／何飛鵬
法律顧問／台英國際商務法律事務所　羅明通律師
出　　版／城邦原創股份有限公司
台北市中山區民生東路二段 141 號 6 樓
電話：(02) 2509-5506　傳真：(02) 2500-1933
E-mail：service@popo.tw
發　　行／英屬蓋曼群島商家庭傳媒股份有限公司城邦分公司
聯絡地址：台北市中山區民生東路二段 141 號 11 樓
書虫客服服務專線：(02) 25007718・(02) 25007719
24小時傳真服務：(02) 25001990・(02) 25001991
服務時間：週一至週五09:30-12:00・13:30-17:00
郵撥帳號：19863813　戶名：書虫股份有限公司
讀者服務信箱 email：service@readingclub.com.tw
城邦讀書花園網址：www.cite.com.tw
香港發行所／城邦（香港）出版集團有限公司
地址：香港灣仔駱克道 193 號東超商業中心 1 樓
email：hkcite@biznetvigator.com
電話：(852)25086231　傳真：(852) 25789337
馬新發行所／城邦（馬新）出版集團 Cité(M)Sdn. Bhd.
41, Jalan Radin Anum, Bandar Baru Sri Petaling,
57000 Kuala Lumpur, Malaysia.
電話：(603) 90563833　傳真：(603) 90576622
email：services@cite.my

封面設計／黃聖文
電腦排版／游淑萍
印　　刷／漾格科技股份有限公司
經 銷 商／高見文化行銷股份有限公司
客服專線：0800-055-365　傳真：(02)2668-9790

■ 2017 年 8月初版
■ 2023 年 8月初版 3.7 刷
Printed in Taiwan

定價／250元

ISBN　978-986-94706-9-8